EINE DRITTE CHANCE

DIE LUCA-MYSTERY-REIHE

DAN PETROSINI

DAN PETROSINI
MYSTERY & SUSPENSE AUTHOR
www.danpetrosini.com

Erhältlich als Printausgabe und E-Book

ISBN: 978-1-960286-84-0

DIE LUCA MYSTERY -SERIE

BIN ICH DER MÖRDER?

VERSCHWUNDEN

DER SERENITY -MORD

EINE DRITTE CHANCE

EIN KALTER, HARTER FALL

POLIZIST ODER MÖRDER?

SALTER ZUM SCHWEIGEN BRINGEN

EIN MÖRDER FALSCH

UNGEWISSE EINSÄTZE

DER OPA -MÖRDER

GEFÄHRLICHE RACHE

WO SIND SIE

AM SEE BEGRABEN

DER PRESERVE KILLER

NIEMAND IST SICHER

MORD, GELD UND CHAOS

GOLDENES SCHWEIGEN

SPANNENDE GEHEIMNISSE

CORYS DILEMMA

CORYS FLUG

CORYS VERSCHIEBUNG

REIHE: DIE KUNST DER RACHE

IM NAMEN DER RACHE

JENSEITS DER RACHE

DIE ABRECHNUNG

ANDERE WERKE VON DAN PETROSINI

DER LETZTE FEIND

COMPLETCICCITIC ZEUGE

ZURÜCKSCHIEBEN

EHRGEIZ KLIPPE

Sie können über mein Schreiben auf dem Laufenden bleiben und Zugang zu Büchern haben, die frei von Discounter sind, indem Sie sich meinem Newsletter anschließen. Normalerweise ist es einmal im Monat ausgestiegen und enthält auch Notizen zu Selbstwertgefühl, Motivationsstücken und Weinartikeln.

Es ist kostenlos. Siehe meine Website: www.danpetrosini.com

DANKSAGUNG

Besonderer Dank gilt Julie, Stephanie und Jennifer für ihre Liebe und Unterstützung sowie Squad Sergeant Craig Perrilli für seine Ratschläge aus der realen Welt der Polizeiarbeit. Er hilft mir, nah an der Realität zu bleiben.

1

Es war 8:07 Uhr, als ich bei Joey Chapmans Wohnung in der Nähe der Goodlette vorfuhr. Ein leichter Nieselregen verstärkte sich, während Joey zu meinem Wagen trabte. Das Timing war perfekt. Die Dark-Sky-App sagte starken Regen für etwa 8:22 Uhr voraus. Gott hatte wirklich alles in der Hand.

Joey sprang hinein und strich sich den Regen aus den Haaren. »Gleich kommt's richtig runter.«

Ich fuhr los. »Auf den Sommerregen kann man die Uhr stellen.«

»Wobei brauchst du denn Hilfe?«

»Wirst du schon sehen, wenn wir da sind.«

»Was soll der geheimnisvolle Scheiß?«

»Ein Freund aus der Gemeinde hat's grad schwer. Das ist alles.«

Joey griff nach dem Radio. »Was zum Teufel hörst du dir da an? Das ist ja Fahrstuhlscheiße.«

Als wir unter der 75 hindurch nach Osten fuhren, während Chapman einen Country-Sender suchte, dachte ich immer wieder: Wer würde die bösen Sünder beseitigen, wenn nicht ich? Sie hatten ihre Chancen auf Erlösung und hatten sie alle vertan. Ihnen war nicht mehr zu helfen.

Ich fuhr mal auf den Collier Boulevard und wieder runter, zurück zur Golden Gate, und wir machten Smalltalk. Als wir uns dem Wilson Boulevard näherten, sagte ich: »Der Teufel hat dich im Griff, Joey.«

»Wovon zum Teufel redest du?«

»Als die Gemeinschaft des Glaubens dich aufgenommen hat, hast du versprochen, ins Reine mit Gott zu kommen. Aber bei dir ist es eine Sache nach der anderen.«

»Hey, ich versuche, mich zu ändern. Das ist nicht so einfach.«

»Du bist ein hoffnungsloser Fall. Du bist gar nicht daran interessiert, dich zu ändern.«

»Quatsch. Ich mache Fortschritte.«

Die Scheibenwischer kamen mit der Wassermenge nicht mehr mit, also fuhr ich langsamer.

»Wir haben unterschiedliche Vorstellungen von Fortschritt, Joey. Du hast diesen Laden in Bonita ausgeraubt und den armen Mann ins Koma befördert.«

»Auf keinen Fall. Damit hatte ich nichts zu tun.«

Ich schüttelte den Kopf. »Lügen macht deine Sünde nur noch schlimmer, Joseph.«

»Ich schwöre bei Gott, ich war es nicht.«

»Sieh dich an. Jetzt nimmst du auch noch den Namen Gottes vergeblich in den Mund.«

»Ich sage nur, dass ich es nicht war.«

»Larry hat mir erzählt, dass du ihn gefragt hast, ob er bei der Tat mitmachen würde.«

»Er ist eine verdammte Ratte.«

Ich sah in den Rückspiegel – kein Auto in Sicht – und fuhr rechts ran.

»Warum hältst du hier an?«

»Du steigst aus.«

»Was? Willst du mich verarschen? Bei dem Regen?«

Mit zitternder Hand griff ich unter meinen Oberschenkel. Ich ignorierte meine Rückenschmerzen und zog eine Colt-Automatik Kaliber 0,45 hervor. »Raus. Sofort!«

»Willst du mich verfickt noch mal verarschen? Sind dir Eier gewachsen oder was?«

»Raus!«

Als Chapman ausstieg, sagte er: »Du bist verdammt noch mal verrückt, weißt du das?«

Ich rutschte auf den Beifahrersitz und öffnete das Fenster. »Geh vom Auto weg.«

Er machte zwei Schritte zurück und ich feuerte zwei Kugeln in die Brust des Heiden. Chapman brach in der Rinne zusammen, wobei das Wasser aufspritzte. Ich blickte nach links und rechts – war er tot? Bei all dem Regen war es schwer zu erkennen, ob er atmete. Ich öffnete die Tür, hielt mich am Lenkrad fest und lehnte mich hinaus. Chapman lag mit dem Gesicht nach unten, und das Wasser bedeckte seine Ohren. Er konnte unmöglich atmen.

Ein Lächeln breitete sich auf meinem Gesicht aus. Stolz durchströmte meinen Körper. Es fühlte sich unglaublich an, Gottes Rächer zu sein, genau wie es in Römer 13,4 stand: »Ich war Gottes Diener, ein Rächer, der Gottes Zorn an Übeltätern vollstreckt.«

Wir befanden uns bis zum Ende in einem Kampf mit dem Bösen und ich war endlich ein Krieger für den Herrn.

Ich hatte das ganze Gerede satt – das Betteln, die Leute sollten sich ändern. Es war dieselbe nutzlose Bitte, die seit Jahrhunderten gestellt wurde. Die Geschichte bewies, dass Menschen sich nicht änderten, wenn der Teufel sie einmal im Griff hatte. Sobald Satan sie korrumpierte, waren sie nicht mehr zu retten.

Ich wusste, dass Gott mich beschützen würde, während ich

sein Werk verrichtete, aber ich musste dabei klug vorgehen, damit ich nicht vom Schlachtfeld geholt wurde.

2

AM MORGEN DES FÜNFUNDZWANZIGSTEN JUNI RANGEN GRAU und Sonne um die Vorherrschaft. Es war erst 8:10 Uhr. Um neun würde sich die Sonne durchsetzen, wie sie es immer tat. Während ich hinter drei Polizeiwagen mit Blaulicht anhielt, sah ich mich ausgiebig um. Es war so trostlos, wie es nur fünfzehn Minuten von Golden Gate entfernt sein konnte. Spielte die Zeit eine Rolle für denjenigen, der das getan hatte?

Die zuerst eingetroffenen Beamten hatten den Verkehr auf der dem Fundort der Leiche gegenüberliegenden Straßenseite auf eine Spur verengt. Das war nicht genug. Ich schrie den Befehl, die Straße vollständig zu sperren. Wer wusste schon, was wir finden würden, wenn wir beide Seiten der Fahrbahn durchkämmten?

Während zwei Streifenwagen in Position fuhren, um die Straße zu blockieren, näherte ich mich der Leiche. Ein kaukasischer Mann von mittlerem Körperbau mit dunklem Haar lag kopfüber in einem Entwässerungsgraben. Eine dünne, schwarze Jacke war hochgerutscht und gab den Blick auf ein weißes T-Shirt und den Ansatz einer Tätowierung frei. Pflanzenteile und Schmutz waren auf seinen Schultern und im Haar verteilt, ein unglücklicher Beweis dafür, dass Wasser über ihn hinweggespült war.

Ich zog Handschuhe und Überschuhe an und stieg in den schlammigen Graben. Der Mann lag auf der rechten Wange und sein linkes Auge wirkte getrübt. Als ich mich bückte, lief es mir eiskalt den Rücken hinunter, als eine rote Ameise aus seiner Nase krabbelte. Ich bemerkte eine dünne Narbe auf seiner Stirn, bevor ich in die Gesäßtaschen seiner abgetragenen Jeans griff.

In der linken Tasche befand sich eine billige Brieftasche, die ich eintütete, und in der rechten ein Handy. Das Handy ließ sich nicht einschalten. Ich konnte nicht sagen, ob es am Akku lag oder ob es durch die Nässe einen Kurzschluss hatte, und ließ es in eine andere Tüte fallen. So oder so würde mir das Labor die Kontakte und Nutzungsdaten besorgen.

Wir brauchten zwei Leute, um die Leiche umzudrehen. Er sah aus, als wäre er Mitte dreißig. Das rechte Auge des Opfers war offen und mit Schlamm verkrustet – zweifellos war er schon tot, als er zusammenbrach. Sein weißes T-Shirt war rötlich-braun und verdeckte teilweise zwei Einschusswunden, eine im linken Brustbereich und die andere genau in der Mitte, unterhalb des Brustkorbs. Ich wollte die Vordertaschen durchsuchen, aber sie waren voller Dreck. Ich wollte nicht riskieren, irgendwelche forensischen Beweise zu verlieren. Wir legten die Leiche wieder in ihre ursprüngliche Position zurück, als der Wagen der Spurensicherung vorfuhr.

Zwei Ermittler der Spurensicherung, mit denen ich öfter zusammengearbeitet hatte, als mir lieb war, kamen auf mich zu. Ich erklärte ihnen, was ich mit der Leiche gemacht hatte, und ging dann in der Hoffnung, dass sie mir etwas Brauchbares liefern würden. Während vier der uniformierten Beamten mit einer systematischen Suche nach Beweisen, einschließlich Patronenhülsen, begannen, nahm ich die Brieftasche heraus.

Laut Führerschein war das Opfer Joseph L. Chapman. Der

Sechsunddreißigjährige wohnte in der 104. Straße, war eins siebzig groß und wog siebzig Kilo. Die Brieftasche war mit Zwanzig-Dollar-Scheinen vollgestopft und enthielt eine Visa-Debitkarte und zwei Bilder, die unmöglich zu entziffern waren. Nachdem ich sie eingetütet hatte, rief ich Vargas an und bat sie, sich über Chapman zu erkundigen.

———

VARGAS SCHENKTE mir ein warmes Lächeln, als ich ins Büro kam.

»Siehst aus, als könntest du einen Kaffee gebrauchen, Frank. Ich hol dir eine Tasse.«

»Schon gut, ich hole mir meinen selbst. Was hast du über Chapman herausgefunden?«

»Du solltest dir besser einen Kaffee holen. Der Typ hat eine lange Vorstrafenliste, und nichts davon ist gut.«

Ich ging näher an Vargas' Schreibtisch heran und nahm einen Hauch ihres süßlichen Parfüms wahr. »Lass mal hören.«

»Chapman hat sein halbes Leben hinter Gittern verbracht. Einbrüche, eine Handvoll bewaffneter Raubüberfälle und zwei üble Körperverletzungen sind die Höhepunkte. Er war nicht lange auf freiem Fuß. Chapman ist erst vor sieben Monaten aus Immokalee rausgekommen.«

»Auf Bewährung?«

Vargas nickte. »Shiler war sein Bewährungshelfer. Er hatte ihn schon zum dritten Mal.«

Ich ließ mich auf einen Stuhl fallen. »Wir müssen unsere Zeit damit verschwenden, dem nachzugehen? Wer auch immer ihn getötet hat, hat uns einen Gefallen getan.«

»Ernsthaft?«

»Ich will damit nur sagen, dass dieser Chapman war ein Penner, und wir müssen unsere Ressourcen darauf verschwenden, den zu finden, der ihm endlich das Handwerk gelegt hat?«

»Du würdest also lieber nichts tun und irgendeinen selbst-ernannten Richter die Justiz in die Hand nehmen lassen?«

Ich zog die Stirn kraus. »Ich hatte gehofft, wir könnten das irgendwie unter den Teppich kehren. Du weißt, ich muss mir etwas freinehmen, um eine Wohnung zu finden.«

»Ich hab's dir doch gesagt, die Cabana gehört ganz dir.«

Es war perfekt, aber Vargas und ich hatten gerade erst angefangen, uns zu verabreden. Wir hatten drei Dates gehabt und die Dinge liefen gut. Auch wenn die Cabana separat war, wüssten wir über das Kommen und Gehen des anderen Bescheid, und es fühlte sich nicht richtig an.

»Glaub mir, es würde die Sache verdammt viel einfacher machen und den Druck nehmen, aber ich will nicht, du weißt schon, die Sache zwischen uns vermasseln.«

»Ach komm, Frank, wir sind erwachsen.«

Vielleicht war es einer von uns. Ich senkte meine Stimme. »Aber ich will wirklich, dass das mit uns funktioniert.«

»Das ist süß, Frank. Ich verstehe das. Womit auch immer du dich wohlfühlst, ist für mich in Ordnung.«

3

Nachdem ich den Titel einer E-Mail gelesen hatte, sagte ich: »Hey, Vargas, der Autopsiebericht von Chapman ist da.«

»Und?« Vargas kam um meinen Schreibtisch herum. Ihr Geißblattparfüm roch verdammt gut. Es war dasselbe, das Kayla immer getragen hatte. Sie war etwas Besonderes, jemand, bei dem ich dachte, es könnte mit uns klappen. Ich fragte mich gerade, ob sie jemanden hatte und ob ich es wagen sollte, sie anzurufen, als Vargas sagte:

»Hallo? Bist du da, Frank?«

»Ja, ja. Die Kugeln waren Hohlspitzgeschosse. Wer auch immer es war, ging auf Nummer sicher, dass Chapman nicht überleben würde. Vielleicht gab es da etwas, irgendein Geheimnis, das der Mörder mit Chapman sterben lassen wollte.«

»Sie haben am Tatort keine Hülsen gefunden, richtig?«

»Nichts. Der Mörder hat sie aufgesammelt.«

»Vielleicht, aber ich habe mir überlegt: Was ist, wenn er oder sie den Kerl aus einem Auto oder Lkw erschossen hat? Die Hülsen könnten im Wagen gelandet sein.«

Ich mochte Vargas wirklich, sie war eine gute Polizistin,

aber es ging mir auf die Nerven, dass sie mit Szenarien ankam, die ich früher selbst rausgehauen hatte. Reichte es nicht, dass ich meine Blase an Krebs verloren hatte? Musste die Chemo mir auch noch mein Gedächtnis nehmen?

»Genau das habe ich mir auch gedacht. Wenn wir das zurückverfolgen, müssen wir auf Brandspuren achten, die die Hülsen hinterlassen haben könnten.«

»Außer der Info zu den Hohlspitzgeschossen gibt es nichts, nur einen Todeszeitpunkt von ungefähr einundzwanzig Uhr.«

»Hat die Spurensicherung irgendwas entdeckt?«

»Nada. Sie meinten, der Regen könnte Fasern oder Haare weggespült haben«, antwortete Vargas und fügte hinzu: »Fangen wir mit der Mutter des Opfers an.«

Ich hatte null Interesse daran, Zeit mit einem kleinen Ganoven zu verschwenden, aber ich wollte nichts sagen und nicht als unsensibel abgestempelt werden.

––––––

CHAPMANS MUTTER LEBTE in einer Reihe von gelben Betonsteinbauten an der Terry Street in Bonita. Vargas und ich wurden von lauter mexikanischer Musik begrüßt, die aus den offenen Fenstern der Nachbarwohnung drang. Keine Klimaanlage? Ende Juni?

Anita Chapman, eine zierliche Frau, ließ uns herein. Hinter dem Wohnzimmer befanden sich eine Pantryküche und ein Schlafzimmer. Es war winzig, aber sauber und hatte eine Klimaanlage im Fenster, die vor sich hin summte. Es roch nach etwas Gebackenem. Wenn sonst nichts dabei heraussprang, bekamen wir vielleicht einen Keks für unseren Besuch.

Vargas sagte: »Bitte nehmen Sie unser Beileid an, Ma'am. Wir wissen, wie schwer das für Sie sein muss, aber wir brauchen Ihre Hilfe und haben einige Fragen an Sie.«

»Es ist der schlimmste Albtraum aller Eltern, wenn das eigene Kind vor einem stirbt.«

Ich schluckte schwer und zog mein Notizbuch heraus.

Vargas sagte: »Das tut uns leid.«

»Joseph war kein einfaches Kind, aber ich kann Ihnen sagen: Das macht es nicht leichter.«

Ihre Lippen zitterten, und Vargas rieb ihr über den Rücken.

»Setzen wir uns doch.«

Mein Magen reagierte auf einen Teller mit Keksen auf der Anrichte. Mit den Augen auf der Schale zog ich einen Stuhl vom Küchentisch weg, und Chapmans Mutter setzte sich.

»Mrs. Chapman, wir brauchen Ihre Hilfe bei einigen Hintergrundinformationen über Ihren Sohn.«

Vargas warf mir einen bösen Blick zu und sagte. »Wenn Sie bereit sind, zu reden. Kann ich Ihnen ein Glas Wasser holen?«

Sie nickte. »Danke. Mir geht es gut. Was wollen Sie wissen?«

Vargas fragte: »Wann haben Sie Ihren Sohn zum letzten Mal gesehen?«

»Vorgestern. Er ist gekommen, um mich zu besuchen, hat gesagt, es ginge ihm gut, und hat mir sogar etwas Geld zurück-gezahlt, das er sich geliehen hatte.«

Ich sagte: »Dürfen wir fragen, wie viel?«

»Fünfhundert Dollar.«

Ich sagte: »Das ist eine Menge Geld. Wissen Sie, woher er es hatte?«

»Ich habe schon vor langer Zeit aufgehört zu fragen. Sehen Sie, mein Sohn war kein Engel, aber es schien ihm gut zu gehen.« Ihre Stimme bekam etwas Zittriges. »Er hatte es schwer, als er aufwuchs.«

»Er wurde gemobbt?«

Sie nickte. »Joey war anders, und jeder weiß, dass Kinder gemein sein können.«

Amen dazu. Sogar dieser Detektiv schämte sich, wenn er

sich an die Hänseleien erinnerte, an denen er sich beteiligt hatte.

Ich sagte: »Was ist mit seinen Freunden? Können Sie uns irgendetwas sagen? Gab es da jemanden Neues?«

»Er war meistens ein Einzelgänger. Ich meine, er hatte schon ein paar Freunde, aber er ist sozusagen von einem zum nächsten gewechselt.«

Ich sagte: »Joseph hatte über die Jahre eine Menge Ärger mit dem Gesetz. Die meisten Leute wie er neigen dazu, mit denselben Leuten abzuhängen.«

»Die Leute, mit denen er unterwegs war, haben mir nie gefallen, und das habe ich ihm auch gesagt. Aber ich habe gegen eine Wand geredet. Ich weiß nicht. Was er wirklich gebraucht hätte, wäre ein Vater gewesen, der ihn auf den rechten Weg gebracht hätte.«

Vargas streckte die Hand über den Tisch und tätschelte sie. »Ich bin sicher, Sie haben Ihr Bestes getan.«

»Aber wissen Sie, es ist komisch, vielleicht hat er doch zugehört, denn neulich sagte er, er würde sich mit einem Freund aus der Kirche treffen.«

Die Frau tat mir leid. Wer wusste schon, ob sie eine gute Mutter war oder nicht? Am Ende des Tages lag ihr Kind auf einer Edelstahlliege in der Gerichtsmedizin des Countys.

Vargas fragte: »Gibt es jemanden, von dem Sie sich vorstellen könnten, dass er Joseph so etwas antun würde?«

Sie schüttelte den Kopf. »Nein, so etwas kann ich mir nicht vorstellen. Vielleicht sollten Sie bei Paulie Lenin nachfragen. Joseph und er waren sich früher sehr nah.«

Wir stellten noch ein paar Fragen, verabschiedeten uns und gingen ohne einen Keks zum Auto.

Als ich vom Bordstein wegfuhr, sagte ich: »Das war reine Zeitverschwendung, Zeit, die ich nicht habe.«

»Wir wissen, dass er flüssig gewesen ist.«

»Wenn du mich fragst, hat Chapman ein Ding gedreht, und wer auch immer mit ihm dabei war, hat ihn umgelegt.«

»Vielleicht hat er die falschen Leute bestohlen. Einen Drogendealer oder so.«

Ein weiterer Gedanke, auf den ich hätte kommen sollen.

»Könnte sein, aber sie haben uns einen Gefallen getan.«

Mit dem Telefon in der Hand atmete Vargas aus. »Weißt du, Frank, manchmal kannst du ein richtiges Arschloch sein.«

»Nur manchmal?«

Vargas, das Telefon am Ohr, schüttelte den Kopf, während sie herausfand, wo Paul Lenin wohnte.

———

DIE MOSS WOOD ROAD, ein passender Name, bestand aus einer Ansammlung von Holzhäusern, die sich hufeisenförmig um eine Schotterauffahrt gruppierten. Die Häuser waren mit Sperrholzflicken und blauen Planen auf den Dächern übersät. Diese Behausungen würden beim nächsten Hurrikan zerstört werden, wenn nicht vorher der böse Wolf vorbeikäme.

Als wir vorfuhren, fiel mein Blick auf einen roten Blitz. Ein Kerl in einem T-Shirt ging von Lenins Haus weg und trug zwei rote Flaschen Tide.

»Da ist er.« Vargas zeigte auf einen überdachten Parkplatz, der von zwei spindeldürren Palmen eingerahmt wurde.

Laute Rap-Musik, das ist ja ein Widerspruch in sich, Rap und Musik im selben Satz, dröhnte uns entgegen, als wir näherkamen. Ein großer Mann mit rasiertem Kopf und Bart saß auf einem Hocker neben einem Klapptisch.

»Paul Lenin?«

»Ja, seid ihr Bullen?«

Ich hatte meine Marke noch nicht gezückt, aber das kriminelle Element hatte einen sechsten Sinn, wenn es um die

Polizei ging. Sein Problem war nur, dass es nicht über das Erkennen hinausging.

Ich hielt ihm meine Marke hin. Als ich den Tisch überflog, sah ich Haken, Metallfische und bunte Schnüre. »Machst du Köder?«

»Ja, angelst du?«

»Nein, aber mein Vater ist früher ab und zu rausgefahren.«

»Damit solltest du mal anfangen; es ist sehr entspannend.«

»Vielleicht mache ich das. Wir wollten dich nach Joseph Chapman fragen.«

»Ich weiß nichts.«

»Weißt du, was mit Chapman passiert ist?«

Er nickte.

Vargas sagte: »Wann hast du ihn das letzte Mal gesehen?«

Lenins Blick wanderte von ihrem Gesicht zu meinem. »Ich habe damit nichts zu tun gehabt. Joe und ich waren Freunde.«

»Sie sagt nicht, dass du es warst. Ihre Frage war, wann du ihn das letzte Mal gesehen hast.«

Er zögerte. »Vor ein paar Tagen.«

Lenin hatte ein Vorstrafenregister, war aber in den letzten zwei Jahren nicht mehr straffällig geworden oder nicht erwischt worden. Ich sagte: »Wenn du nichts mit seinem Tod zu tun hast, musst du dir keine Sorgen machen. Wir suchen nach Informationen, um seinen Mord aufzuklären. Alles, was du uns sagst, bleibt unter uns.«

»Ich weiß nichts.«

Vargas sagte: »Ihr beide wart Freunde. Was hat Chapman angestellt, was ihm das Leben gekostet haben könnte?«

Lenin nahm einen Haken in die Hand und tippte sanft mit dem Daumen auf dessen scharfes Ende.

»Du hast nichts zu befürchten. Detective Luca hat dir bereits gesagt, dass alle Informationen, die du uns gibst, bei uns bleiben werden.«

»Joey war Joey. Er hat nicht viel geredet. Wir haben uns nicht mehr so oft gesehen. Wir haben den Kontakt verloren.«

Ich tat so, als würde ich mir die Auswahl an Angelausrüstung ansehen, und warf einen verstohlenen Blick ins Fenster. Dort standen vier Reihen von Kartons, drei hoch gestapelt, auf denen das Tide-Logo prangte. Ich würde kein Natriumthiopental brauchen, um diese kriminelle Auster zu knacken.

»Lass den Mist, wir haben keine Zeit. Wenn du nicht anfängst zu reden, besorge ich einen Durchsuchungsbefehl und stelle deine Bude auf den Kopf.«

Vargas' Augen weiteten sich, und ich sagte: »Entweder hat dieser Kerl einen Fetisch fürs Wäschewaschen, oder wir haben einen Teil der Ware aus dem Lkw gefunden, der aus dem Vertriebszentrum von Walmart gekapert wurde.«

»Ich war's nicht. Ich schwöre es.«

Oh, wenn er es schwört, muss es ja wahr sein. »Hör zu, ich habe es dir von Anfang an gesagt, ich bin nicht darauf aus, dich hochzunehmen. Ich will Informationen. Du redest, und ich tue dich als Sauberkeitsfanatiker ab.«

Vargas sagte: »Sag uns, was du weißt.«

Lenin kniff für eine Sekunde die Augen zusammen und dann sprudelte es aus ihm heraus. »Er kam wegen ein paar Dingern zu mir, die er drehen wollte. Ich habe ihm gesagt, dass ich so was nicht mehr mache. Ich meine es ernst, das tue ich nicht. Ich halte mich von so was fern. Ich gehe nicht wieder in den Knast.«

»Dinger? Er hat Raubüberfälle geplant?«

Er nickte.

»Weißt du, ob er sie durchgezogen hat?«

Er nickte. »Es stand in der Zeitung. Er hat den 7-Eleven am Golden Gate ausgeraubt. Zumindest glaube ich, dass er es war.«

Wir würden das Überwachungsvideo prüfen müssen. »Er wollte, dass du den 7-Eleven mit ihm machst?«

»Ja, den und den Laden einer Tankstelle am Airport.«

»Die Chevron-Tankstelle?«

»Ja, die, hat er gesagt.«

Lenin gab uns nichts weiter, aber was mich betraf, war das genug. Und wenn wir Chapman durch die Videoaufnahmen mit den Raubüberfällen in Verbindung bringen konnten, würden wir zwei Verbrechen aufklären. Chapman war ein Kretin, und ich wollte keine weitere Zeit damit verschwenden, seinen Mörder zu jagen, der wahrscheinlich einen Streit mit einer Waffe beigelegt hatte. Ich musste einen Weg finden, diesen Fall im Sande verlaufen zu lassen.

4

DER WESTLICHE HIMMEL WAR ANTHRAZITGRAU UND DIE Morgenluft kühl, als wir die Polizeiabsperrung am Vanderbilt Drive überquerten. Ich musterte die Gegend von der Südspitze des Cocohatchee River Park bis zur Island Marina. Das Wasser bewegte sich westwärts in Richtung des Golfs von Mexiko.

Ein Jetski mit zwei Schaulustigen an Bord kam in Sicht. Er wurde langsamer und näherte sich im Leerlauf. Wie erfuhren die Leute nur so schnell davon?

Vargas fragte den zuständigen Beamten: »Wer hat die Leiche gefunden?«

»Ein Typ wollte angeln gehen und hat ihn da drüben treiben sehen.« Er zeigte auf eine kleine Bucht. »Er ist mit seinem Boot rübergefahren, um nachzusehen, was los war, und hat es dann gemeldet.«

»Hat er irgendwas angefasst?«

»Er hat ihn mit dem Stielende seines Gaffs angestupst, um zu sehen, ob er sich noch bewegt. Dann hat er die Leiche zur Einfahrt des Jachthafens gezogen.«

Wir liefen eine federnde Aluminium-Gangway hinunter auf

den Bootssteg aus Trex, den Stroboskoplichtern entgegen. Ein Fotograf dokumentierte den Tatort, und es war ein schwieriger Tatort. Es gab unzählige Stellen, an denen die Leiche ins Wasser gelangt sein konnte. War sie von einem Boot weit draußen in der Bucht, und die Strömung hatte sie hergetragen, oder war sie vom Land aus entsorgt worden?

Gestern war ein kleines tropisches Tiefdruckgebiet durchgezogen, das starken Regen und widrige Bedingungen auf dem Wasser mit sich gebracht hatte. Wie lange lag die Leiche im Wasser? Es gab eine Menge Fragen, die eine Antwort erforderten.

Sanft schaukelnd wurde die Leiche gegen den Bug eines Polizeibootes gedrückt. Ich stützte mich an einem Dalben ab und beugte mich zu der Leiche hinüber. Er lag auf dem Rücken; es handelte sich um einen Mann in den Dreißigern, der Jeans und ein schwarzes Hemd trug. Es gab mindestens zwei Schusswunden, eine in der rechten Brust und eine weitere im Bauch.

Die Leiche war nur wenig aufgedunsen und zeigte keine Verwesungserscheinungen. Wahrscheinlich lag sie deutlich weniger als einen Tag im Wasser. Mit dieser ersten Antwort in der Tasche befahl ich dem Polizeiboot, die Leiche aus dem Wasser zu fischen, und wandte mich an Vargas.

»Sehen wir mal nach, ob er einen Ausweis dabeihat.«

»Meinst du, er ist woanders getötet worden und dann hier entsorgt worden?«

»Das hängt davon ab, wer er ist. Wenn er ein Boot besitzt oder angeln geht, könnte er auch auf dem Wasser erschossen worden sein, wo es verdammt viel weniger Zeugen gibt.«

»Chapman hat auch zwei Kugeln in die Brust bekommen.«

»Das vergisst man nicht so leicht, selbst wenn er es verdient hat.«

Vargas funkelte mich an und drehte sich weg.

»Moment mal, Mary Ann, das war doch nur ein Scherz.«
War es nicht, aber wir hatten morgen eine Verabredung, und
vielleicht würde ich ihre Cabana zum Wohnen brauchen.

———

ALS DIE LEICHE aus der Bucht gehoben wurde, tropfte mit
Seetang durchsetztes Wasser von ihr herab. Ich notierte mir,
dass der Körper auf dem mit einer Plane abgedeckten Steg
abgelegt wurde, für meinen Geschmack zu unsanft. Die Füße
der Leiche waren nackt. War das ein Zeichen dafür, dass er auf
einem Boot gewesen war? Oder trug er Flipflops, als es mit ihm
zu Ende ging?

Ich zog Handschuhe an und beugte mich über die Leiche.
Soweit ich sehen konnte, gab es nur zwei Wunden.

»Vargas, lass ihn uns auf die Seite drehen.«

Ich hob seinen Oberkörper an, während Vargas seine
Hüften drehte. Es schien mindestens eine Austrittswunde zu
geben. Vargas durchsuchte die Gesäßtaschen und fischte eine
Brieftasche und ein Telefon heraus. Wir legten die Leiche
vorsichtig zurück und wiesen die Beamten an, den Körper für
den Transport zum Gerichtsmediziner einzupacken.

Die billige Brieftasche zerfiel beinahe, als Vargas sie öffnete.

»Sei vorsichtig. Schau nur, ob ein Ausweis drin ist, und
überlass den Rest dem Labor.«

Vargas zog einen laminierten Führerschein heraus, untersuchte ihn kurz und reichte ihn mir, während sie die Brieftasche eintütete.

Ich verglich das Foto mit der Leiche; es war eindeutig eine
Übereinstimmung. Sein Name war Brett Tinder und er wohnte
in der Radio Road. Ich machte ein Foto vom Führerschein und
ließ ihn in den Beutel mit der Brieftasche fallen.

———

Kaum war ich in unserem Büro, sagte Vargas: »Tinder ist vorbestraft.«

»Welche Delikte?«

»Er ist nicht von Chapmans Schlag, aber zwei Einbrüche und ein paar Fälle von häuslicher Gewalt.«

»Er ist verheiratet?«

»Glaube ich nicht, aber er hat ein hitziges Gemüt. Die Anzeigen kamen von verschiedenen Frauen.«

»Verdammter Feigling. Vielleicht hat eine Freundin die Nase voll davon gehabt, von dem Mistkerl misshandelt zu werden.«

»Du weißt, dass das nicht wahrscheinlich ist, Frank.«

»Ich weiß. Trotzdem müssen wir mit ihnen reden.«

»Willst du mit ihnen anfangen oder mit seiner Mutter?«

»Ist sie schon benachrichtigt worden?«

»Ja, Alvarez ist hingefahren.«

»Gut, dann fangen wir mit derjenigen an, die näher dran wohnt.«

»Die Mutter wohnt in Leigh Acres – beide Frauen in East Naples.«

»Auf nach East Naples.«

»Okay. Ich habe auch einen Streifenwagen in seine Nachbarschaft geschickt – mal sehen, was sie an Kontakten auftreiben.«

»Guter Zug. Lass uns los.«

Als Vargas ihre Waffe ins Holster steckte, sagte sie: »Ich habe das Labor gebeten, die Ballistik der Kugeln von Chapman und Tinder zu vergleichen. Die Chance ist gering, dass sie zusammenhängen, aber wir haben zwei Leichen in knapp zwei Wochen.«

Sie war gut. Als jemand, der nicht an Verschwörungen glaubte, sah ich zwar keine Verbindung, aber es war der richtige Schritt. Wenn wir es mit einem Serienmörder zu tun hatten, der Schläger aus dem Weg räumte, war ich der Meinung, wir sollten die Sache entweder schleifen lassen oder ihn einstellen.

5

Ich hätte den Wert eines Ortes wie dem, in dem Tinders Freundin wohnte, nicht einmal schätzen können. Dem Haus aus Betonsteinen fehlten Dachziegel, und ein Stück vergrautes Sperrholz verdeckte ein Fenster. Der Vorgarten von Jean Barons Haus war mit Plastikmöbeln und Fahrrädern übersät, die mehr oder weniger kaputt waren. Ich klingelte mit meinem Autoschlüssel.

Jean Baron hatte eine Säufernase und trug immer noch einen Morgenmantel, obwohl es fast Mittag war. Ihre Augen waren rot. Entweder hatte sie an einer Flasche genippt, oder sie wusste von Tinder. Ich konnte einen dieser dämlichen Gerichtsshows im Fernsehen hören.

Vargas sagte: »Jean Baron?«

Baron nickte langsam.

»Wir sind Detectives Vargas und Luca vom Sheriff's Department.«

»Sie sind wegen Brett hier, stimmt's?«

Vargas nickte. »Wissen Sie, was mit ihm passiert ist?«

Sie nickte. »Seine Mutter hat mich angerufen.«

»Dürfen wir hereinkommen?«

Baron trat zur Seite, und wir betraten ein kleines Wohnzimmer mit einem Flachbildfernseher, der so groß war, dass er den Raum völlig dominierte. Es roch nach Brathähnchen.

»Kann ich Ihnen etwas anbieten?«

»Nein, danke. Wir würden Ihnen gerne ein paar Fragen über Mr. Tinder stellen, um einen Hintergrund dafür zu bekommen, wie das passieren konnte.«

»Es war unvermeidlich.«

Ich fragte: »Wie meinen Sie das?«

»Ich meine, Brett hatte auch seine guten Seiten. Er konnte gut mit meinen Kindern umgehen, obwohl er das nicht musste. Er hat sie wie seine eigenen behandelt. Das war der einzige Grund, warum ich bei ihm geblieben bin.«

»Wie lange waren Sie mit ihm zusammen?«

»Immer mal wieder, ungefähr sechs Jahre.«

»Warum haben Sie ihn verlassen?«

»Ach, kommen Sie, Sie wissen es doch ganz genau. Ich habe Anzeige gegen ihn erstattet. Er hat mich vor den Kindern grün und blau geschlagen.«

»War das das erste Mal, dass er Hand an Sie gelegt hat?«

Sie schüttelte den Kopf. »Wie gesagt, ich bin der Kinder wegen geblieben.«

Ich sagte: »Sie sagten, seine Mutter hat Sie angerufen. Stehen Sie beide sich nahe?«

»Emily ist eine Heilige. Sie hat ja niemanden außer Brett, und der steckte immer in Schwierigkeiten. Sie tat mir leid.«

»Womit hat Mr. Tinder seinen Lebensunterhalt verdient?«

Sie schnaubte. »Sie meinen, außer Klauen und Dealen?«

Ich warf Vargas einen kurzen Blick zu, bevor ich fragte: »Er hat mit Drogen gedealt?«

»Nichts Großes, aber ich habe ihn eines Tages mit einer großen Tüte Pillen erwischt. Das war das erste Mal, dass ich ihn rausgeschmissen habe. Er hat gebettelt, zurückkommen zu dürfen, und wie eine Närrin habe ich ihn wieder aufgenommen. Aber wenigstens in der Hinsicht hat er sein Wort gehalten, denn ich habe nie wieder Drogen gesehen, und glauben Sie mir, mit zwei Kindern habe ich danach gesucht.«

Ich fragte: »Kannte er jemanden namens Joe Chapman?«

»Chapman? Nein, ich glaube nicht.«

Vargas reichte ihr ein Foto von Chapman.

»Den Kerl habe ich noch nie gesehen.«

Vargas nahm das Bild zurück und fragte: »Sie sagten, Mr. Tinder steckte immer in Schwierigkeiten. Wie meinen Sie das?«

»Ernsthaft? Sie haben ihn doch verhaftet und ins Gefängnis geschickt, oder nicht?«

»Detective Vargas sucht nach Informationen, die nichts mit seiner Akte zu tun haben. Dinge, mit denen er vielleicht davongekommen ist.«

»Brett war ein Dieb, durch und durch. Er hat fast überall, wo wir hingingen, etwas geklaut, als wäre es ein Spiel.«

»Hatte er jemanden, den Sie als Feind bezeichnen würden?«

»Er ist in Schlägereien geraten, ist ganz verbeult nach Hause gekommen. Aber es ist gut zwei Jahre her, dass wir zusammen waren, und ich weiß nicht, was er so getrieben hat.«

»Fällt Ihnen jemand ein, mit dem wir reden sollten? Irgendwelche Freunde, die dabei helfen könnten, denjenigen zu fassen, der das getan hat?«

Baron gab uns die Namen von drei Kerlen, mit denen Tinder rumhing, als sie mit ihm zusammen war, und wir gingen.

Auf dem Weg zum Auto sagte ich: »Also, es scheint nicht so, als ob Chapman und Tinder sich kannten.«

»Vielleicht, aber es ist zwei Jahre her, dass sie zusammengelebt haben.«

ZWEI DER NAMEN, die Baron uns gegeben hatte, waren eine völlige Zeitverschwendung. Nicht, dass wir erwartet hätten, dass sie quatschen wie die Weiber im Friseursalon, aber die Ganoven waren auf der Hut, aus Angst, sie könnten etwas über ihre eigenen kriminellen Machenschaften verraten.

Wir dachten, wir hätten es mit dem letzten Kerl, Joey Horchow, leichter, da er im Gefängnis in der Stockade Road in Immokalee saß. Mann, es schien wirklich so, als wäre alles in oder bei Immokalee. Wir wollten bei Horchow vorbeischauen und ein Wörtchen mit ihm reden, bevor wir zur Wohnung seines toten Kumpels fuhren.

Das Gefängnis in der Stockade Road war ein dreistöckiges, weißes Zementgebäude, umgeben von einem drei Meter hohen Zaun mit Stacheldraht obendrauf. Ich war so oft hier gewesen, dass wir unsere Dienstausweise nicht vorzeigen mussten, um durch das Tor zu kommen.

Horchow schaute gelangweilt und trug einen orangefarbenen Overall. Als ich ihn mit meinem geistigen Bild seines Polizeifotos verglich, sah irgendetwas an ihm anders aus. Er saß seit etwas mehr als drei Monaten ein und wartete auf seinen Prozess wegen einer Reihe von Einbrüchen.

»Das ist Detective Vargas und ich bin Detective Luca. Wir sind von der Mordkommission.«

Horchow erstarrte. »Mordkommission? Ich hab mit keinen Morden was zu tun.«

»Wir sind hier, um Sie nach Ihrem Kumpel Brett Tinder zu fragen.«

»Oh. Was ist mit ihm?«

»Er wurde ermordet. In die Brust geschossen und beim Wiggins Pass in die Bucht geworfen.«

»Hab ich gehört.«

»Woher haben Sie das gehört?«

»Ach, kommen Sie, Mann, wissen Sie denn gar nichts über

Gefängnisse? Alles von draußen kommt hier rein, genauso wie Wasser sich seinen Weg sucht.«

Wasser? War das ein Zeichen?

»Hey, haben Sie 'ne Kippe?«

»Rauchen ist nicht gestattet.«

»Ich nehm mir eine für später mit, wenn Sie eine haben.«

»Was können Sie uns über Tinder erzählen?«

»Warum sollte ich Ihnen irgendwas erzählen?«

Vargas sagte: »Mr. Horchow, es ist wahrscheinlich, dass Sie verurteilt werden und eine Strafe von zehn bis vierzehn Jahren erhalten werden –«

»Wenn er Glück hat.«

Sie sagte: »So oder so werden Sie für lange Zeit weg vom Fenster sein. Wenn Sie mit uns kooperieren, werden wir dem Staatsanwalt sagen, wie hilfreich Sie gewesen sind. Mehr kann ich Ihnen nicht versprechen, aber Sie werden jede Hilfe brauchen, die Sie kriegen können, wenn Sie vor Ihrem fünfzigsten Geburtstag das Tageslicht wiedersehen wollen.«

»Was für'n Zeug wollen Sie denn wissen?«

Ich sagte: »Alles, was Sie wissen und was bei unseren Ermittlungen dazu, wer ihn getötet hat, helfen könnte.«

Vargas sagte: »Sie haben erwähnt, dass Informationen von draußen hier hineinsickern. Was haben Sie über seinen Mord gehört?«

»Nicht viel, nur, dass er erschossen wurde und im Cocohatchee getrieben ist.«

»Wer war es?«

Er schüttelte den Kopf. »Keine Ahnung. Wenn ich's wüsste, würde ich es eintauschen, um hier rauszukommen.«

»Wer hatte einen Grund, ihn aus dem Weg zu räumen? Irgendjemand, mit dem er Streit hatte?«

»Brett war wie zwei verschiedene Menschen, wissen Sie. An einem Tag war er voll dabei, und am nächsten Tag meinte er nur so, auf keinen Fall mache ich das.«

»Hören Sie, Joey, ich mag Rätsel genauso gern wie jeder andere, aber was meinen Sie damit?«

»Ich muss vorsichtig sein. Ich sag was, und Sie verwenden es gegen mich.«

Ich sagte: »Solange Sie nicht von einem Mord sprechen, geht nichts von dem, was Sie sagen, irgendwohin. Keine Sorge.«

Vargas fügte hinzu: »Und wenn es sich um einen Mord handelt und Sie Informationen darüber haben, sind wir bereit, ein Angebot für diese Information auszuhandeln.«

»Mann, ich wünschte, ich hätte was, aber Tinder war ein Dieb, ein verdammt guter, aber mehr nicht.«

»Also, was haben Sie vorhin darüber gesagt, dass er ein Chamäleon war?«

»Die meisten Dinger, die wir gedreht haben, haben wir im Team gemacht. Das macht es viel sicherer.«

Ja, so sicher, dass du hier sitzt und auf mehr als zehn Jahre im Knast starrst. »Weiter.«

»Was die Jungs auf die Palme gebracht hat, war, dass wir einen Coup geplant haben und Brett an einem Tag voll dabei war, und dann, kurz bevor wir es durchziehen wollten, ist er ausgestiegen. Er hat das mehr als einmal gemacht, und das hat die Jungs wütend gemacht, richtig wütend.«

»Wütend genug, um ihn zu töten?«

Er zuckte mit den Schultern.

»Fällt Ihnen da jemand ein?«

»Weiß nicht.«

»Kommen Sie schon, Joey.«

»Werden Sie wirklich mit dem Richter und so reden?«

Vargas sagte: »Absolut. Wir helfen uns hier gegenseitig, und wir gewinnen beide.«

»Sind Sie sicher?«

Ich sagte: »Sie haben unser Wort, Joey. Jetzt sagen Sie uns, wer Ihrer Meinung nach was gegen Tinder hatte.«

»Chenko. Er mochte Brett nie, hat immer schlecht über ihn geredet. Eines Nachts hatten sie eine riesige Schlägerei, und Chenko hat ein Messer gegen ihn gezogen. Ich schwöre, er hätte ihn in Stücke geschnitten, wenn wir es nicht verhindert hätten.«

»Wo war diese Schlägerei?«

»In der Autowerkstatt in der Taylor, wo wir rumgehangen haben.«

»Wo wohnt dieser Chenko, und hat er einen Vornamen?«

»Alex. Er kommt aus Lehigh Acres.«

»Haben Sie eine Ahnung, warum Tinder ständig seine Meinung geändert hat?«

»Brett war ein guter Kerl, tief im Inneren. Er mochte Kinder –«

»Und seine Freundinnen zu verprügeln.«

»Es tat ihm leid, wirklich sehr leid, aber er hatte Wutprobleme. Er hat versucht, sich zu beherrschen, hat sogar angefangen, in die Kirche zu gehen.«

»Hat anscheinend nicht funktioniert.«

»Weiß nicht. Seit er zur Kirche gegangen ist, ist er nicht mehr so oft explodiert.«

»Wie lange haben Sie Joey Chapman gekannt?«

»Wen?«

Ich hielt ihm ein Bild hin. »Joey Chapman.«

Er schüttelte den Kopf. »Keine Ahnung, wer das ist.«

»War Tinder schwul?«

»Meinen Sie, so wie 'ne Schwuchtel?«

»Ja.«

»Nee, er war hetero, Mann.«

»Sind Sie sicher?«

»Jep.«

Vargas sagte: »Vielleicht war Ihr Kumpel zwiegespalten und hatte Wut, weil er verwirrt darüber war, wer er war. Ergibt das für Sie einen Sinn?«

»Also, Sie sagen, er ist ausgerastet und hat seine Frauen geschlagen, weil er eine Tunte war?«

Ich sagte: »Es gibt zahlreiche Beispiele von Männern, die sich als heterosexuell ausgeben, aber in Wirklichkeit schwul sind. Das fordert seinen Tribut, und manchmal werden sie gewalttätig, oft gegenüber Frauen.«

6

MIT BLAULICHT VERLANGSAMTE ICH AUF Schrittgeschwindigkeit, als ein Beamter die Leitkegel zur Seite räumte. Ich bog von der Route 41 ab und fuhr auf der falschen Seite der Immokalee Road. Der Verkehr war von Airport Polling bis zur 41 gesperrt, und es war seltsam – auf der Westspur war kein einziges Auto. Die Gaffer auf der Ostspur hatten einen Stau verursacht, bei dem die Autos Stoßstange an Stoßstange standen, um zu sehen, was es mit dem Polizeieinsatz auf sich hatte.

»Weißt du, Vargas, wenn die Leute in ihrem restlichen Leben nur halb so neugierig wären, wäre die Welt ein besserer Ort.«

Wir fuhren an die Kreuzung Palm River und schlossen uns drei Streifenwagen an.

»Ist das Bailey? Ich hoffe nicht.«

»Jep.«

»Beim letzten Tatort auf Keewaydin, an dem ich mit ihm gearbeitet habe, ist er überall an diesem verdammten Ort herumgetrampelt. Es wundert mich, dass er da unten kein Bad nimmt.«

»Oh, Frank, du übertreibst immer.«

»Hey, ich übertreibe aber nicht, wenn ich dir sage, dass du gut aussiehst. Oder?«

Ihr Lächeln hellte für einen Augenblick die Stimmung auf.

Wir traten an den Entwässerungskanal, der neben der Immokalee verlief. Ein paar Streifenpolizisten, darunter auch Bailey, standen an der Brückenkreuzung Palm River und stützten sich auf das Geländer. Bailey sah uns und sagte: »Wenn das mal nicht George Clooney persönlich ist.«

Ich überlegte, ihn hinüberzuwerfen, sagte aber stattdessen: »Was haben wir denn?«

Bailey deutete auf das Wasser. »Ein Wahnsinnsort zum Baden.«

Ich beugte mich über das Geländer. Dort klemmte eine Leiche an einem Brückenpfeiler. Noch eine Wasserleiche. Der Kleidung und den Haaren nach zu urteilen, sah es aus wie ein Mann, aber heutzutage wusste man ja nie. Ich blickte den Kanal entlang in Richtung Airport Polling. Nichts fiel auf.

Ich sagte zu Vargas: »Der Kerl könnte vom Collier Boulevard heruntergetrieben sein.«

»Wir müssen prüfen, ob alle Schleusen offen waren.«

»Ich wette, da es kaum geregnet hat, waren sie offen. Ich kann mich nicht einmal erinnern, wann ich sie das letzte Mal geschlossen gesehen habe.«

Als ich das erste Mal in diese Gegend gekommen war, hatte ich einige Zeit damit verbracht, mich mit dem Netzwerk aus Kanälen, Becken und Gräben vertraut zu machen. Die Systeme dienten der Hochwasserkontrolle und dem Abfluss von Regenwasser, um die Wasserqualität hochzuhalten und gleichzeitig die Feuchtgebiete zu schützen. Es war effektiv, aber was mich interessierte, waren die möglichen Wege, wie Kriminelle das System nutzen könnten. Dies war die zweite Leiche, die wir in der Zeit, seit ich hier war, gefunden hatten, und ich würde wetten, dass dieser Kerl ebenfalls getötet worden war.

Ich sah wieder zu der Leiche hinunter. Es war die dritte Wasserleiche in weniger als einem Monat. Die Strömung ließ den Körper auf und ab wippen, und ich sagte:»Sag Bailey, er soll Aquatics anrufen und die Schleusen schließen lassen. Ich will nicht, dass der Kerl in den Golf treibt.«

Vargas sagte:»Ich glaube, dieser Kanal mündet in den Cocohatchee.«

Ich deutete auf die dunklen Wolken, die sich im Osten zusammenzogen.»Wie auch immer. Wenn es irgendwo im Osten zu regnen anfängt und der Kanal sich füllt, wird unsere Leiche auf Reisen gehen. Und sorg dafür, dass er vom Bezirk Eins ein Boot hierherschicken lässt, das uns hilft, ihn rauszufischen.«

Während Vargas Bailey Anweisungen gab, ging ich über die Brücke zum Ufer. Die Kanalböschungen waren steil. Ich griff nach einem großen Ventil und rutschte ein paar Fuß den Hang hinunter. Es gab keine Anzeichen für eine Schuss- oder Stichwunde. War dieser Mann hineingefallen? War er betrunken?

Es gab eine Legion von Männern, meist jüngeren, die in diesen Kanälen fischten. Die Vorstellung ekelte mich an. Das Wasser im Kanal war ziemlich sauber, aber warum zum Teufel sollte man hier fischen, wenn einem der Golf von Mexiko direkt ins Gesicht starrte?

Vargas kam herüber.»Was meinst du?«

Ich schüttelte den Kopf.»Nicht sicher. Der Kerl könnte beim Fischen ausgerutscht und mit dem Kopf aufgeschlagen sein. Oder er war volltrunken und – wer weiß?«

»Es fühlt sich an, als ob das alles zusammenhängt, Frank.«

»Inwiefern?«

»Wasser. Die Leichen werden im Wasser gefunden.«

Ich kicherte.»Erstens mal: Das hier ist Südwest-Florida, meine Liebe. Wenn du es bemerkt hast – wir haben hier ein bisschen Wasser.«

Sie schüttelte den Kopf. »Manchmal bist du ein echter Besserwisser, weißt du das?«

Ups. »War nur ein Scherz, Mary Ann. Der Chapman-Typ lag in einem Entwässerungsgraben, ohne stehendes Wasser.«

»Ich war dabei. Erinnerst du dich?«

Mein loses Mundwerk zu halten, war nicht leicht. Ich wollte sie nicht verärgern. »Ich weiß. Ich sage ja nur ...«

»Nun, denk das nächste Mal darüber nach, wie du es sagst.«

Ich spürte, wie ich nickte, als Vargas davonstürmte. Vielleicht war diese Sache, mit einer Partnerin auszugehen, doch keine so gute Idee.

NACHDEM SIE MIT einer Stange die Wassertiefe gemessen hatten, rutschten zwei Beamte in brusthohen Wathosen die Böschung hinunter ins Wasser. Eine Art Schlitten aus Aluminium, der an eine Leiter erinnerte, wurde von der Brücke herabgelassen. Die Beamten tauchten das Gerät unter Wasser und sicherten die Leiche darauf. Sie gaben den Daumen hoch, und der Körper erhob sich, wenngleich nicht von den Toten.

Ich half zwei anderen Beamten, das Gerät über das Geländer zu hieven. Obwohl der Mann durchnässt war, schätzte ich sein Gewicht auf etwa hundertundsiebzig Pfund, als wir ihn auf dem Bürgersteig absetzten. Die Leiche trug hautenge Jeans und ein grünes Polohemd.

Als sie die Gurte lösten, zog ich Handschuhe an und fragte: »Könnt ihr ihn umdrehen?« Ein Beamter kniete sich hin und packte die Beine der Leiche, während ich in die Gesäßtasche griff und Vargas eine durchnässte Brieftasche reichte.

Noch bevor er ganz auf dem Rücken lag, konnte ich Blutflecken auf der Vorderseite seines Hemdes sehen. Zwei Einschusslöcher waren die Ursache. Ich blickte zu Vargas auf und erwartete, dass sie lächelte. Tat sie aber nicht, und das war das Besondere an ihr; sie war ein viel besserer Mensch als ich.

Das Opfer war Dick Cornwall, ein siebenunddreißigjähriger Mann, der am Davis Boulevard wohnte. Sein Gesicht war leicht aufgedunsen, aber abgesehen von den beiden Schusswunden gab es keine sichtbaren Verletzungen. Cornwall hatte Tätowierungen auf beiden Unterarmen und trug das Haar, das er noch hatte, kurz. Männer schienen immer früher eine Glatze zu bekommen. War das etwas Evolutionäres?

»Mary Ann, deine Hände sind kleiner, sieh mal in den vorderen Taschen nach.«

Vargas zwängte ihre Hand in die linke Tasche und förderte ein paar Schlüssel und drei Zehn-Cent-Münzen zutage. In der rechten Tasche befand sich ein Taschenmesser in Form eines Fisches.

Sie reichte mir das Messer. »Der Kerl könnte geangelt haben.«

Ich öffnete die Klinge und untersuchte das fischförmige Werkzeug. Die Seite gegenüber der Klinge war wie ein Fischschwanz geformt und dazu gedacht, Flaschen zu öffnen. Ich sagte: »Vielleicht. Oder er hatte es dabei, um Bierflaschen zu öffnen.«

»Soll ich die Ufer entlang des Kanals absuchen lassen, um zu sehen, ob irgendwo eine Angelausrüstung herumliegt?«

Das war eine Idee, auf die ich hätte kommen sollen, sobald ich am Tatort angekommen war. »Klar. Lass sie den ganzen Weg bis zum Collier Boulevard absuchen, aber melde es vom Wagen aus. Ich will zurück und herausfinden, wer dieser Kerl war.«

7

Ohne Zweifel war ich froh, dass Frank Morgan weg war, aber mit einem neuen Sheriff musste ich mich schon wieder vor einem neuen Vorgesetzten beweisen. Es war das dritte Mal in drei Jahren, dass ich eine Beziehung aufbauen musste, und es war anstrengend und lenkte ab.

Don Chester schien ein anständiger Kerl und ein Profi in der Strafverfolgung zu sein, aber er war neu in der Position, und mit einem mutmaßlichen Serienmörder auf freiem Fuß reichte das aus, um einen Welpen in einen Pitbull zu verwandeln.

Ohne Vargas als Puffer wurde ich in das Büro des Sheriffs geführt. Chester schob seinen Stuhl vom Schreibtisch zurück und stand auf. Der Respekt gefiel mir, aber mit den Cowboy-stiefeln war auch die Zwanglosigkeit verschwunden, die Morgan erträglich gemacht hatte.

Chester knöpfte sein Sakko zu und kam mit ausgestreckter Hand um seinen Schreibtisch herum.

»Detective Luca. Es ist gut, Sie wiederzusehen.«

»Danke, Sir.«

Chester hatte einen juristischen Abschluss, war aber gestylt wie ein Werbefachmann von der Madison Avenue und sagte: »Setzen Sie sich.«

Er ging zurück zu seinem Schreibtisch und hob eine Ausgabe der *Naples Daily News* auf. »Haben Sie das gesehen?«

Ich schüttelte den Kopf und nahm die Zeitung. Die Schlagzeile schrie: »Wasser-Assassine schlägt wieder zu.«

»Wasser-Assassine? Erfinden die einen Markennamen, um Zeitungen zu verkaufen?«

»Das trifft den Kern unserer Wirtschaft. Wir müssen diesen Spinner finden, und zwar schnell.«

»Wir arbeiten daran, Sir, jetzt, wo wir glauben, dass es derselbe Mörder ist.«

»Wenn Sie das nicht schnell aufklären können, werde ich das FBI um Unterstützung bitten müssen.«

Ich hatte kein Problem mit den Jungs von der Bundespolizei, aber ich brauchte mehr Zeit. Außerdem hatte das FBI im letzten Jahr einige Fehlschläge zu verzeichnen. »Ich glaube nicht, dass das nötig sein wird, Sir. Wir sind zuversichtlich, dass wir die für diese Morde verantwortliche Person oder die verantwortlichen Personen festnehmen werden.«

»Ich fürchte, wir haben nicht viel Zeit, Detective Luca. Der Druck, diesen Mörder zu finden, wächst.«

———

Ich war am Verhungern, kaute auf einem Bagel aus der Cafeteria und begann, E-Mails zu lesen. Als ich eine von der Spurensicherung las, warf ich den Bagel in den Müll und starrte an die Decke.

Obwohl ich es gewusst hatte, war die Bestätigung beunruhigend. Dies war der größte Fall meiner Karriere, und ich war nicht in Bestform. Drei Tote, und wir waren nicht annähernd dran, herauszufinden, wer zum Teufel dafür verantwortlich war. Dieser Fall würde über meine Karriere entscheiden.

Entscheidende Weichenstellungen prasselten auf mich ein wie ein Platzregen. Ich hatte mich scheiden lassen, meinen früheren Partner verloren, war nach Naples gezogen, hatte Krebs bekommen und war dabei, mich in meine Partnerin zu verlieben.

Ich befand mich auf Neuland, sowohl beruflich als auch in Bezug auf das, was mit Mary Ann geschah. Diese Beziehungssache konnte kompliziert werden. Als leitender Mordermittler war ich ihr Vorgesetzter. Konnte ich das an- und ausschalten? Ich musste. Menschenleben standen auf dem Spiel. Mary Ann würde das verstehen; sie verstand die Dinge immer vor mir.

Ich las den Bericht noch einmal. Es bestand kein Zweifel, dass die Kugeln, die Chapman, Tinder und Cornwall getötet hatten, aus derselben Waffe stammten. Wir hatten es mit einem Serienmörder zu tun. Ich stand auf und ging auf und ab und versuchte, an irgendwelche Kontakte zu denken, die ich im Norden hatte, als meine Partnerin/Freundin hereinkam.

»Was ist los, Frank?«

»Der Ballistikbericht zu Cornwall ist da. Dieselbe Waffe wie bei Chapman und Tinder.«

»Okay, aber das haben wir doch gewusst.«

»Ich weiß, aber ich schätze, es ist die Realität der Sache.« Ich senkte meine Stimme. »Das ist ein großer Fall, Mary Ann.«

Sie stemmte die Hände in die Hüften. »Glaubst du, das ist mir nicht klar?«

»Nein, nein. Es ist nur so: Wir müssen hart arbeiten und-«

Sie seufzte. »Was ist los, Frank?«

Warum konnte sie meine Gedanken nicht einfach komplett lesen? »Ich mache mir nur, du weißt schon, Sorgen um uns. Weißt du, wir kommen gut miteinander aus. Aber ich bin hier der Chef, und ich will nicht, dass du, ich meine, ich kann bei der Arbeit dumme Sachen sagen, und ich will nicht, dass das unsere Beziehung beeinflusst.«

»Also, das ist es? Du machst dir Sorgen um uns?«

Ich nickte.

»Das ist rücksichtsvoll von dir, Frank. Keine Sorge, okay?«

»Bist du sicher?«

Sie lächelte. »Absolut.«

»Das ist großartig.«

»Und, Detective, nur damit du es weißt: Du sagst nicht nur bei der Arbeit dumme Sachen.«

———

VARGAS STAND vor dem Gerichtsgebäude in einem schwarzen SUV. Ich eilte die Treppe hinunter. Als ich die Tür aufriss, schlug mir der Geruch von kaltem Rauch entgegen.

»Meine Güte, das stinkt wie ein verdammter Aschenbecher.«

»Ich weiß, du wirst dich daran gewöhnen.«

»Ich wette, es war O'Reilly. Der Typ ist ein verdammter Schlot.«

»Wahrscheinlich. Du weißt, den Typen, den Horchow uns genannt hat – Alex Chenko? Du wirst nie glauben, wo er ist.«

»Hinter Gittern.«

»Jep. Er kann es nicht gewesen sein – er ist früher verhaftet worden, am Tag, bevor Tinder angespült wurde.«

»Na großartig. Dann haben wir also nichts.«

»Was ist mit der Homosexuellen-Spur, Frank?«

»Wir brauchen mehr – viel mehr, als wir haben.«

»Chapman war schwul, und obwohl wir keinen Beweis haben, könnte Tinder es auch gewesen sein. Vielleicht schlug er auf beiden Seiten der Platte.«

»Wenn der erste Mord nicht Chapman gewesen wäre,

würden wir dann überhaupt nach einer sexuellen Orientierung suchen?«

»Ich würde es hoffen, aber du hast recht, wahrscheinlich würden wir es nicht tun.«

»Ich sage nicht, dass es nicht relevant ist, aber für den Moment sollten wir es mal zurückstellen.«

8

KEINE WOCHE SPÄTER SAß ICH WIEDER IM BÜRO DES SHERIFFS. Chester trug eine rote Krawatte und einen besorgten Gesichtsausdruck. Er stand auf. Ich streckte ihm die Hand entgegen, aber er ließ sich sofort wieder auf seinen Stuhl fallen und sagte: »Ich habe gerade mit dem Gouverneur telefoniert. Er bekommt Gegenwind aus der Hotel- und Gastronomiebranche. Die Leute fangen an, sich Sorgen zu machen. Die Buchungen sind rückläufig.«

»Ich verstehe, Sir, aber es gibt keinen Zusammenhang. Keinem Touristen wurde etwas angetan und keiner wurde ins Visier genommen. Wenn Sie mich fragen, glaube ich, dass dieser Kerl alte Rechnungen begleicht.«

»Haben Sie eine bestimmte Theorie?«

»Wir verfolgen in diesem Stadium mehrere Ansätze.«

»Der Gouverneur hat vorgeschlagen, dass wir das FBI um Unterstützung bitten, damit uns einer ihrer Profiler hilft, uns in die richtige Richtung zu lenken.«

»Bei allem Respekt, Sir, ich halte das für verfrüht. Ich habe mehrere Kurse über Profiling belegt, zwei davon im Hoover

Building in D.C. Ich sehe im Moment einfach keinen Nutzen darin.«

»Da bin ich mir nicht so sicher, Detective Luca.«

»Das wäre eine Ablenkung, Sir.«

»Ich werde das weiter in Betracht ziehen.«

»Ich verstehe, Sir.«

Der Sheriff rückte seine Krawatte zurecht. »Sagen Sie mir bitte, was Sie haben und welche Richtung Sie verfolgen.«

»Wir gehen ein paar Theorien nach. Es gab keine Anzeichen für hemmungslose Gewalt, von den Schusswunden abgesehen, also sind wir sicher, dass die Morde vorsätzlich waren. Angesichts der kriminellen Vergangenheit der Opfer ist es möglich, dass es sich um Rachemorde handelt. Der oder die Täter könnten Opfer einer Straftat gewesen sein, die von den Leuten begangen wurde, die er umgebracht hat.«

»Glauben Sie, dass er mit dem Morden fertig ist?«

»Das ist eine Möglichkeit, Sir. Wenn er seine Rechnungen beglichen hat, vorausgesetzt, darum geht es hier, könnte er fertig sein.«

»Ist es das, worauf wir hoffen? Dass derjenige, der das getan hat, fertig ist?«

»Ich wollte damit nicht andeuten, dass das unser Hauptansatz ist.«

»Was haben Sie noch?«

»Nun, wir haben vor Kurzem erfahren, dass Chapman, das erste Opfer, homosexuell war. Es könnte sein, dass der Mörder eine Beziehung mit ihm hatte.«

Chester legte den Kopf schief. »Oder Chapman hat unerwünschte Annäherungsversuche gemacht.«

»Das ist möglich, Sir. Oder es hat nichts mit einer Beziehung zu tun und ist ein Hassverbrechen.«

»Aber sind die anderen beiden Opfer auch schwul?«

»Nicht offen, aber wir arbeiten ihre Vorgeschichten auf, um zu sehen, ob sie es waren.«

»Das ist ein Ansatz, den man verfolgen sollte, aber Sie müssen vorsichtig sein. Wir werden etwas Greifbares brauchen – und zwar schnell.«

――――――

ICH SCHLUG DIE TÜR ZU. »Vor zwei Tagen hat Chester noch gesagt, er würde mir Zeit geben, und dann geht er hin und schaltet das FBI ein.«

Vargas sagte: »Ich hab gedacht, du hast gesagt, er zieht es in Betracht.«

»Wie auch immer. Das ist doch Scheiße. Diese Typen kommen aus Washington hierher, als würde ihre Scheiße nicht stinken. Du hättest diesen Haines sehen sollen, wie selbstgefällig er dasaß. Der Fatzke färbt sich sogar die Haare.«

»Reg dich ab, Frank. Wir können die Hilfe gebrauchen.«

»Ich mag das nicht. Wenn er uns ein Profil geben will, schön und gut. Aber mehr nicht.«

»Es könnte helfen. Weißt du, das allererste Profiling wurde im Fall Ted Bundy gemacht, und es hat geholfen.«

»Ach komm, Vargas, ich habe selbst Kurse belegt. Außerdem wurde Bundy bei einer Verkehrskontrolle erwischt. Hör zu, es kann helfen, aber ehe man sich versieht, wimmelt es hier nur so von Bundesagenten und wir sind außen vor. Das ist Scheiße, ich sag's dir ...«

Es klopfte an der Tür, bevor sie aufschwang.

»Passt es gerade, Detective?«

Es war Tom Haines, der FBI-Agent.

»Sicher, sicher. Kommen Sie rein. Das ist meine Partnerin, Detective Mary Ann Vargas.«

Haines' Augen verweilten einen Tick zu lange auf Mary Ann. Ich sagte: »Nehmen Sie Platz. Wollen Sie einen Kaffee?«

»Nee, ich versuche wie verrückt, weniger zu trinken. Ich hab schon vier Tassen intus.«

Ich hätte für eine Tasse sterben können, wollte ihn aber nicht mit Mary Ann allein lassen. »Ich verstehe. Okay, dann kommen wir gleich zur Sache.«

»Sind Sie mit dem Verfahren vertraut?«

Vargas sagte: »Ein wenig.«

»Wie ich Ihnen gesagt habe, habe ich Kurse über Profiling belegt.«

Mit seinen gebleichten Zähnen lächelte Haines Mary Ann an und sagte: »Gut. Das hier wird wesentlich tiefgehender sein, und wir haben ein paar neue Methoden entwickelt, die sich als nützlich erwiesen haben.«

Dieser Kerl war ein Besserwisser, und Mary Ann beugte sich vor wie ein sechsjähriges Kind bei einer Zaubershow.

»Erzählen Sie mir von den Opfern und den Tatorten.«

Ich schloss die Tür hinter Haines und wandte mich an Vargas. »Gott sei Dank für das FBI. Kannst du dir das vorstellen: Der Mörder ist ein weißer Mann, der intelligent ist? Wie zum Teufel hätten wir das denn herausfinden sollen?«

»Er ist gerade erst angekommen, Frank. Wir müssen ihm eine Chance geben. Wir brauchen die Hilfe.«

»Er und Chester verschwenden unsere Zeit. Wir waren uns beide einig, dass es wahrscheinlich ein Mann war, der klug oder vorsichtig genug ist, keine Spuren zu hinterlassen. Ich brauche keinen verdammten Profiler aus Washington. Was ich brauche, ist eine Verbindung zwischen den Opfern, sonst suchen wir nur nach einem Verrückten, der seine Opfer zufällig auswählt.«

»Wie du immer sagst, Frank, wir machen unsere Arbeit, und die Hinweise werden sich schon häufen.«

»Ja, aber diesmal sitzen uns Haines und Chester im Nacken.«

»Du wirst langsam ein bisschen paranoid, Frank.«

»Wirklich?«

»Ja. Wirklich. Haines scheint ein netter Kerl zu sein. Es ist nicht seine Schuld, dass er hier ist. Und außerdem hat er eine Menge Erfahrung mit Serienmördern.«

»Also, jetzt nimmst du ihn in Schutz?«

Mary Ann schüttelte den Kopf und stand auf. »Ich hätte nie gedacht, dass ich das mal sagen würde, aber ich bin heilfroh, dass ich in einer Stunde vor Gericht sein muss.«

Ich hatte es zu weit getrieben, schon wieder. »Wir sehen uns später, okay?«

Auf dem Weg zur Tür sagte sie: »Ich schätze schon.«

Ich schätze schon? Hatten wir heute Abend nicht ein Date?

9

WIR GINGEN DURCH EINEN VOLL BESETZTEN, VERGLASTEN RAUM im HB's On the Gulf und hinaus auf die Terrasse. Eine trockenere Brise als gewöhnlich, erfüllt vom Duft des erhitzten Sandes, fegte den Großteil der Spannung zwischen uns hinweg.

Der Strand lag hinter einer niedrigen Mauer, und ein paar Nachzügler warteten noch auf den Sonnenuntergang. Ich setzte meine Sonnenbrille auf, als man uns zu einem Tisch direkt am Sand führte. Ein befreundeter Barkeeper, der in der Strandbar arbeitete, hatte wieder ganze Arbeit geleistet. Es schien unwahrscheinlich, aber es gab eine Verbindung zwischen Polizisten und Barkeepern – vielleicht lag es daran, dass sie gute Zuhörer waren –, und die Barkeeper gaben oft einen Drink aus. Oder vielleicht schätzten sie es, wie oft wir gerufen wurden, um bei Schlägereien zu schlichten.

»Das ist schön, Frank.«

Ein Punkt für Luca. »Nur das Beste für dich, Mary Ann.«

»Komisch, ich war noch nie hier, und das ist einer der wenigen Orte, wo man direkt am Wasser essen kann.«

»Es ist aber irgendwie seltsam. Man geht durch diese

riesige Lobby, bevor man nach draußen kommt, und es ist auch ein Strandclub mit Leuten in Badeklamotten. Mir gefällt es im Winter besser, wenn es früher dunkel wird – dann hat es eine andere Atmosphäre.«

»Aber dann kann man das Wasser nicht sehen.«

»Man kann es hören.«

Ein Kellner kam vorbei, und da ich mich erinnerte, dass sie vernünftige Angebote hatten, bat ich um die Weinkarte.

»Schon wieder Wein?«

»Ich bin langsam auf den Geschmack gekommen. Weißt du, dieser Barnet-Typ – er war ein harter Hund, aber er hat mich auf ein paar Ideen gebracht.«

Ich sah die Karte durch. Nichts kam mir bekannt vor. Ich schaute auf die rechte Spalte und fand einen Malbec für zweiundvierzig Dollar.

Der Kellner brachte ihn sofort. Er drehte den Verschluss ab, was die Romantik etwas dämpfte, und schenkte mir einen Schluck ins Glas.

Es fühlte sich an, als würde das gesamte Restaurant mich anstarren. Ich erinnerte mich an Barnet in seinem Laden, steckte meine Nase ins Glas und atmete ein. Ich gab ihm einen Daumen nach oben, und der Kellner füllte unsere Gläser.

Wir stießen an. »Salute.«

Ich kippte ein Glas hinunter und schenkte mir noch eines ein, während ich versuchte, mich daran zu erinnern, wie Barnet einen Wein beschrieb. Der Malbec schmeckte dunkel, vielleicht noch intensiver als Blaubeeren?

»Du wirkst ein wenig angespannt, Frank.«

Sie konnte in mir lesen wie in einem offenen Buch. Das gefiel mir, aber wenn wir beide irgendwo hingingen, würde ich nie mit irgendetwas davonkommen.

»Mir geht's gut. Ich brauche nur einen Moment, um von der Arbeit auf Freizeit umzuschalten.«

»Bei der Happy Hour im Blue Martini hattest du damit kein Problem.«

Sie wusste nicht, dass ich gestern schon ein Glas Wein getrunken hatte, bevor sie gekommen war.

»Glaubst du, irgendjemand weiß von uns?«

Vargas zuckte mit den Schultern. »Ich weiß nicht. Ich habe nichts gesagt.«

Als ein Kellner einen Teller mit riesigen Garnelen zum Nebentisch brachte, sagte ich: »Ich auch nicht. Es geht sowieso niemanden etwas an.«

Sie hob ihr Glas. »Amen.«

»Glaubst du, es verstößt gegen die Dienstvorschriften?«

Sie beugte sich vor. »Ich habe bei der Personalabteilung angerufen –«

»Was?«

»Ganz ruhig. Es ist eine allgemeine Hotline für Bewerber. Sie haben gesagt, dass Ehepartner beide für die Dienststelle arbeiten können, aber sie müssen in unterschiedlichen Schichten arbeiten.«

»Dann sind wir am Arsch.«

»Heiraten wir etwa?«

Das Glas rutschte mir aus der Hand und verschüttete den Wein über die ganze Tischdecke. Ein Kellnergehilfe eilte herbei und legte eine Serviette über den violetten Fleck.

Mary Ann legte ihre Hand auf meine. »Entspann dich, Frank. Wir kriegen das alles schon hin. Schau dir mal den Himmel an. Er ist so wunderschön.«

Der Himmel nahm einen rötlich-orangen Farbton an, als die Sonne im Golf versank.

»Weißt du, oben in Jersey habe ich nie auf den Himmel oder Sonnenuntergänge geachtet.« Ich war mir nicht sicher, ob es der Krebs oder die Umgebung war, die die Dinge in den Fokus rückte. »Aber hier unten kann man es nicht vermeiden.«

»Es ist wunderschön.«

Ich hörte mich selbst sagen: »Genau wie du.«

Mary Ann nahm mein Gesicht zwischen ihre Hände und drückte mir einen Kuss auf die Lippen. Dann nahm sie die Speisekarte. »Was nimmst du?«

»Hey, leg die Karte weg und bring zu Ende, was du angefangen hast. Sonst muss ich dich wegen häuslicher Gewalt festnehmen.«

———

DAS SAKKO über die Schulter geworfen, war ich gerade auf dem Weg zu meiner Zeugenaussage in einem Fall von Körperverletzung, als meine E-Mail-Benachrichtigung ertönte. Ich beugte mich vor und sah, dass der Absender der Sheriff war. Ich ließ mich auf meinen Stuhl fallen und öffnete die E-Mail, als Vargas hereinkam.

»Was machst du noch hier?«

»Ich lese gerade eine E-Mail vom Sheriff. Er will einen Fortschrittsbericht zum Serienmörder.«

»Wir haben nicht wirklich viel.«

Ich schüttelte den Kopf, anstatt mich dafür zu bedanken, dass sie mich daran erinnerte.

Vargas sagte: »Wir müssen ihm irgendwas sagen.«

»Ich hätte nie gedacht, dass ich das mal sagen würde, aber ich bin froh, dass ich vor Gericht muss. Du musst das übernehmen.«

»Kein Problem.«

»Tu mir einen Gefallen. Da er dich anscheinend lieber mag als mich, versuch, ein bisschen Zeit für uns herauszuschinden, wenn er mit dem FBI-Kram anfängt.«

»Ich bin keine Zauberin.«

»Ich muss los.«

———

Ich neige dazu, den negativen Einfluss von Anwälten auf die Gesellschaft zu übertreiben, aber heute war es gerechtfertigt. Mein angesetzter Termin für die Zeugenaussage war dreizehn Uhr. Es war eine Schätzung, genau wie bei einem Arzttermin bei einem arroganten Doktor, dem deine Zeit völlig egal war. Aber es war sechzehn Uhr, als ich meine Hand auf die Bibel legte, was mich zu spät für eine weitere Hausbesichtigung kommen ließ.

Auf dem Airport Polling war die Hölle los, und ich war so aufgewühlt, dass ich die Abzweigung nach Goodlette verpasste, während ich mit Vargas sprach. Die Route 41 war Auto an Auto, als ich mich Golden Gate näherte. Ich rief die Maklerin an, aber sie konnte den Termin nicht verschieben, weil sie ihr Kind vom Baseballtraining abholen musste.

Es war ein Jahr her, seit ich eine Verwarnung erhalten hatte, weil ich meine Sirene und mein Blaulicht in einer nicht notfallmäßigen Situation benutzt hatte. Ich überprüfte meine Spiegel und schaltete beide ein. Als die Autos nach rechts auswichen, schlängelte ich mich zur Kreuzung Golden Gate, bog rechts ab und fuhr in Richtung Goodlette.

Autumn Woods, in einer erstklassigen Gegend gelegen, war eine ruhige Gemeinde von Dauerbewohnern. Das Haus, das ich mir ansah, war zu groß für mich, aber ich hatte zugestimmt, es wegen der Lage und meiner knapper werdenden Zeit in Betracht zu ziehen.

Ich fuhr zum Old Banyan Way und stellte fest, dass die meisten Häuser einstöckig waren. Warum war das einzige zum Verkauf stehende Haus ein zweistöckiges?

Als ich vorfuhr, öffnete sich die Tür eines weißen Audi-SUVs und die Maklerin stieg aus. Die muntere Vierzigjährige schaute zweimal auf ihre Uhr, bevor sie mich in der Einfahrt traf.

Sie gab mir das Exposé, schloss die Tür auf und sagte mir, sie müsse einen Anruf erledigen. Das Haus stand leer, also gab es viel Spielraum beim Preis. Ich hatte meine eigene Methode, ein Haus zu besichtigen, und sie begann immer mit dem Esszimmer.

Das Problem war, dass es ein formelles Wohnzimmer gegenüber dem Esszimmer hatte. Ich brauchte nicht einmal ein Esszimmer, geschweige denn ein Wohnzimmer. Es war eine Schande. Das Haus hatte gutes Tageslicht und klare Linien. Ich versuchte zu überlegen, wie ich den Raum nutzen könnte, als ich in die Küche ging.

Die Schränke waren cremeweiß und aus Holz, gekrönt von cremefarbenem Granit. Die Küche war schön und öffnete sich zu einem großen Familienzimmer. Ich wünschte, die Decken wären höher, aber dieses Haus hatte ein zweites Stockwerk.

Das Hauptschlafzimmer war um die Hälfte zu groß, und ein zweites Schlafzimmer sowie ein großes Arbeitszimmer rundeten das Erdgeschoss ab. Sobald ich oben die Treppe erreicht hatte und ein zweites Familienzimmer sah, drehte ich mich um und ging wieder hinunter. Das Haus war zu groß und zu teuer für mich.

Ich sagte der Maklerin, dass mir das Haus gefiel, was stimmte, und dass ich ein Angebot in Betracht ziehen würde, was nicht stimmte. Auf der Heimfahrt dachte ich über die Wichtigkeit des Ausflugs am nächsten Morgen nach.

10

Dankbar für die kühle Luft trat ich aus der Schwüle eines Augustmorgens in das Foyer, wo die Musik lauter wurde. Durch eine doppelflügelige Glastür, die zum Hauptteil der Spirit of Fellowship Church führte, war eine fast bis auf den letzten Platz gefüllte Menschenmenge zu sehen. Ich schlüpfte hinein. Die Gemeinde wiegte sich zu etwas, das christliche Rockmusik zu sein schien. Unwillkürlich begann mein Fuß mitzuwippen, während ich die Menge musterte. Gab es irgendwelche Hinweise darauf, wer das nächste Opfer sein könnte?

Ich blickte nach rechts; es mussten mindestens vierzig Reihen auf der Epistelseite sein. Mir wurde klar, dass der Grundriss einem Kreuz glich. Genau in der Mitte, vor dem Altar, am Kopf des Kreuzes, spornte ein Mann mit erhobenen Armen den Gesang an. Er trug einen dunklen Anzug und eine rote Krawatte. Ich kniff die Augen zusammen. War das Minister Gabriel Booth? Ein Schritt näher bestätigte es. Die Band ging zu einem Lied über, das mit der wiederholten Phrase »Unser Erlöser« begann. Es war verdammt redundant, aber ich ertappte mich dabei, wie ich leise mitsang.

Die Musik wurde langsamer und verklang. Es war kurz

nach elf. Der Gottesdienst musste vorbei sein, da er um zehn angefangen hatte. Minister Booth ergriff das Mikrofon, und die Gemeindemitglieder setzten sich. Ich ging nach links und ließ mich auf der Evangelienseite in eine Kirchenbank gleiten, als der Keyboarder begann, melodisch in die Tasten zu klimpern.

»Brüder und Schwestern, wir haben das Versprechen des ewigen Lebens gefeiert, aber um das Versprechen einzulösen, das unser Erlöser uns gab, müssen wir als Kinder Gottes leben. Wir müssen uns unseren Weg zur Erlösung verdienen. Es gibt keine Freifahrtscheine in diesem Leben. Wir sollten nicht davor zurückschrecken, das Evangelium zu verkünden und unser Leben so zu leben, wie Gott es uns aufgetragen hat.« Booth hob die Bibel. »Gott hat es uns leicht gemacht; er hat uns die Anweisungen genau hier hinterlassen. Alles, was wir tun müssen, ist, sie zu befolgen. Wer könnte mehr verlangen?« Die Gemeinde jubelte.

Wirklich? Die Botschaft des Neuen Testaments verstand ich ja, aber der Rest der Bibel? Sie sprach nicht zu mir. Tatsächlich war sie schwer, wenn nicht gar unmöglich zu lesen. Wie konnte man daraus eine Botschaft ziehen? Ich versuchte es, konnte mich aber nicht damit anfreunden, zehn Seiten Kauderwelsch zu lesen, um einen Satz zu finden, der etwas bedeuten sollte.

Booth legte die Bibel sanft auf den Altar und trat an eine Kanzel. Er musterte das Publikum, bevor er sprach:

»Gott stellt uns auf die Probe. Jeden Tag, auf jede erdenkliche Weise. Er gibt uns eine unvorstellbare Anzahl von Gelegenheiten zu zeigen, dass wir seine Anweisungen hören. Heute haben wir bereits aus Epheser 4,32 gehört: ›Seid aber untereinander freundlich und herzlich und vergebt einer dem andern, wie auch Gott euch vergeben hat in Christus.‹ Gott ruft uns auf, einander zu lieben. Werden wir zuhören?«

Booth legte seine Hände auf die Kanzel. »Hören wir zu? Ich

denke nicht. Wir gleiten in die Unhöflichkeit ab. Wenn wir unser Verhalten nicht ändern, werden wir die Ewigkeit in den Flammen der Hölle verbringen. Ich flehe euch an, seine Botschaft zu beherzigen; ändert eure Wege. Gott ist ein liebender Gott, aber wir werden seinen Zorn erleiden, wenn wir nicht Buße tun und uns ändern.«

Ein Chor von Amen-Rufen brach aus.

Während der Minister seine Predigt fortsetzte und gut fünfzehn Minuten lang warnte und schalt, studierte ich seine Anhänger. Es war schwer, sie einzuschätzen. Die meisten trugen Kleidung, die ihnen zu meiner Teenagerzeit den Eintritt verwehrt hätte. Ich reckte den Hals und bemerkte, dass mehr Männer als Frauen anwesend waren. Das schien ungewöhnlich, da es die Frauen waren, die alle Kirchen füllten, in denen ich je gewesen war.

Die Erinnerung an die St.-Marien-Kirche, in der ich als Kind zur Messe ging, rief eine Welle von Schuldgefühlen hervor. Ich hatte mich, wie die meisten Erwachsenen, von der Religion entfernt. Während ich mich mit dem Selbstgespräch tröstete, dass ich ein guter Mensch sei und Gott das wisse, erwachten zwei Monitore zum Leben, die fortlaufende Bibelstellen anzeigten.

Minister Booth trat von der Kanzel herab. Er stand am Schnittpunkt des Kreuzes und rief: »Ob wir versagen oder bestehen, liegt an uns. Werdet ihr die Tore des Himmels durchschreiten oder in der Hölle brennen?«

Die Gemeinde sprang von ihren Sitzen auf und applaudierte, als die Band eine eingängige Melodie über das Wandeln mit Jesus anstimmte. Die Musik hatten sie echt drauf. Sie war so anders als das, was ich gewohnt war. Anders war auch, dass niemand zu den Ausgängen eilte, als der Gottesdienst endete. In St. Marien gesellte sich zu dem Rinnsal von Leuten, die direkt nach der Kommunion gingen, vor Beginn des Schlussliedes bereits der Großteil der

Gemeinde. Hier hatten es die Leute nicht eilig und blieben zum Reden da.

Vor dem Foyer gab es eine Reihe von Tischen voller Literatur, wo Booth und eine Frau, von der ich vermutete, dass sie seine Frau war, sich mit den Kirchgängern unterhielten, als diese gingen. Ich ließ Broschüren mit den Titeln *Der Zweck der Entblößung der Ehebrecherin in Hosea*, *Alle zusammen für Asylgerechtigkeit* und *Biblische Antworten auf Homosexualität* links liegen. Ich nahm mir *Die Gemeinschaft ist deine Familie.* Ich las es und, als ich es zurücklegte, sprachen immer noch Leute mit Booth. Ich wünschte, dieser Ort wäre mehr wie St. Marien und ging zur Toilette, in der Hoffnung, dass die zehn Minuten, die ich zum Pinkeln brauchen würde, ausreichen würden, damit sich der Ort leerte.

Mein Timing war perfekt; Booth schüttelte gerade der letzten Person die Hand. Ich trat an den Minister heran.

»Minister Booth, ich bin Detective Luca. Ich würde gerne morgen für ein kurzes Gespräch vorbeikommen.«

11

Pfarrer Booth war mit einem Gemeindemitglied in seinem Büro, als seine Sekretärin ihm ausrichtete, dass ich wartete. Fünf Minuten später kam der Pfarrer heraus, die Hand auf der Schulter einer älteren Frau. Er sagte ihr, sie solle sich keine Sorgen machen, und versprach ihr beim Hinausgehen, sich wieder bei ihr zu melden.

»Es tut mir leid, dass ich Sie habe warten lassen, Detective. Aber diese arme Frau, sie kam unerwartet, und es ist meine Pflicht zu helfen, wenn man mich darum bittet.«

Wir schüttelten uns die Hände. »Kein Problem. Freut mich, Sie zu sehen.«

»Kommen Sie, setzen Sie sich. Darf ich Ihnen etwas anbieten? Kaffee? Wasser?«

Ich wollte das Gespräch nicht damit beginnen, dass ich auf meine Flüssigkeitsaufnahme achten musste.

»Danke. Ich bin versorgt.«

»Sie haben sicher viel zu tun, aber würde es Ihnen etwas ausmachen, wenn ich mir eine Tasse Kaffee hole?«

»Nur zu.«

»Sicher, dass Sie keinen möchten?«

»Nein, danke.«

Mein erster Eindruck war, dass Gabriel Booth so arglos war wie kaum jemand, den ich je getroffen hatte. Es konnte eine Masche sein. Ich ermahnte mich, mich nicht von seiner Position als Pfarrer in die Irre führen zu lassen, und ließ meinen Blick durch den Raum schweifen. Ein rot-blaues Schild, das verkündete: *Die Bibel – Gottes Gebrauchsanweisung für das Leben,* dominierte den Raum.

Die Möbel waren älter und bescheiden. Booth hatte einen einfachen Schreibtisch mit einem Foto seiner blonden Frau neben einer abgegriffenen Bibel. An einer Wand hingen zwei Diplome. Eines von der Trinity Evangelical Divinity School und das andere vom Northern Seminary. Unter den Urkunden brannte eine nach Vanille duftende Kerze, die mittig auf einem schubladenlosen Holztisch stand.

Die Kaffeetasse in der Hand und sich überschwänglich entschuldigend, schloss Booth die Tür zu seinem Büro und setzte sich.

»Ich bin mir immer noch nicht sicher, warum Sie mich sprechen wollten.«

Ich atmete aus. »Sie haben sicher von dem sogenannten Wasser-Mörder gehört. Nun, zwei seiner Opfer waren anscheinend Mitglieder Ihrer Kirche.«

Booth setzte seine Tasse ab, während alle Farbe aus seinem Gesicht wich. »Ich habe gehört, dass eines unserer neueren Mitglieder, Brett Tinder, so hieß er, glaube ich, ermordet worden ist.«

»Ja, das ist er. Es gibt einen zweiten Mann, Dick Cornwall, von dem wir glauben, dass er vom selben Mörder getötet worden ist und Ihre Kirche besucht hat.«

Booth zog das Gesicht kraus. »Cornwall? Ich glaube nicht, dass ich ihn getroffen habe.« Er stand auf. »Warten Sie, ich lasse Miriam in den Unterlagen nachsehen.«

Als er zurückkam, sagte Booth: »Dick Cornwall war ein

neues Mitglied. Er hat sich erst vor einem Monat offiziell angemeldet. Ich weiß nicht, warum ich mich nicht an ihn erinnern kann. Normalerweise treffe ich die neuen Mitglieder.«

Das war ein interessantes Eingeständnis. Ich war mir nicht sicher, ob etwas dahintersteckte, und fragte: »Haben Sie einen Trauergottesdienst für ihn abgehalten?«

»Nein. Den hätte ich geleitet, und auch wenn mein Gedächtnis nicht mehr das ist, was es einmal war, daran würde ich mich erinnern.«

»Können Sie mir etwas über Ihre Kirche erzählen? Vielleicht liefert das einen Hinweis auf die Morde.«

Booth zog sein Kinn ein. »Sie glauben, es gibt eine Verbindung zwischen diesen Morden und meiner Kirche?«

»Wir ziehen jede Möglichkeit in Betracht, und die Tatsache, dass zwei Ihrer Mitglieder, beide mit krimineller Vergangenheit, ins Visier genommen wurden, lässt sich nur schwer ignorieren.«

Booth straffte die Schultern. »Detective, viele unserer Mitglieder haben ein Leben geführt, das sie vom rechten Weg abgebracht hat. Aber das bedeutet nicht, dass wir sie aufgeben sollten. Jeder kann erlöst werden, jeder kann sich ändern, in ein neues Leben wiedergeboren werden, in dessen Mittelpunkt Gott steht.«

Ich wollte Rückfallquoten zitieren, die dem Pfarrer gezeigt hätten, dass eine Veränderung, wenn sie denn stattfand, ein hartes Stück Arbeit war.

»Soweit ich weiß ...«

Die Tür öffnete sich, und eine große, wohlproportionierte Frau, deren blondes Haar auf dem Kopf aufgetürmt war, trat vorsichtig ein. Sie trug ein schlichtes, weit geschnittenes Kleid, das eine gewisse Sexiness nicht verbergen konnte.

»Hallo, Hannah. Detective, das ist meine Frau, Hannah.«

Ich stand auf, um ihr die Hand zu schütteln, aber sie reichte mir keine. Hinter ihren Augen fand eine Berechnung statt, und erst als sie ein Lächeln erzwang, bemerkte ich, wie atemberaubend ihre blauen Augen waren.

Der Pfarrer fragte sie: »Wie geht es deinem Rücken?«

»Wie immer. Was ist hier los?«

»Detective Luca ermittelt wegen des Serienmörders. Es scheint, dass das letzte Opfer auch ein Mitglied war, eine arme Seele namens Dick Cornwall.«

Sie zeigte keinerlei Regung und trat nicht näher an ihren Mann heran, was ich seltsam fand. Normalerweise rückt ein Ehepartner als Zeichen der Unterstützung näher. Ich glaubte nicht, dass Booth involviert war, aber es wäre interessant gewesen, das zu sehen.

Ich fragte: »Kannten Sie Brett Tinder und Dick Cornwall, Mrs. Booth?«

»Ja.«

»Und woher kannten Sie sie?«

»Durch die Kirche.«

Hatte sie eine juristische Ausbildung? Ich mochte diese Frau nicht und konnte mir nicht vorstellen, jeden Abend mit ihr zu Abend zu essen, so wie der Pfarrer es tat. Er war wirklich ein Mann Gottes.

Da meine Zeit begrenzt war, wandte ich mich wieder Gabriel Booth zu. »Ich wollte Sie nach dem Ruf der Kirche fragen. Ich habe gehört, Sie sind dafür bekannt, viel mit Drogensüchtigen und ehemaligen Häftlingen zu arbeiten.«

Miss Sympathisch sagte: »›Petrus trat zu ihm und fragte: Herr, wie oft muss ich meinem Bruder vergeben, wenn er gegen mich sündigt? Bis zu siebenmal?‹ Jesus antwortete: ›Ich sage dir nicht bis zu siebenmal, sondern bis zu siebzigmal siebenmal.‹«

Der Pfarrer sagte: »Wie Hannah aus Matthäus 18,21 zitiert hat, verlangt Gott von uns, denen zu vergeben, die vom rechten Weg abkommen, und bittet uns, auf sie zuzugehen und ihnen zu helfen, Satan zu überwinden.«

Ich spürte, wie ich nickte. »Ich verstehe, aber was tun Sie auf praktischer Ebene in der Kirche?«

»In erster Linie heißen wir alle willkommen. Es ist uns egal, was Sie in der Vergangenheit getan haben. Wir wollen Ihnen helfen, Ihr Leben so zu leben, wie Gott es vorgesehen hat.«

»Bieten Sie spezielle Programme an, um zum Beispiel auf die besonderen Bedürfnisse von genesenden Süchtigen einzugehen?«

»Wir maßen uns nicht an, über die medizinische oder psychologische Expertise zu verfügen, die von externen Quellen kommt, aber wir wissen, dass diese Programme mit größerer Wahrscheinlichkeit erfolgreich sind, wenn sie durch die Liebe und Unterstützung ergänzt werden, die wir uneingeschränkt anbieten. Was wir haben, ist ein Patensystem, das dem der Anonymen Alkoholiker nachempfunden ist. Wenn jemand vom Weg abkommt, wird er oft von seiner Familie und seinen Freunden im Stich gelassen. Wir versuchen, diese Lücke mit jemandem zu füllen, der ähnliche Kämpfe überwunden hat. Jemand, der die besondere Situation versteht.«

Ein solider Plan, und ich drückte diesem Kerl die Daumen, dass er die Welt verändern würde, aber in der Zwischenzeit war mein Job sicher. Ich fragte: »Können Sie nachsehen, ob ein Joseph Chapman hier Mitglied war?«

»Chapman? Nein, ich glaube nicht. Hannah, kennst du ihn?«

»Nein.«

Ihre Antwort kam ein wenig zu schnell. Hatte sie einen Grund, vielleicht aus ihrer Vergangenheit, der Polizei zu misstrauen? Das musste es sein, denn wenn sie irgendwie darin verwickelt war, leistete sie eine verdammt schlechte Arbeit, es zu verbergen.

Gabriel erhob sich. »Ich gehe und frage Miriam, ob sie etwas weiß.«

Hannah sagte: »Lass es. Sie ist in der Mittagspause.«

Wer brauchte schon eine Klimaanlage, wenn diese Frau im Raum war?

»Oh, nun, wenn sie dann zurück ist, werden wir nachsehen und Ihnen Bescheid geben.« Er nahm einen Stift zur Hand.

Als der Pfarrer Chapmans Namen aufgeschrieben hatte, fragte ich: »Wüsste einer von Ihnen, welche sexuelle Orientierung Brett Tinder und Dick Cornwall hatten?«

Gabriel rutschte in seinem Stuhl hin und her. »Ich könnte das nicht mit Sicherheit beantworten, aber ich glaube, Brett war heterosexuell.«

»Und was ist mit Ihnen, Mrs. Booth?«

»Woher sollte ich das wissen?«

Ich wollte sagen, vielleicht hatte Ihnen einer von beiden Avancen gemacht, aber angesichts der drohenden Erfrierungen war das unzumutbar.

»Sie haben also keinerlei Kenntnis davon?«

»Ich kannte nur Brett. Wie Pfarrer Booth sagte, schien er Frauen zu mögen.«

Sie nennt ihren Mann Pfarrer Booth?

»Fällt Ihnen jemand ein, ein Mitglied der Kirche oder nicht, der einen Streit oder irgendeinen Konflikt mit Brett Tinder hatte?«

»Wir haben hier eine besondere Gemeinschaft, Detective, und dulden kein boshaftes Verhalten. Es würde die unterstützende, brüderliche Umgebung zerstören, die wir in der Kirche ›Geist der Gemeinschaft‹ fördern. Mir fällt niemand ein. Und dir, Hannah?«

Die Frau des Pfarrers schüttelte den Kopf.

12

DIE HOTLINE, DIE WIR EINGERICHTET HATTEN, UM HINWEISE ZU bekommen, hatte uns nichts weiter eingebracht als die üblichen Anrufe von Leuten, die ihren Nachbarn für seltsam hielten oder einfach Angst hatten. Wir brauchten mehr.

Ich stand nie gerne vor einer Kamera, aber Aufrufe an die Bevölkerung führten immer zu höheren Rücklaufquoten, wenn sie von den einfachen Beamten kamen. Das war ein weiterer Beweis für das Misstrauen, das die Amerikaner aalglatten Leuten mit Macht entgegenbrachten.

Hinweise aus der Bevölkerung waren eine entscheidende Quelle für Spuren, obwohl wir Dutzende von Zeitverschwendern überprüfen mussten. Um sicherzugehen, dass wir eine möglichst breite Bevölkerungsschicht abdeckten, wollten Vargas und ich beide einen Hilferuf starten.

Mary Ann sagte mir, ich solle ein Sakko aber keine Krawatte tragen, und sie trug einen marineblauen Hosenanzug, der bei Weitem nicht mein Lieblingsoutfit war. Wir schwitzten auf einem Publix-Parkplatz in der Affenhitze, als die Nachricht kam, dass wir live gingen. Das Video würde an alle Fernsehsender verteilt und in ihre Berichterstattung über den Serienmörder eingefügt werden. Das war um Längen einfacher als bei jedem landesweiten und lokalen Sender die Runde zu machen.

Der Reporter fragte: »Detective Luca, was möchten Sie der Öffentlichkeit sagen?«

»Diese Morde waren brutal. Wir bitten die Öffentlichkeit um Hilfe bei der Aufklärung der Taten.« Ich blickte direkt in die Kamera. »Wenn Sie irgendwelche Informationen haben, die mit den Morden des sogenannten Wasser-Assassinen in Verbindung stehen, bitten wir Sie, unsere Hotline unter 855-888-9000 anzurufen. Die Person oder die Personen, die für diese Schüsse verantwortlich sind, sind gefährlich. Versuchen Sie nicht, sie zur Rede zu stellen. Bitte rufen Sie die Polizei.«

Vargas sagte: »Wir bitten Sie dringend, sich schnell zu melden. Ihre Informationen werden streng vertraulich behandelt. Unabhängig von den Umständen, wie Sie zu Ihrem Wissen gelangt sind, können Sie sicher sein, dass es anonym bleibt, wenn Sie das wünschen. Bitte, wir brauchen Ihre Hilfe, bevor noch jemand zu Schaden kommt.«

Ich sagte: »Jede Information, die Sie haben, könnte entscheidend für die Ergreifung der Person oder der Personen sein, die für diese Morde verantwortlich sind. Bitte rufen Sie unsere vertrauliche, gebührenfreie Hotline unter 855-888-9000 an. Dies ist eine private Nummer. Ihr Anruf wird nicht zurückverfolgt. Vielen Dank für Ihre Hilfe, diesen Mörder von der Straße zu holen. Als Zeichen der Anerkennung hat das County eine Belohnung von einhunderttausend Dollar für Informationen ausgesetzt, die zur Verhaftung des Mörders führen. Hier ist die Nummer noch einmal: 855-888-9000. Vielen Dank.«

———

AM MORGEN, nachdem der Aufruf ausgestrahlt worden war, saß ich an meinem Schreibtisch und sortierte E-Mails, als das Telefon klingelte. Es war der Officer, der die Hotline betreute.

»Hey, Frank, es gibt zwei Anrufe, denen wir deiner Meinung nach nachgehen sollten. Beide legen keinen Wert auf Vertraulichkeit. Der erste Kerl schien sogar richtig redselig zu sein.«

Ich griff nach einem Stift. »Schieß los.«

»Der Redselige war ein gewisser Tony Kelp. Er klingt älter und wohnt in einem dieser Gebäude an der Vanderbilt. Er sagte, er glaube, in der Nacht, in der Tinder in der Meerenge gefunden wurde, einen Schuss gehört zu haben.«

Ich notierte Kelps Kontaktdaten. »Okay, was noch?«

»Eine Frau, Justine Francis, hat in der Nacht, in der Chapman erschossen wurde, ein Auto gesehen.«

Ich schrieb ihre Adresse auf und sagte: »Sonst noch was?«

»Ich wünschte, ich hätte mehr für dich, Frank, aber von den siebzig Anrufen, die wir bekommen haben, waren das die einzigen, bei denen es sich lohnt, nachzugehen.«

»Danke. Wenn noch was reinkommt, lass es mich wissen. Chester sitzt mir im Nacken, und ich würde die Hinweise lieber direkt bekommen, wenn sie reinkommen.«

Ich legte auf, rief die beiden Hinweisgeber an und machte mich auf den Weg, um sie zu befragen.

———

JUSTINE FRANCIS WOHNTE in einer Eigentumswohnung an der Deerwood Lane im Lely Resort. Ich war überrascht, aber froh, dass es kein Tor gab, durch das man musste. Vielleicht lag es daran, dass ich bei der Polizei war, dass ich das falsche Gefühl der Sicherheit, das diese Tore vermittelten, nicht mochte.

Justine war eine groß gewachsene Frau, die auf Ende sechzig geschätzt werden konnte. Ich mochte sie auf Anhieb.

Mit ihrem silbrigen Haar gehörte Justine zu den glücklichen Damen, die es nicht färben mussten, obwohl sie das wettmachte, indem sie das Make-up dick auftrug. Sie sprach mit einer leisen Stimme, die nicht ganz zu ihrer Statur passte.

»Es ist wirklich beängstigend zu wissen, dass der Mörder immer noch da draußen ist.«

Ein Hauch von Febreze lag in der Luft. »Wir arbeiten rund um die Uhr daran, die Verantwortlichen zu fassen. Ich glaube nicht, dass Sie etwas zu befürchten haben, Ma'am.«

»Ich hoffe nicht. Kann ich Ihnen einen Kaffee anbieten?«

»Nur, wenn er schon fertig ist.«

»Ich habe eine dieser Pad-Maschinen. Folgen Sie mir in die Küche. Mit Sahne oder Zucker?«

Sahne? Wer serviert zu Hause schon Sahne? »Nur ein winziger Schuss Milch, wenn Sie welche haben.«

Sie stellte eine Tasse mit dem Logo des Naples Zoos auf den Tisch und bat mich, Platz zu nehmen. Der Kaffee war fast reinweiß. Warum konnte niemand einfach nur ein bisschen Milch hineingeben? Vor allem, wenn man genau darum gebeten hatte.

»Vielen Dank, Ma'am. Ich wollte Ihnen danken, dass Sie die Hotline angerufen haben. Wir sind für jede Hilfe dankbar, die wir bekommen, um unsere Nachbarschaft sicher zu halten.«

Sie lächelte. »Ich hoffe, ich kann helfen, Detective.«

Ich zog mein Moleskine hervor und fragte: »Erzählen Sie mir doch mal, was Sie in der Nacht des vierundzwanzigsten Juni gesehen haben.«

»Ich bin auf dem Wilson Boulevard gefahren und habe dieses Auto auf der anderen Straßenseite gesehen.«

»Um wie viel Uhr war das?«

»Ungefähr um acht oder kurz danach.«

»Was war an dem Auto so auffällig, dass es Ihnen aufgefallen ist?«

»Ich weiß nicht, wirklich nicht. Es hat geregnet, und ich bin mir ziemlich sicher, dass es das einzige Auto war, das ich auf dem Heimweg gesehen habe.«

»Woher sind Sie gekommen?«

Ein wenig Röte schimmerte durch das ganze Make-up. »Von meinem Freund. Wissen Sie, mein Mann – wir waren siebenunddreißig Jahre verheiratet – hatte vor etwas mehr als fünf Jahren einen Herzinfarkt und ist gestorben.«

Fünf Jahre? Das schien mir mehr als genug Zeit zu sein. »Okay. Haben Sie die Farbe des Autos bemerkt?«

Sie schüttelte den Kopf. »Es war dunkel. Ich weiß nicht, vielleicht schwarz oder blau – vielleicht war es auch braun.«

Ich verlor die Hoffnung, dass wir das Auto identifizieren könnten. »Haben Sie eine Ahnung, was für ein Autotyp das war? Wissen Sie, ob es ein Viertürer war?«

Sie hellte sich auf. »Oh, ja. Es war ein Honda, ein Viertürer.«

Was? »Wie können Sie sich da so sicher sein?«

»Mein Sohn Jimmy – er wohnt in Michigan – hat genauso einen.«

»Ausgezeichnet.«

Wirklich ausgezeichnet war das nicht; es musste in Collier County mindestens zwanzigtausend Hondas geben.

»Haben Sie zufällig gesehen, wie viele Personen im Auto saßen?«

Sie schloss die Augen. »Hmm. Ich weiß nicht. Ich bin mir ziemlich sicher, dass jemand auf dem Beifahrersitz saß, aber ich würde nicht darauf schwören.«

»Ein männlicher Fahrer?«

Sie nickte. »Ja, da bin ich mir ziemlich sicher.«

»Haben Sie eine Ahnung, wie alt der Fahrer war?«

»Ungefähr im gleichen Alter wie mein Sohn. Jimmy wird im November siebenunddreißig.«

»Ist Ihnen zufällig das Nummernschild aufgefallen?«

»Das kann ich nicht sagen. Tut mir leid.«

»Das ist in Ordnung. Können Sie sich überhaupt daran erinnern, ein vorderes Nummernschild am Auto gesehen zu haben?«

»Das tut mir wirklich leid. Ich habe zu dem Zeitpunkt nicht daran gedacht, darauf zu achten. Mir war nicht klar, dass es wichtig sein würde.«

»Das ist in Ordnung. Überhaupt kein Problem. Gehen wir das noch einmal durch.«

Wir gingen durch, was sie gesehen hatte, und Francis blieb bei ihrer Geschichte. Ich dankte ihr und machte mich auf den Weg zum zweiten Anrufer, während ich überlegte, wie ich eine dunkle Honda-Limousine aufspüren könnte.

─────

ICH WAR zum ersten Mal bei Aqua, einer Hochhausanlage in Pelican Isle. Sie lag in Nord-Naples bei Wiggins Pass. Ich hatte ein paar Anzeigen für die Eigentumswohnungen gesehen, und Mann, waren die teuer. Ich glaubte nicht, dass man eine für unter zwei Millionen bekommen konnte.

Aqua bestand aus drei formschönen Gebäuden, die sich um einen Yachthafen schmiegten und einen schönen Blick auf den Golf boten. Tony Kelp wohnte im nördlichsten Gebäude. Da sich sein Standort in der Nähe des Bereichs befand, in dem Tinder gefunden worden war, weckte das meine Hoffnung.

Kelp hatte mich gebeten, ihn anzurufen, wenn ich durch das Tor kam. Ich parkte auf einem Besucherparkplatz, stieg aus, kramte mein Handy hervor und wählte, während ich zum Wasser ging. Ich rief sechsmal an, landete aber immer wieder auf seiner Mailbox. Ich ging zur Rezeption, wo der Portier sagte, er glaube, er habe Mr. Kelp weggehen sehen.

Ich wartete noch weitere vierzig Minuten, rief Kelp alle fünfzehn Minuten an, bevor ich ging. Wo zum Teufel war dieser Kerl? War hier irgendetwas im Gange?

13

Nichts brachte mich mehr auf die Palme als ein Heuchler. Und Shaun gehörte zu den Allerschlimmsten. Zudem sah dieser Sohn der Bosheit dem Mistkerl ähnlich, der meine Mutter getötet hatte. Ihm zuzuhören, wie er andere belehrte, als wäre er irgendein Heiliger, war schmerzhaft. Er besaß die verdammte Dreistigkeit, den Leuten zu sagen, sie sollten mit Gott ins Reine kommen. Er war ein perverser Schläger, der junge Mädchen missbrauchte und alles stahl, was nicht niet- und nagelfest war. Der Tropfen, der das Fass zum Überlaufen brachte, war sein Griff in den Klingelbeutel.

»Alles in Ordnung mit dir?«, fragte Shaun. »Du bist verdammt still.«

Ich nickte. »Ich bete nur. Bin heute etwas in Verzug geraten. Das ist keine Entschuldigung, aber mein Tag war extrem anstrengend.«

»Wie auch immer.«

»Ich weiß, es ist schon etwas spät, aber hast du etwas dagegen, wenn wir einen kleinen Umweg machen?«

»Worum geht's denn?«, fragte Shaun.

»Gideon hat mich gebeten, etwas für ihn und die Gemeinde zu tun.«

»Geht klar.«

Er fummelte am Radio herum und blieb bei einem Sender hängen, auf dem nervige Rap-Musik lief. Ich bog auf die Santa Barbara ab, und er fragte: »Wo fahren wir denn hin, so weit hier raus?«

»Gideon wollte, dass wir uns die Gegend hier draußen ansehen. Er will die Gemeinde vergrößern und hat über einen zweiten Standort nachgedacht.«

Als wir die Radio Road überquerten, sagte Shaun: »Das wär was, was? Zwei Standorte. Vielleicht würde er mich mehr machen lassen. Vielleicht sogar helfen, ihn zu leiten.«

Dieser diebische Idiot war größenwahnsinnig. »Er sagt mir, dass er dich mag, also warum nicht?«

Wir fuhren über die Kreuzung am Davis Boulevard, und er sagte: »Hier draußen ist tote Hose. Hier gibt's nichts – keine Gebäude, gar nichts.«

»Ich schätze, deshalb gefällt es Gideon. Ich bin mir sicher, dass es hier draußen viel billiger ist.«

»Das muss es sein.«

Ich fuhr langsamer, als eine Lärmschutzwand, die eine Wohnsiedlung schützte, endete. Auf beiden Seiten der Straße war auf mindestens zwei Meilen nichts, und keine Scheinwerfer waren in Sicht. Ich fuhr auf den Grünstreifen und verlangsamte das Tempo bis fast zum Stillstand, kurz vor der County Road.

»Es ist so verdammt dunkel hier draußen. Man kann gar nichts sehen«, sagte Shaun.

»Was, hast du Angst?«

»Nur ein bisschen unheimlich, das ist alles.«

Ich hielt den Wagen an, griff unter den Sitz und zog meine Waffe hervor.

»Wofür hast du die denn?«

Ich lächelte und richtete sie auf Shaun.

»Komm schon, hör auf, damit rumzuspielen.«

»Steig aus dem Auto. Langsam.«

»Wovon redest du? Ich steige nicht aus.«

Ich drückte ihm die Mündung an die Schläfe und sagte: »Doch, das wirst du. Raus!«

»Bist du verdammt noch mal verrückt?«

»Sofort. Raus!«

Shaun öffnete die Tür, und seine Lippen zitterten. »Du kannst mich nicht hier draußen lassen. Wie soll ich nach Hause kommen?«

»Darüber mach dir mal keine Sorgen. Und jetzt zurück.«

»Hier ist ein verdammter Kanal.«

Ich rutschte auf den Beifahrersitz, öffnete das Fenster und hob die Waffe.

»Lass den Scheiß. Lass uns von hier verschwinden.«

»Matthäus 6, Vers 5: ›Und wenn ihr betet, sollt ihr nicht sein wie die Heuchler, die gern in den Synagogen und an den Straßenecken stehen und beten, um von den Leuten gesehen zu werden.‹«

»Wovon zum Teufel redest du?«

Ich drückte den Abzug und feuerte zwei Schüsse in schneller Folge ab. Sie trafen seine Brust, und Shaun stürzte in den Kanal. Ich sah mich um – nichts. Mein Rücken musste gedehnt werden, aber ich konnte es nicht riskieren, aus dem Auto zu steigen.

Als ich auf die Santa Barbara abbog, fischte meine Hand nach den Patronenhülsen. Ich lächelte. Das Schwert des Herrn hatte ein Körnchen Spreu beiseite geschafft.

Als ich rechts auf die Rattlesnake Hammock Road abbog, spürte ich eine Welle des Stolzes, das Werk des Herrn zu verrichten. Unverbesserliche Sünder einen nach dem anderen zu beseitigen, würde den Himmel nicht auf Erden bringen, aber es war ein Fortschritt, und ich fühlte mich durch Gideons Weisheit bestärkt, mir keine Sorgen um die Temperatur des Ozeans zu machen, sondern nur um das Wasser um meine Knöchel.

14

WARUM WAR DER SANTA BARBARA BOULEVARD IN JEDE Richtung dreispurig? Das ergab keinen Sinn, hinter Davis war tote Hose. Für mich sah das nicht wie Naples aus. Hier draußen musste wohl eine Menge gebaut werden, da die Infrastruktur bereits vorhanden war. Wenn das stimmte, hatten die Politiker ausnahmsweise mal vorausgedacht. Na, so was.

Vargas parkte hinter einer Kolonne geparkter Polizeiwagen, und noch bevor der Wagen stand, riss ich die Tür auf, und die feuchte Luft schwappte herein. Ich streckte den Kopf hinaus und atmete tief durch, in der Hoffnung, die Galle wieder hinunterzuwürgen. Ich hatte den Bagel, den ich mir geholt hatte, während ich auf Vargas gewartet hatte, wieder ausgespuckt und konnte nichts bei mir behalten, seit die Nachricht von einer weiteren Leiche die Runde gemacht hatte.

»Das können wir nicht alle zwei Wochen mitmachen. Wir müssen dieses Schwein schnappen, Vargas.«

»Das werden wir – das tun wir immer.«

Sie war mir zu optimistisch. Ich wusste, dass der Täter, wer auch immer es war, irgendwann gefasst werden würde. Aber ich war mir verdammt noch mal weniger sicher, dass ich den Fall dann noch leiten würde.

»Chester hat mir eine Nachricht hinterlassen. Hat er sich bei dir gemeldet?«

Sie nickte. »Ich habe zurückgerufen und Becky gesagt, dass wir uns melden, wenn wir hier fertig sind.«

Wir bückten uns unter dem gelben Absperrband durch und betraten das Gras. Es war fest und trocken, von Tauspuren abgesehen.

Ich sagte: »Hey, alle zusammen! Zurück zur Straße. Ich will nicht, dass der Tatort zertrampelt wird.«

Vargas warf mir einen Seitenblick zu, und ich sagte: »Es hat letzte Nacht nicht geregnet, oder?«

»Nicht bei mir.«

Ich blickte zu dem sich verdunkelnden Himmel auf. »Vielleicht kann die Spurensicherung noch was finden, bevor es schüttet. Das heißt, wenn diese Clowns hier nicht schon alles kontaminiert haben.«

»Riechst du das?«

»Ja, was ist das?«

»Ich weiß nicht, Frank. Vielleicht ein Feuer.«

»Um diese Jahreszeit, bei dem ganzen Regen?«

»Vielleicht verbrennt jemand seinen Müll oder so.«

Ich sah mich in der trostlosen Gegend um und war mir sicher, dass es hier draußen ein paar Idioten gab, die so etwas tun würden.

Als die Beamten sich zurückzogen, stellten wir sicher, dass niemand den Tatort störte. Zufrieden traten Mary Ann und ich an den Rand des Kanals. Der Boden des drei Meter breiten Entwässerungskanals war sichtbar.

»Wir haben eine Chance. Zumindest liegt das Opfer dieses Mal nicht unter Wasser.«

Gleichzeitig in die Hocke zu gehen, war eine interessante Entwicklung im Beziehungsbereich. Wir beugten die Köpfe über den Rand. Schräg liegend, mit dem oberen Rücken und dem Kopf über Wasser, war ein weiterer weißer Mann um die dreißig.

»Sieht nach mindestens einer Schusswunde aus, oder?«

Ich sagte: »Ist schwer zu erkennen, aber sieht so aus.«

Mary Ann stand auf und deutete. »Da ist ein Steg.«

Wir gingen etwa fünfzig Meter weit und überquerten einen Laufsteg, der über einem Treibgutsieb lag. Die Sicht von der anderen Seite war besser, trug aber nichts zur Klärung der Situation bei. Als wir über den schmalen Steg zurückgingen, fuhr der Wagen des Gerichtsmediziners vor.

———

Es war wieder wie in der siebten Klasse, und wir saßen vor dem Rektor. Chester hatte beide Handflächen auf seinem Schreibtisch und trommelte mit den Fingern seiner rechten Hand. Er starrte uns an, als wären wir die verdammten Bösen.

Chester rutschte in seinem Stuhl herum, und ein Sonnenstrahl blendete mich. Er sagte: »Ich will, dass Sie mir das erklären. Welche Theorien haben Sie? Womit haben wir es hier zu tun?«

Vargas wollte etwas sagen, aber ich winkte sie ab, rückte aus der Sonne und sagte: »Das wird Ihnen nicht gefallen, Sir, aber wir wissen im Moment nicht genau, was wir haben.«

Der Sheriff murmelte: »Na, großartig.«

»Die Ballistik der Waffe, mit der Shaun Parker getötet wurde, stimmt nicht mit der der anderen Opfer überein. Die haben es mehrfach überprüft, und es gibt keine Übereinstimmung.«

Vargas sagte: »Das könnte ein Trittbrettfahrer sein oder einfach nur, dass der Mörder eine andere Waffe benutzt hat.«

Ich sagte: »Der Modus Operandi des Mörders war konsistent, aber die Leiche lag nicht vollständig im Wasser. Entweder ist es nicht nach Plan verlaufen, oder es ist nicht derselbe Mörder. Das Interessante ist, dass wir zum ersten Mal forensische Beweismittel haben, mit denen wir arbeiten können.«

Chester sagte: »Das könnte entweder bedeuten, dass der Mörder nachlässig wird oder dass es sich tatsächlich um einen Trittbrettfahrer handelt.«

»Genau. Wir wissen, dass alle Mörder, egal wie vorsichtig sie sind, irgendwann Fehler machen, schlampig oder übermütig werden. Wir hoffen, dass die Haare, die bei Parker gefunden wurden, irgendwo hinführen.«

»Hoffnung ist nicht genug, Detectives. Haben Sie eine Ahnung, wie verängstigt die Öffentlichkeit ist?«

»Wir verstehen das, Sir. Aber sie hat wirklich nichts zu befürchten.«

Chester fuhr hoch. »Ach wirklich?«

Vargas sprang ein. »Was Detective Luca damit sagen will, ist, dass dieser Mörder es anscheinend auf weiße Männer in den Dreißigern abgesehen hat.«

»Und was ist seine oder ihre Motivation? Wir haben nicht den geringsten Beweis, der das untermauern würde, was die Aufklärung dieses Falls schwieriger macht, als sie sein müsste.« Er schlug mit der Handfläche auf den Schreibtisch. »Und wissen Sie, wem ich die Schuld dafür gebe? Ihnen beiden. Nun will ich konkrete Fortschritte, und zwar schnell, oder Sie sind den Fall los. Habe ich mich klar ausgedrückt?«

Anstatt Chester zum Teufel zu schicken, nickte ich.

WIR SAßEN an einem Tisch im Rosedale. Es war leer und machte in zwanzig Minuten zu. Ich glaubte nicht, dass sie uns reingelassen hätten, wenn sie mich nicht gekannt hätten.

Ein pickliger Junge brachte unsere Pizza, und ich griff nach einem Stück. Ich faltete ein Stück, pustete darauf und biss hinein. Sie war höllisch heiß, aber gut. Mary Ann war immer noch dabei, ihr Stück zu zerschneiden, als ich einen weiteren Bissen nahm. Mit vollem Mund sagte ich: »Ich kann nicht glauben, dass meine Karriere an zwei Haaren hängt.«

Mary Ann schluckte und legte ihre Gabel hin. »Du bist ein bisschen dramatisch, Frank.«

»Meinst du? Wenn ich nicht schnell was liefere, nimmt mir Chester den Fall weg.«

Mary Ann nippte an einem billigen Chianti. »Wir werden schon was finden.«

»Wo sollen wir denn schnell was herkriegen?«

»Der Sheriff hat die Spurensicherung angewiesen, alles stehen und liegen zu lassen, um sich auf den Parker-Tatort zu konzentrieren.«

»Die werden kein Glück haben, ich kann dir–«

»Irgendwer sagt immer: ›Wir halten den Kopf unten, machen die Drecksarbeit, führen ein Verhör nach dem anderen, und presto, unser Glück wendet sich.‹«

Sie wusste es nicht, aber ich hasste es, wenn sie mir einen meiner Sprüche vorhielt. Ich nahm noch ein Stück Pizza.

»Du hast leicht reden. Deine Karriere steht nicht auf dem Spiel.«

»Meine Güte, Frank. Es ist ein Fall, und zwar ein harter. Hör auf, dich selbst zu bemitleiden, und iss deine verdammte Pizza.«

»Stört dich das denn nicht? Ich fühle mich wie im Treibsand.«

»Hör zu, ich bin genauso frustriert wie du, aber du musst die Dinge im richtigen Licht sehen, Frank. Du darfst dich nicht durch das definieren, was tagtäglich passiert.«

»Was zum Teufel soll das heißen?«

»Erstens ist dein Job nur dein Job, er ist nicht, wer du bist.«

»Aber ich mag meinen Job. Er ist ein großer Teil von mir und wer ich bin.«

Mary Ann seufzte. »Lass es mich anders sagen. Wenn du gut bist, lass es dir nicht zu Kopf steigen, und wenn du schlecht bist, lass es dir nicht zu Herzen gehen.«

Langsam nickend musste ich zugeben, dass es ein verdammt guter Spruch war, auch wenn er nicht von mir stammte.

»Ergibt das Sinn, Frank?«

»Ja, aber ich will nicht vor der ganzen Truppe wie ein Idiot dastehen. Wenn Chester mir diesen Fall entzieht, wäre das höllisch peinlich.«

»Chester muss seinen Job machen, und es muss so aussehen, als würde er handeln. Das können wir nicht beeinflussen.«

»Verdammt, das können wir sehr wohl. Siehst du, da liegst du falsch, Mary Ann. Wenn wir Fortschritte machen, muss er uns dranlassen.«

»Wen interessiert es, wer das löst, solange es gelöst wird?«

Ich leerte mein Weinglas und schnappte mir das letzte Stück, bevor ich etwas Dummes sagen konnte.

»Das ist es also, nicht wahr? Detective Frank Luca will der Held sein. Verschone mich.«

»I-i-das stimmt nicht.« Obwohl es das tat.

»Lass uns gehen. Ich bin müde.«

15

AM NÄCHSTEN MORGEN BETRACHTETE ICH EINE WAND MIT Bildern von den vier Tatorten. Normalerweise flüsterte mir meine innere Stimme etwas zu. Aber diesmal nichts – vollkommene Stille. Das Telefon klingelte, und ich stolperte, als ich hinstürzte, um abzuheben.

»Immer mit der Ruhe, Frank.«

Es war die Personalabteilung, die mich daran erinnerte, den Erhalt des neuen Mitarbeiterhandbuchs per Unterschrift zu bestätigen.

»Jeden Tag muss man sich mit immer mehr bürokratischem Scheiß herumschlagen.«

»Bist du schon wieder am Meckern?«

»Mir geht dieser ganze politisch korrekte Mist einfach auf die Nerven, statt sich auf die Bösen zu konzentrieren.«

»Merkst du erst jetzt, dass die Anwälte hier das Sagen haben?«

»Es ist ein Wunder, dass wir überhaupt noch etwas auf die Reihe kriegen.« Das Telefon klingelte wieder.

Nachdem ich dem Anrufer zugehört hatte, knallte ich den Hörer auf die Gabel.

Vargas sagte: »Das war wohl nichts Gutes.«

»Keine Übereinstimmung in der Datenbank, weder bei den Haaren noch bei der Ballistik. Die Waffe ist eine 44er, wahrscheinlich eine Glock.«

»Es war ja auch ein Schuss ins Blaue.«

»Und jetzt?«

»Ach, komm schon, Frank. Weißt du auf einmal nicht mehr, was du tun sollst? Vielleicht hat Chester recht. Wir sollten an diesem Fall nicht dran sein.«

»Das ist Bullshit, und das weißt du! Pack deine Sachen zusammen. In zehn Minuten sind wir hier weg.« Ich schnappte mir die Parker-Akte, um sie zu lesen, während ich versuchte, mir ein Pinkeln abzuringen.

———

AUF DEM SCHILD stand Sunny Meadows, aber in der Wohnwagensiedlung an der Radio Road war weit und breit keine Wiese zu sehen. Sie lag weniger als eine Meile von Tinders Wohnung entfernt. Gab es da eine Verbindung?

Shaun Parkers Bruder wohnte in Einheit 62, einem verblichenen, blauen, schmalen Wohnwagen. Das Ding war weit über sein mobiles Verfallsdatum hinaus. Diesen Haufen Schrott konnte man nur noch mit einem Kran bewegen.

Ein warmer Nieselregen setzte ein, als ich an die Tür klopfte. Ein stämmiger Kerl, barfuß und in Shorts, öffnete die Tür und hielt einen riesigen Becher Cola von Burger King in der Hand.

»Billy Parker?«

»Ja, der bin ich. Was wollt ihr?«

Ich stellte uns vor und erklärte ihm, dass wir Hintergrundinformationen über seinen Bruder brauchten. Vargas sprach ihm ihr Beileid aus, und er trat zur Seite, um uns hereinzulassen.

Billy sagte, er habe nur zehn Minuten Zeit, da er sich für die Arbeit fertig machen müsse. Wir gingen in den Raum, der als Küche diente. Ich hatte schon Servierplatten gesehen, die größer waren als der Küchentisch dieses Kerls, aber was meine Aufmerksamkeit erregte, war das, was darauf stand.

Der Tisch war übersät mit Verpackungen von zwei Burgern, drei Portionen Pommes, einem Milchshake und einem Schokoladen-Eisbecher. Ich sah mich nach einem Abschiedsbrief um. Dieser Kerl wollte nicht zur Arbeit gehen; er beging Selbstmord.

Vargas fragte: »Kennst du jemanden, der auch nur den geringsten, noch so verrückten Grund gehabt hätte, Shaun das anzutun?«

»Kann ich nicht behaupten. Weißt du, Shaun und ich, wir standen uns nicht sehr nahe. Nachdem Mom gestorben ist, hat er angefangen, in allen möglichen Schwierigkeiten zu stecken, und für diesen Scheiß hatte ich keine Zeit. Ich meine, wie oft muss man ins Gefängnis geworfen werden, um seine Lektion zu lernen?«

Sie fragte: »Wer ist älter?«

»Ich, um vier Jahre.«

»Gibt es noch andere Geschwister?«

»Nee, nur wir beide, aber wie gesagt, wir hatten nicht viel Kontakt.«

Ich sagte: »Wann hast du ihn das letzte Mal gesehen?«

Er zögerte. »Wahrscheinlich an Weihnachten.«

»Und daran erinnerst du dich nicht?«

»Hey, Mann, hör zu. Wie ich schon sagte, wir standen uns nicht nahe.«

Der Ort wirkte auf mich klaustrophobisch. »Wo hast du ihn an Weihnachten gesehen?«

»Meine Freundin, Mary, sie ist wirklich ein guter Mensch. Die letzten paar Weihnachten waren wir bei ihr. Sie ist Italienerin, da ist die Familie eine große Sache, und sie zwingt mich, ihn einzuladen. Er ist vorher nie gekommen, aber dieses Jahr schon. Vielleicht lag es daran, dass er in die Kirche ging oder so.«

»Kam er allein?«

»Er hat ein Mädchen mitgebracht.«

»Wie heißt sie?«

»Ich glaube, sie hat Katy oder so geheißen.«

»Wissen Sie, wo sie wohnt?«

»Nein, aber sie ist Kellnerin im Blueberry drüben auf der 41 gewesen.«

»Kennen Sie Brett Tinder? Er wohnt weniger als eine Meile entfernt.«

»Tinder? Nee, ich glaube nicht.«

Ich hielt Bilder hoch. »Wie sieht es mit Joe Chapman oder Dick Cornwall aus?«

»Nö.«

»Wissen Sie, ob Ihr Bruder schwul war?«

»Schwul? Wovon reden Sie? Was wollen Sie mir als Nächstes erzählen, dass er nicht nur ein Gauner, sondern auch noch schwul war?«

»Es ist nur eine Frage nach seiner Orientierung. Wir versuchen, Verbindungen zwischen den Morden, die wir untersuchen, zu prüfen.«

Wir schlossen ab und gingen, um der einzigen Spur nachzugehen, die er uns gegeben hatte und die es wert war, verfolgt zu werden – eine Kellnerin in einem Diner.

———

DA ich nicht gerne auswärts frühstücke, war ich noch nie im Blueberry gewesen. Wie der Name schon andeutete, war das Äußere niedlich, aber das Innere mit seinen Kiefernholzwänden und dem Nippes schrie nach einem Ort im Norden des Staates New York, der seine Blütezeit seit vierzig Jahren hinter sich hatte. Das schien aber keine Rolle zu spielen. Der Laden war fast voll.

Ich fragte die Empfangsdame nach Katy und versicherte ihr, dass wir nicht an ihr interessiert waren. Während ich auf der Veranda wartete, knurrte mir beim Geruch von Pfannkuchen der Magen. Zwei Minuten später schwang die Fliegengittertür auf, und eine Frau kam heraus, die nicht ganz übergewichtig oder außer Form war, aber kurz davor stand. Ich versuchte, die Farbe des Haares, das am Opfer gefunden worden war, mit ihrem Haar abzugleichen.

»Hi. Ich bin Katy. Sind Sie wegen Shaun hier?«

»Ja. Wir haben gehört, dass Sie beide zusammen waren.«

»Das waren wir, aber es ist vor ein paar Monaten zu Ende gegangen.«

Das war ein gutes Zeichen. Ich verurteilte sie nicht dafür, dass sie mit einem Kriminellen zusammen war, aber ich war einfach nur froh, dass es nicht ihr Haar war. Wir hatten immer noch eine Chance, herauszufinden, ob es dem Mörder gehörte.

»Haben Sie ihn schon lange nicht mehr gesehen?«

»Er ist ein paar Mal vorbeigekommen und hat gesagt, dass er sich geändert hat und auf dem richtigen Weg ist. Er hat sogar gesagt, dass er sich in einer Kirche engagiert. Aber das hatte ich schon ein Dutzend Mal von ihm gehört. Ich konnte keine Zeit mehr mit ihm verschwenden. Er war süß, aber wie Sie wissen, hatte er eine dunkle Seite. Vielleicht lag es daran, dass er seine Mutter früh verloren hat oder so.«

Sie holte Luft, und ich sagte: »Er hat gesagt, er geht in die Kirche?«

»Das hat er gesagt.«

»Welche Kirche war das?«

»The Spirit oder so ähnlich. Sie ist ganz oben an der Immokalee, draußen bei der Oil Well Road.«

Ich fragte: »Die Spirit of Fellowship Church?«

»Vielleicht. Ich erinnere mich nur an den Teil mit Spirit, wissen Sie, der Heilige Geist?«

»Hat er erwähnt, wer der Pastor war? War es Gabriel Booth?«

»Weiß ich nicht. Tut mir leid.«

Vargas fragte: »Hat er jemals erwähnt, dass er in Gefahr war? Oder dass er Feinde hatte?«

Sie seufzte. »Wie ich schon gesagt habe, Shaun hatte eine wirklich süße Seite, aber er konnte nur eine gewisse Zeit lang gut sein. Ich komme aus einer guten Familie. Mein Onkel ist Polizist oben in Indiana, und, nun ja, ich wusste, dass er nichts Gutes im Schilde führte. Manchmal ist er tagelang untergetaucht. Das war nicht gut. Er hatte wahrscheinlich viele Feinde.«

»Wie lange waren Sie zusammen?«

»Weniger als sechs Monate.«

Ich gab ihr meine Karte und bat sie, anzurufen, falls ihr etwas einfiel, das hilfreich sein könnte.

Sobald wir wieder im Auto saßen, sagte ich zu Vargas, sie solle herausfinden, welche anderen Kirchen es draußen bei der Oil Well Road gab. Während Vargas auf ihrem Handy tippte, sagte ich: »Das könnte der Durchbruch sein, den wir brauchen, um Chester von der obersten Stufe des Unterstands fernzuhalten.«

»Vielleicht, aber es gibt da draußen noch zwei andere Kirchen, und eine davon ist die Heilig-Geist-Episkopalkirche, direkt an der Oil Well.«

———

TONY KELPS WOHNUNG nahm das halbe Stockwerk ein. Ich fand es cool, dass der Aufzug direkt in seiner Wohnung hielt, aber die Aussicht war der Wahnsinn. Blinzelnd ging ich auf eine Reihe von Schiebetüren zu, die auf den schimmernden

Golf blickten. Der Zaun auf der Terrasse war richtig gemacht – durchsichtig – eine Art Plexiglas.

»Das ist eine tolle Aussicht, Mr. Kelp.«

»Jedes Mal, wenn ich mich darüber beschwere, dass ich unten parken und mit meinen Sachen den Aufzug nehmen muss, erinnere ich mich an die Aussicht.«

Ich drehte mich um, und als sich meine Augen anpassten, sagte ich: »Scheint mir ein guter Tausch zu sein. Wie fühlen Sie sich?«

»Ziemlich gut. Es war ein Schock, aber ich habe Glück, dass es nur der Blinddarm war. In meinem Alter spürt man einen Schmerz und denkt sofort, das war's.«

Auf dieses Thema wollte ich mit ihm nicht eingehen. »Nun, Sie sehen gut aus. Jetzt würde ich Sie gerne zu der Leiche befragen, die da draußen gefunden wurde.« Es war das erste Mal, dass ich jemanden befragte, während der Tatort unter uns lag. »Erzählen Sie mir, was Sie in dieser Nacht gehört und gesehen haben.«

»Sicher, setzen wir uns. Möchten Sie etwas zu trinken?«

»Wissen Sie was, ein Wasser könnte ich gebrauchen.«

Kelp schlüpfte um eine schwarze Marmorinsel herum zu einem Edelstahlkühlschrank, und ich sah mich um. Aufgrund der Fotos und der Einrichtung, die er aus seinem früheren Zuhause mitgeschleppt hatte, war ich mir sicher, dass er Witwer war. Die schweren, toskanisch inspirierten Möbel passten nicht zum Miami-Flair des Hochhauses. Dieser Ort war ein paar Millionen wert, und es war eine Beleidigung, ihn als Apartment oder Eigentumswohnung zu bezeichnen.

Ich hatte kein Pellegrino erwartet, und Kelp enttäuschte mich nicht, indem er eine Flasche Poland Spring auf einen Tommy-Bahama-Untersetzer stellte.

Während ich den Deckel aufdrehte, sagte ich: »Danke. Also, erzählen Sie mir, woran Sie sich erinnern.«

»Ich stehe nachts oft auf, um zu pinkeln. Sie sind dafür noch zu jung, aber Sie werden sehen.«

Wenn er nur von meinen Pipiproblemen wüsste.

»Jedenfalls habe ich gepinkelt und bin wieder ins Bett geklettert, als ich dieses Geräusch gehört habe. Ich war mir sicher, dass es ein Schuss war. Es war wie ein Knall.«

»Es war spät, und Sie hatten geschlafen. Ich zweifle nicht an dem, was Sie gehört haben, aber sind Sie sich sicher?«

»Ich habe im Koreakrieg gedient, und ich kenne das Geräusch einer Schusswaffe.«

»Das glaube ich Ihnen. Ich versuche nur, sicherzugehen. Würden Sie den Unterschied am Klang zwischen einem Gewehr und einer Handfeuerwaffe erkennen?«

»Vor Jahren, als ich auf der koreanischen Halbinsel war, hätte ich Ihnen den Unterschied zwischen einem M-16 und einem M-19 sagen können. Wahrscheinlich könnte ich das heute nicht mehr, aber ich habe keinen Zweifel, dass es eine Handfeuerwaffe war. Der Rest von mir mag vielleicht auseinanderfallen, aber mein Gehör lässt mich nie im Stich.«

»Gut, das ist hilfreich. Was haben Sie getan, nachdem Sie den Schuss gehört hatten?«

»Als ich den Schuss gehört habe, bin ich aufgestanden und habe aus dem Fenster gesehen. Da war ein Auto – Kommen Sie her, ich zeige es Ihnen.«

Kelp packte den Couchtisch und zog sich vom Sofa hoch. Er schob eine Tür zur Terrasse auf, und wir wurden von einer feuchten, salzigen Brise umhüllt.

»Ich bin durch die Schlafzimmertür herausgekommen. Es ist eine einzige große Terrasse. Und da war dieses Auto.« Kelp zeigte dorthin, wo der Vanderbilt Drive den Wiggins Pass kreuzte. »Stand genau da.«

»Haben Sie jemanden gesehen?«

»Nein, aber das Auto war eines von diesen japanischen Modellen, und es hatte irgendwie seltsame Lichter am Heck.«

»Was meinen Sie mit seltsam?«

»Es fuhr los, nach Norden, aber eine Seite der Rücklichter sah so aus, als ob die Rückfahrscheinwerfer an wären. Wissen Sie, die weißen, die angehen, wenn man zurücksetzt?«

Ich nickte. »Sind Sie sich da sicher?«

»So sah es für mich aus.«

»Sie sagten, das Auto sei japanisch. Woher wussten Sie das?«

Kelp zupfte an seinem Ohrläppchen. »Japanische Autos machen alle dieses heulende Geräusch, ganz anders als der Klang amerikanischer oder europäischer Autos. Japanische Autos machen ein surrendes Geräusch, das überhaupt nicht aggressiv klingt.«

»Haben Sie eine Ahnung, welche Marke?«

»Ich bin mir nicht wirklich sicher; die meisten sehen gleich aus. Haben Sie schon mal die Logos von Mazda, Infiniti und Lexus gesehen? Die sehen alle gleich aus.«

Da musste ich ihm zustimmen. »Haben Sie etwas dagegen, wenn wir ein paar Bilder durchsehen, um zu sehen, ob Sie die Marke des Autos erkennen können, das Sie gesehen haben?«

»Sicher, kein Problem.«

Wir gingen die meisten Modelle durch, und obwohl er zu einem Honda Accord tendierte, war er sich nicht sicher.

16

ALS ICH DIE WAGENTÜR ÖFFNETE, HÖRTE ICH, WIE MEIN NAME gerufen wurde. Vargas und ich drehten uns um. Es war eine Sekretärin aus dem zweiten Stock.

»Der Sheriff will Sie beide sprechen.«

Ich sagte: »Sagen Sie ihm, wir sind auf dem Weg zu einem Verdächtigen.«

»Er sagte, er will Sie jetzt sofort sehen.«

»Aber ...«

»Komm schon, Frank. Bringen wir's hinter uns.«

Als wir wieder hineingingen, sagte ich: »Vielleicht ist es ja für immer vorbei.«

»Hör auf mit dem Weltuntergangsgerede, okay?«

Auf Chesters Schreibtisch standen vier Kaffeetassen und ein Stapel Zeitungen. Der Sheriff telefonierte. Wir blieben hinter den Stühlen vor seinem Schreibtisch stehen, während er das Gespräch beendete. Er bedeutete uns, Platz zu nehmen, stand aber nicht auf.

»Setzen Sie sich.«

Chester blätterte stumm in einer Akte mit der Aufschrift FBI. Ich fühlte mich wie ein Pitcher, dem bei voll besetzten

Bases die Nerven durchgegangen waren und der nur noch auf seine Auswechslung wartete.

Er klappte die Akte zu und tippte mit dem Zeigefinger auf den Zeitungsstapel.

»Ich möchte von Ihnen hören, wie wir das Vertrauen der Öffentlichkeit zurückgewinnen wollen. Es hat Jahre gedauert, die Beziehungen zu den Gemeinden in unserem County aufzubauen, und dieser Fall droht, dieses heilige Vertrauen zu zerstören.«

Vargas sagte: »Das ist ein schwieriger Fall, Sir. Der Täter oder die Täterin ist vorsichtig gewesen, aber wir haben mehrere Spuren, die wir verfolgen.«

»Die sollten aber besser hieb- und stichfest sein.«

Vargas sagte: »Tatsächlich waren wir gerade auf dem Weg, um mit unserem ersten richtigen Verdächtigen zu sprechen, als Sie uns herbestellt haben.«

»Was haben Sie gegen ihn in der Hand?«

Sie sagte: »Eine Freundin von zwei der Opfer hat gesagt, dass ein Mann namens Mike Moler beiden Männern gegenüber Drohungen ausgesprochen hat. Moler ist zweimal vorbestraft – Körperverletzung und eine Festnahme wegen des Tragens einer Schusswaffe.«

Chester nickte. »Er klingt interessant.«

Ich sagte: »Und wir verfolgen eine Spur, wonach dies ein Hassverbrechen sein könnte. Zwei der Opfer waren schwul.«

»Was ist mit den anderen?«

»Nicht offen, Sir. Aber wir gehen dem nach.«

»Ich nehme an, Ihnen beiden ist klar, dass der Druck auf mein Büro wächst.«

Wir nickten.

»Verstehen Sie das nicht als Drohung, aber die Uhr tickt.«

———

Wir ließen die Polizei von Lee County wissen, dass wir zu Moler fuhren, und lehnten ihr Hilfsangebot ab. Der Captain war nicht erfreut und sagte, er würde eine Streife im Bereich der East Terry Street patrouillieren lassen, falls wir Hilfe bräuchten.

Ich zögerte, zu sagen, dass Mike Moler in einem Betonwürfel wohnte, denn mit Sperrholz vor beiden vorderen Fenstern sah es eher wie eine Bude aus, in die man sich einnisten würde. Der Kiesweg führte zu einer Tür ohne Klingel. Ich hämmerte mehrmals mit der Handfläche gegen die Tür, bevor ein mickriger Mann mit mehrtägigem Bartwuchs die Tür öffnete.

»Was zum Teufel wollt ihr?«

Vargas sagte: »Wir sind vom Sheriff's Office in Collier.«

Er kniff die Augen zusammen. »Was wollen Sie?«

Moler war nicht größer als eins fünfundfünfzig und wog vielleicht sechzig Kilo. Er war erheblich kleiner als alle Opfer. Ich war schon vielen kleinen Männern begegnet, die versuchten, ihre Statur mit einer Waffe auszugleichen.

»Wir sind hier, um Sie über einige Ihrer Freunde zu befragen.«

»Wen?«

»Joseph Chapman und Brett Tinder.«

»Was ist mit denen?«

»Sie wurden beide ermordet.«

»Hab ich gehört.«

Vargas sagte: »Es wäre vielleicht besser, wenn wir reinkämen.«

»Ohne Durchsuchungsbefehl lasse ich Sie nicht rein.«

Ich sagte: »Mr. Moler, wir können das auch unten auf dem Revier machen, wenn Ihnen das lieber ist.«

»Stellen Sie Ihre Scheißfragen hier. Okay?«

»Woher kannten Sie sie?«

Er zog die Luft durch die Nase hoch und spuckte genau

rechts neben Mary Ann auf den Boden. Ich hätte diesem Kerl am liebsten bis nach Tampa in den Arsch getreten.

»Von der Arbeit.«

»Oh, müssen wir Ihrem Lebenslauf auch noch Diebstahl hinzufügen?«

Er fuhr sich mit dem Handrücken über den Mund. »Sind Sie ein Witzbold? Ich hab in der Werkstatt gearbeitet und die haben da früher rumgehangen.«

»Wie heißt der Laden?«

»Collision Masters.«

»Haben Sie Chapman dort mit dem Tod bedroht?«

»Wovon reden Sie?«

»Wir haben einen Zeugen, der sagte, dass Sie sich mit Chapman geprügelt haben.«

»Der Mistkerl hat's verdient. Die verdammte Tunte war ein herrischer Wichser.«

»Also haben Sie ihn in seine Schranken gewiesen?«

Er zuckte mit den Schultern.

»Wir haben gehört, Tinder ist dazwischengegangen, und sie haben Sie zu Boden gedrückt und Ihnen Ihr Messer abgenommen.«

»Verdammte Schwuchteln, alle beide.«

»Arbeiten Sie noch bei Collision Masters?«

Er starrte auf seine Füße. »Nee, schon 'ne Weile nicht mehr.«

»Womit verdienen Sie heutzutage Ihren Lebensunterhalt?«

»Hiermit und damit.«

»Besitzen Sie eine Schusswaffe, Mr. Moler?«

Er zögerte. »Nein.«

»Besitzen Sie ein Auto?«

Er schüttelte den Kopf.

»Wie kommen Sie von A nach B?«

»Meine Freundin hat ein Auto.«

»Welche Marke?«

»Einen Honda.«

»Welche Haarfarbe hat sie?«

»Ihre Haare? Was zum Teufel hat das mit irgendwas zu tun?«

Vargas sagte: »Bitte beantworten Sie einfach die Frage.«

»Straßenköterblond.«

Aus Angst, Moler gegenüber etwas zu verraten, stellte ich ein paar belanglose Fragen, und Vargas spielte perfekt mit. Wir waren wirklich ein gutes Team, und ich fragte mich, ob unsere persönliche Beziehung die Sache ruinieren würde, bevor wir ihm für seine Zeit dankten und gingen.

Sobald die Tür geschlossen war, sagte ich: »Wir müssen da rein. Lass uns einen Antrag auf eine Vorladung aufsetzen.«

»Es wäre gut, auch das Auto zu durchsuchen, selbst wenn es nicht seins ist.«

»Das wird so schon schwer genug durchzubringen sein. Wir werden Chester brauchen, damit er beim Staatsanwalt Druck macht.«

»Ich bezweifle, dass das ein Problem sein wird.«

»Hoffentlich nicht.«

»Du weißt, Frank, du solltest besser aufpassen, was du dem Sheriff sagst.«

»Was meinst du?«

»Du hast ihn mit der Schwulennummer in die Irre geführt.«

Ich zuckte mit den Schultern. »Es sah so aus, als gäbe es da eine Verbindung, bis sie sich in Luft aufgelöst hat.«

»Es ist gefährlich, ihm von einer Spur zu erzählen, die wir bereits verworfen haben.«

»Ach, komm schon. Ich hab uns nur ein bisschen Zeit verschafft. Ich kann sie wiederbeleben, wenn es nötig ist.«

»Wenn er herausfindet, dass du ihm Unsinn auftischst, brauchst du dir keine Sorgen mehr zu machen, von diesem Fall abgezogen zu werden.«

»Keine Sorge, ich krieg das mit Chester schon hin.«

»Ich hoffe es.«

»Ist es immer noch okay für dich, dass ich in die Cabana ziehe?«

»Ich hab dir schon hundertmal gesagt, das ist in Ordnung. Könnte lustig werden.«

Es war noch zu früh in der Beziehung, um so eng zusammenzuleben, aber mit diesem Fall hatte ich keine Zeit, eine Wohnung zu finden. Die Wahrheit war, ich hatte mich darauf verlassen, bei ihr unterkommen zu können, und hatte schon eine ganze Weile nach nichts mehr gesucht.

»Danke. Das weiß ich wirklich zu schätzen. Die Möbelpacker sollen es übermorgen machen.«

»Wen hast du für den Umzug engagiert?«

»Einen Neffen von Candy aus der Personalabteilung. Der Junge hat eine kleine Umzugsfirma.«

»Candy? Warst du nicht mal mit ihr zusammen?«

»Das ist Ewigkeiten her. Lange bevor ich krank wurde.«

17

Mir schien das ständig zu passieren. Kaum hatte ich eine wichtige Verpflichtung, kam garantiert eine zweite am selben Tag dazu. Heute war es nicht anders.

Dem Sheriff war es gelungen, den Staatsanwalt zu überzeugen, einen Durchsuchungsbefehl für Molers Wohnung zu beantragen. Der Richter unterzeichnete ihn um 11:15 Uhr. Das war ein großer Sieg, aber ich hatte eigentlich vor, mir den Nachmittag freizunehmen; die Möbelpacker sollten um eins bei mir sein.

Vargas wartete mit zwei Streifenwagen auf dem Parkplatz. Den Durchsuchungsbefehl fest umklammert, eilte ich die Treppe hinunter, um sie zu treffen. Ich hielt den Befehl in die Luft.

»Legen wir los.«

Wir rasten die Livingston hinunter, und als wir die Bonita Springs Road überquerten, traf es mich wie der Blitz.

»Scheiße!«

»Was ist los, Frank?«

»Ich habe vergessen, Lee County zu benachrichtigen, dass wir eine Durchsuchung durchführen.«

»Kein Problem. Ich habe das schon gemeldet.«

»Hast du?«

»Jep. Ich habe den Sheriff von Lee County wegen unseres Durchsuchungsbefehls angerufen.«

Sie hielt mir wirklich den Rücken frei.

»Danke. Das habe ich total vergessen. Ich war deswegen wohl einfach zu aufgeregt.«

Hatte ich wieder einen Anfall von Chemo-Hirn? Ich konnte mir nichts merken. Mary Ann sagte, ich hätte mit dem Fall und der Wohnungssuche einfach zu viel um die Ohren.

»Scheiße!«

»Was ist jetzt schon wieder, Frank?«

Ich hasste es, es zuzugeben, aber die Worte sprudelten nur so aus mir heraus. »Ich habe vergessen, die Möbelpacker anzurufen.«

Vargas zögerte. »Schon gut. Wie ist die Nummer? Ich sehe mal nach, ob sie es gegen fünf machen können. Da sollten wir schon lange fertig sein.«

»Ich weiß nicht. Vielleicht müssen wir Vernehmungen durchführen, wenn wir Moler festnageln können.«

»Es wird ein oder zwei Tage dauern, bis die Forensik eine Verhaftung stützt.«

»Bis dahin stehen meine Sachen auf der Straße.«

»Wir kriegen das schon hin. Selbst wenn wir einen U-Haul mieten und es selbst machen müssen.«

Die Erinnerung daran, wie meine Ex-Frau und ich einen U-Haul benutzt hatten, als wir zusammengezogen waren, ließ meinen Magen krampfen.

Als ich in die East Terry einbog, sah ich zwei Polizeiwagen aus Lee County. Sie parkten nur ein paar Häuser von Molers Wohnung entfernt.

»Was zum Teufel machen die hier?«

»Das ist ihr Revier, Frank.«

»Ich will nicht, dass Moler misstrauisch wird. Wenn er die Wagen sieht, wird er versuchen, alle Beweise zu vernichten.«

»Ganz ruhig. Sie stehen nicht direkt davor. Außerdem hast du die Bretter an den Fenstern vergessen?«

Ein Junge übte nebenan Gitarre, als die Tür aufschwang.

Moler, in Shorts und T-Shirt, sah aus, als hätte er geschlafen. Seine Haare waren auf einer Seite platt gedrückt, und er hatte etwas am Kinn, das wie eingetrockneter Sabber aussah.

»Was zum Teufel wollen Sie?«

Als ich ihm unseren Durchsuchungsbefehl vorlegen wollte, erstarrte meine Hand in der Luft, als mir ein Hauch seines Alkoholdunstes entgegenschlug.

»Das ist ein Durchsuchungsbefehl. Wir sind hier, um Ihre Wohnung zu durchsuchen. Treten Sie beiseite.«

Moler drehte den Kopf. »Was?«

Vielleicht lag es am Alkohol, aber er schien aufrichtig überrascht zu sein.

Zwei uniformierte Beamte traten vor und begleiteten Moler zum Carport am Ende des Gebäudes. Die Wohnung hatte nur drei Zimmer und wirkte vernachlässigt; in der Spüle stapelte sich das Geschirr und Kleidung lag verstreut herum.

Und dann war da dieser Geruch. Der Geruch eines Mannes, der allein lebte. Das war der Hauptgrund, warum ich meine Wohnung sauber und ordentlich hielt. Kopfschüttelnd ging ich ins Schlafzimmer und Vargas in die Küche.

Ein Deckenventilator drehte sich, als wäre er an einem Düsenjet befestigt, und Kleidung lag auf einem Bett ohne Kopfteil verstreut. Ich zog meine Handschuhe hervor. Eine Kommode, gekrönt von einem staubigen Spiegel, war das einzige andere Möbelstück im Raum.

Molers Handy, Brieftasche, Schlüssel, eine leere Bierflasche und ein paar Comics bedeckten die Oberseite der Kommode. Ich durchsuchte seine Brieftasche. Darin war ein Foto einer blonden Frau. War das sein Mädchen? Die Farbe ihrer Haare ähnelte den Haaren, die wir bei Parker gefunden hatten.

Sonst war in seiner Brieftasche nichts von Interesse. Ich tütete das Handy ein, in der Hoffnung auf Verbindungen, und ging zu den Schubladen über.

Die unterste Schublade war vollgestopft mit Sweatshirts und Hosen, nichts davon zusammengelegt. Die nächste Schublade enthielt Socken, Badehosen und Shorts. Sobald ich die dritte Schublade öffnete, bemerkte ich den Rand einer Plastiktüte. Ich schob ein T-Shirt beiseite und sah, dass sie Marihuana enthielt. Ich machte ein Foto und tütete das Gras ein.

In der obersten Schublade befand sich eine Auswahl an Unterwäsche, Münzen und Papieren. Ich blätterte durch die Dokumente: eine Kopie des Mietvertrags für die Wohnung und eine Quittung eines Selbstlagerzentrums. Ich studierte die Quittung von Simply Self Storage. Sie war für eine kleine Fünf-mal-fünf-Fuß-Einheit. Das hatte Potenzial. Wer wusste schon, was jemand wie Moler dort verstecken konnte?

Ich schob ein Paar Falttüren auf, die kurz davor waren, aus den Angeln zu fallen, und ein vollgestopfter Schrank kam zum Vorschein. Rechts neben Molers Jeans hingen ein paar Sommerkleider, Röcke und Blusen. Ich tastete die Taschen ab, fand aber nichts. Ich schob drei überquellende Kartons vom Kleiderschrankboden ins Schlafzimmer.

Einer war gefüllt mit Bildern und Erinnerungsstücken von Molers Familie. Ich betrachtete ein Bild des zehnjährigen Molers, der vor seinen Eltern stand. Ich musterte die Eltern. Der alte Herr und die Mutter hatten beide den Blick von Säufern. Moler hatte nie eine Chance gehabt.

Ich wühlte in einer Kiste, auf der ein alter Baseballhandschuh lag. Darunter befand sich ein uralter Werkzeugkasten, ich hätte darauf gewettet, dass er seinem Vater gehörte, und verschiedener Kram, den man normalerweise in einer Garage aufbewahren würde.

In der letzten Kiste lag ein zerfetzter Rucksack mit einer Wathose. Ich warf ihn beiseite, und ganz unten lag eine teilweise leere Schachtel Schrotpatronen neben einer Angelrolle. Die 12-Kaliber-Patronen enthielten Schrot, das zur Jagd auf Fasane oder Truthähne verwendet wurde. Es lohnte sich nicht, deswegen ein Fass aufzumachen.

Bevor ich ging, schaltete ich den Ventilator aus und stellte mich auf das Bett. Der Deckenlüfter war übermalt worden. Dahinter war nichts versteckt.

Das Badezimmer trennte Schlafzimmer und Küche. Ich fragte Vargas: »Etwas?«

»Nö. Was hast du?«

Ich wedelte mit den Tüten mit dem Gras und dem Handy und sagte: »Moler hat einen kleinen Lagerraum bei Simply. Wer weiß, was da drin ist.«

Ich betrat das gelb gefliste Badezimmer. Auf dem Waschbecken stand eine offene Flasche Excedrin. Ich klappte den Spiegelschrank auf: Pflaster, ein Rasierer, Wasserstoffperoxid, eine Zahnbürste und weibliches Deodorant.

Ich schob den Duschvorhang mit dem Sonnenuntergangsmotiv beiseite und wischte mit dem Zeigefinger über den Abfluss. Ein blondes Haar war im Seifenschaum gefangen. Ich entdeckte ein weiteres blondes Haar, das an einer Fliese klebte, und tütete es ebenfalls ein.

Eine braune Couch aus Kunstleder stand wie ein Anker im Wohnzimmer. Ihre besseren Tage hatte sie gesehen, als ich in der High School war. Gegenüber der Couch stand ein altes Entertainmentcenter, in dem ein großer Röhrenfernseher stand. Ich verrenkte mir den Rücken, um hinter den Fernseher zu gelangen, aber alles, was ich für meine Mühe bekam, war eine Handvoll Staub.

Wir verließen Molers Wohnung mit unseren Hoffnungen, die auf dem Handy und dem Lagerraum ruhten.

18

Trotz der Erfahrung fiel mir das Umziehen nicht leichter; es ging mir langsam auf die Nerven. Als ich vor ein paar Jahren nach Naples zog, war die Aufregung, neu anzufangen, der Kraftstoff, von dem ich zehrte. Ich hatte meiner Frau die Möbel überlassen, aber wie wir alle wissen, sammelt man ja neben der Einrichtung auch eine Menge anderen Mist an.

Eine möblierte Wohnung zu mieten, verschaffte mir Zeit, eine richtige Bleibe zu finden und neue Möbel zu kaufen. Mann, war ich froh, dass ich nichts aus Jersey mitgebracht hatte; es hätte sowieso nicht hierher gepasst. Aber meine Kisten umzuziehen, die Lieferungen zu organisieren und alles auszupacken, während ich einen neuen Job anfing, war eine ziemliche Herausforderung.

Obwohl ich letzte Woche schon ein paar Fuhren gemacht hatte, war mein Auto immer noch vollgepackt mit Kleidung und Badsachen. Die Möbelpacker luden gerade das letzte Stück, einen Couchtisch, auf den Laster, der zu einem Self-Storage-Lager unterwegs war, als mir klar wurde, dass ich die Schlüssel abgeben musste.

Das fühlte sich wie eine große Sache an, und ich bereute

sofort, dass ich die Wohnungssuche so auf die lange Bank geschoben hatte. Es war riskant. Ich wollte, dass es mit Mary Ann klappte, aber auf so engem Raum zusammen zu sein, konnte alles kaputtmachen. Wir müssten uns wirklich anstrengen, etwas Abstand zu wahren. Aber wie? Die Cabana hatte keine Küche, und wenn ich etwas zu essen holte, ohne sie zu fragen, wäre sie dann sauer? Und was war mit dem Einkaufen? Scheiße, Luca, du hast dich ganz schön in die Ecke manövriert.

Ich schlug mit der Faust in die Handfläche, stopfte die Schlüssel in eine Tasche, warf einen letzten Blick auf meine alte Wohnung und sprang in mein Auto.

———

SIMPLY SELF STORAGE befand sich in einem beigefarbenen Gebäude an der Airport Polling Road neben einem CVS. Das einzig Besondere daran war sein lindgrünes Metalldach. Ich fuhr zur Rückseite, wo Sergeant Towbin und zwei Uniformierte Molers Lagerabteil durchsuchten.

Als ich aus meinem Wagen stieg, sagte Towbin: »Luca? Was machen Sie denn hier?«

»Die Möbelpacker waren früher fertig als erwartet. Was habt ihr gefunden?«

Towbin schüttelte den Kopf. »Nichts.«

Ich musterte die Kisten, die aus dem quadratischen Raum geholt worden waren. »Willst du mich verarschen?«

»Nee, wir sind fast fertig – hier ist nichts außer Familienerinnerungsstücken – Fotoalben bis zum Abwinken, ein Haufen Nippes, der übliche Kram, von dem sich die Leute anscheinend nicht trennen können.«

Erinnerungsstücke? Moler war sentimental? Jetzt hatte ich wirklich alles gesehen. Ich wühlte in ein paar Kisten, bevor ich mich zu meiner neuen Wohnsituation aufmachte.

———

DIE TÜR der Cabana stand offen, und ich schaute gerade unter das Bett, als Mary Ann hereinkam.

»Brauchst du Hilfe?«

»Ich weiß nicht, wo zum Teufel ich das alles unterbringen soll. Vielleicht könnte ich mir diese Plastikbehälter besorgen, die unters Bett passen.«

»In der Kommode im Gästezimmer ist Platz. Wenn du willst, kannst du deine Saisonkleidung da reinpacken.«

»Danke, aber ich habe alles unter Kontrolle.«

»Okay, ich bin drinnen, falls du was brauchst.«

Mary Ann war nicht der Typ, der mich erpressen würde, aber ich fühlte mich trotzdem unwohl dabei, einen Teil meiner Unabhängigkeit aufzugeben. Ich hatte mich in den letzten paar Jahren daran gewöhnt, allein zu leben, und obwohl wir nicht richtig zusammenzogen, konnte man sich nicht näher sein.

Ihr Haus hatte eine lange Auffahrt mit einer Garage rechts von der Haustür. Ein überdachter Gang führte vom Haus zur Cabana, die ich nun mein Zuhause nannte. Mit ihrem eigenen Eingang wäre sie ideal, wenn ich nicht das Gefühl hätte, dass es meinen Lebensstil einschränken könnte.

Wir hatten vereinbart, dass ich 1.500 im Monat zahlen würde, inklusive Nebenkosten. Aber in den letzten Tagen hatte Mary Ann gesagt, sie wolle kein Geld. Es kam ihr komisch vor, da das Zimmer leer stand – und wie viel Wasser und Strom würde ich schon verbrauchen? Wir stritten darüber, und am Ende bestand ich darauf, meinen Teil zu bezahlen, sonst würde ich in eine möblierte Wohnung zur Zwischenmiete ziehen.

Mit dem Gefühl, dass die ganze Sache ein weiterer großer Fehlentscheidung war, dachte ich über meine neue Wohnsituation nach. Der Gedanke an mein Gelübde, meine Wäsche auswärts waschen zu lassen, mir eine Mikrowelle zu besorgen und den winzigen Kühlschrank gefüllt zu halten, beruhigte mich. Worüber machte ich mir Sorgen? Ich war zweiundvierzig Jahre alt, ich wusste, wie man mit Dingen umging.

Während ich drei Seesäcke unter dem Fenster stapelte, erhaschte ich einen Blick auf Mary Ann, die durch die Tür der Cabana kam. Sie hielt zwei Gläser Wein in der Hand.

»Willkommen in der Nachbarschaft.«

———

MEIN HANDY GAB seinen Piep-Piep-Alarm von sich. Es war das zweite Mal, dass er losging. Ich schlug die Decke zurück und erstarrte. Scheiße, was hatte ich getan? Gleich in der ersten verdammten Nacht alles vermasselt? Ich glitt aus dem Bett und versuchte, Mary Ann nicht zu wecken.

Dem Nachtlicht folgend, setzte ich mich auf die Schüssel. Was ist los mit dir, Luca? Du hast das Gerede, alles beim Alten zu belassen, über den Haufen geworfen, aber konntest deine Instinkte nicht eine einzige Nacht lang kontrollieren. Schlimmer noch, morgen war ein wichtiger Tag, und wir mussten dasselbe Team sein, das wir immer waren.

Mein Urin kam schneller als sonst. Sie hatte eine dieser neueren Toiletten, bei denen der Deckel den Sitz verdeckte, anders als die in der Cabana. Sie war höher, und ich fragte mich, ob mir das die Sache erleichterte.

Mary Ann rollte sich auf die Seite und berührte meinen Arm, als ich wieder ins Bett stieg. Ich hörte auf, mich selbst fertigzumachen, und dachte stattdessen an unser morgiges Treffen. Sheriff Chester wollte uns gleich am Morgen sehen. Ich versuchte wieder einzuschlafen, aber der Gedanke, dass man mich von dem Fall abziehen könnte, machte mich ganz verrückt. Was sonst könnte es sein, weswegen sein Büro mich gestern Abend nach neun noch angerufen hatte?

Mary Ann meinte, ich würde mich da in etwas hineinsteigern; es sei wahrscheinlich nichts. Sie war eine zu große Optimistin. Ich versuchte, andere Möglichkeiten in Betracht zu ziehen, aber ich konnte schlechte Nachrichten spüren, wie ein Arthritis-Kranker den Regen vorhersagt.

Wir waren kurz davor, den Fall zu lösen. Ich würde mich nicht ohne Kampf von dem Fall abziehen lassen. Drei der vier Verdächtigen waren mit der Kirche »Geist der Gemeinschaft« verbunden. Eine solche Verbindung konnte man nicht ignorieren. Wie viele Mitglieder gab es da überhaupt? Wie hoch war die Wahrscheinlichkeit, dass drei von ihnen ermordet wurden?

Ich überlegte, eine Ausrede zu finden, um das Treffen zu verpassen, und das Nächste, woran ich mich erinnerte, war, dass der Wecker klingelte und Mary Ann aus dem Bett stieg.

19

ALS WIR IN SHERIFF CHESTERS BÜRO GEFÜHRT WURDEN, GING ich sofort in Abwehrstellung. Er stand hinter seinem Schreibtisch und unterhielt sich, etwas zu vertraut, mit FBI-Agent Haines. Chester erhob sich und sagte: »Hier kennen sich ja alle.«

Vargas und ich schüttelten Haines die Hand, der sich sichtlich unwohl fühlte.

Chester sagte: »Ich habe das Gefühl, wir haben bisher nicht eng genug zusammengearbeitet. Wir könnten echte Fortschritte machen, wenn wir die Ressourcen, die dem FBI zur Verfügung stehen, voll ausschöpfen würden.«

Mein Gesicht wurde heiß. Ich wollte ihm sagen, er solle sich zum Teufel scheren, aber ich brauchte meinen Job und hielt den Mund. Der Sheriff fuhr fort: »An wie vielen Fällen von Serienmorden haben Sie gearbeitet, Agent Haines?«

Er trat von einem Fuß auf den anderen. »Ähm, ich weiß nicht, an einem Dutzend oder so.«

»Tja, wir haben da leider keine Erfahrung, nicht wahr?« Der Sheriff sah Mary Ann und mich an, und wir nickten.

»Ich werde Agent Haines eine aktivere Rolle bei den Ermittlungen übertragen.«

Ich sagte: »Bei allem Respekt vor Agent Haines, ich halte das zum jetzigen Zeitpunkt nicht für notwendig, Sir.«

»Zum jetzigen Zeitpunkt? Meinen Sie das Stadium mit vier Leichen im Leichenschauhaus? In dem die Öffentlichkeit um ihre Sicherheit fürchtet? In dem der Gouverneur mir im Nacken sitzt?«

Während Haines auf seine Füße starrte, sagte ich: »Mir ist klar, dass das eine schwierige Situation ist, aber wir haben eine Spur, von der wir glauben, dass sie uns zum Mörder führen wird.«

»Das ist gut zu hören. Und jetzt gehen Sie drei runter in Ihr Büro und bringen Sie diesen Fall zum Abschluss.«

Chester wandte sich seinem Schreibtisch zu, und einfach so war ich degradiert worden. Ich lockerte meinen Kragen. Mit glühendem Gesicht ging ich auf die Toilette, um mich zu beruhigen.

———

PASTOR BOOTH HATTE ein Treffen mit Mitgliedern des Kirchenrates, und es zog sich in die Länge. Ich legte die *Christian Monthly*, die ich durchgeblättert hatte, weg und stand auf.

»Vargas, ich bin gleich zurück. Ich frage mal seine Sekretärin wegen Parker, das spart uns etwas Zeit.«

Ich trat an die Sekretärin der Kirche heran und fragte: »Miriam, könnten Sie uns einen Gefallen tun, während wir auf Pastor Booth warten?«

»Sicher, was brauchen Sie?«

»Können Sie nachsehen, ob ein gewisser Shaun Parker hier Mitglied war?«

»Oh ja. Es war schrecklich, was mit ihm passiert ist. Das ist so beängstigend.«

»Er war Mitglied?«

»Ja. Das muss ich leider sagen.«

»Okay. Was ist mit Joseph Chapman? War er Mitglied?«

»Chapman? Hm. Lassen Sie mich nachsehen.« Sie tippte auf ihrer Tastatur. »Oh ja, hier ist er, Joseph Chapman. Wohnt in der 104. Straße, nicht allzu weit von hier.«

»Danke.«

Flüsternd sagte ich: »Parker war Mitglied, und rate mal, wer noch? Chapman.«

»Chapman? Ich dachte, die Frau des Pastors hat gesagt, er sei es nicht.«

»Hat sie, und die Frage ist: Warum sollte sie das sagen? Was verbirgt sie?«

Die Tür zum Büro des Pastors schwang auf. Zwei Frauen und ein Mann verabschiedeten sich und ließen einen lächelnden Gabriel Booth im Türrahmen zurück.

»Hallo, Detective, tut mir leid, dass es länger gedauert hat als erwartet.«

»Kein Problem. Das ist meine Partnerin, Detective Vargas.«

»Nett, Sie kennenzulernen, Ms. Vargas, auch wenn ich wünschte, die Umstände wären andere. Kommen Sie rein. Kann ich Ihnen etwas anbieten?«

Wir lehnten ab und nahmen Platz. Die Kerze, die diesmal brannte, duftete nach Zimt.

»Ich fürchte, wir haben schlechte Nachrichten, Pastor.«

Booths Lächeln verschwand, als er sich in seinen Stuhl fallen ließ.

»In der Nähe von Santa Barbara wurde eine weitere Leiche gefunden, und das Opfer, ein gewisser Shaun Parker, war ebenfalls Mitglied Ihrer Gemeinde.«

Das Gesicht des Pastors wurde blass. »Oh mein Gott. Das sind schreckliche Nachrichten. Ich habe Shaun gekannt. Armer Junge – er war so voller Leben. Er hatte einige Schwierigkeiten, war aber auf dem richtigen Weg.«

Schwierigkeiten? Nannten Kirchenleute es so, wenn man kriminell war?

»Sie wissen vielleicht, dass Mr. Parker ein langes Vorstrafenregister hatte, wie die anderen Opfer auch.«

»Wie wir beim letzten Mal besprochen haben, dient unsere Gemeinde vielen, die von Gottes Plan abgekommen sind, Menschen, die sein Wort nicht befolgt haben, aber in dem aufrichtigen Versuch hierhergekommen sind, sich mit dem Herrn zu versöhnen.«

Vargas sagte: »Das ist eine bewundernswerte Arbeit, Pastor Booth, und genau in diese Richtung möchten wir weiter ermitteln.«

»Ich, ich verstehe nicht.«

»Angesichts des Hintergrunds der Opfer und ihrer Verbindung zu Ihrer Kirche müssen wir uns die Beziehungen genau ansehen –«

»Sie deuten doch nicht an, dass der Mörder mit The Spirit of Fellowship in Verbindung steht?«

Vargas sagte: »Das ist etwas, das wir uns genau ansehen müssen. Es gibt keine Möglichkeit, die Verbindung zu ignorieren.«

»Aber wie wird das aussehen? Mir ist klar, dass Sie ermitteln müssen, aber ich mache mir Sorgen, wie das nach außen wirken wird.«

Ich sagte: »Ich verstehe Ihre Bedenken, Pastor. Wir werden das so diskret wie möglich handhaben. Ich verspreche Ihnen, wenn es undichte Stellen gibt, werden sie nicht von unserer Seite kommen. Aber die Leute, nun ja, die reden gern. Unterm Strich müssen wir die Verbindung zur Kirche untersuchen und entweder die Kirche entlasten oder ...« Ich ließ meine Stimme ausklingen.

»Okay, okay, ich verstehe. Wie können wir Ihnen helfen?«

Vargas sagte: »Wir müssen wissen, wie die Kirche funktioniert – welche Aufgaben und Dienste Sie anbieten, wie Sie Mitglieder werben, das Organigramm, solche Dinge.«

Ich sagte: »Wir müssen privat mit Ihren Managern, dem Rat, Ihrer Frau sprechen –«

»Hannah? Warum?«

Warum stellte er ihre Teilnahme in Frage? »Sie ist ein wichtiger Teil von The Spirit of Fellowship, nicht wahr?«

»Ja, schon. Aber … lassen Sie mich zuerst mit ihr sprechen, okay?«

»Das ist in Ordnung, aber die Zeit drängt – ein Mörder ist auf freiem Fuß.«

Booths Gesicht wurde leichenblass.

Vargas sagte: »Wie wäre es, wenn Sie uns zunächst von den Aktivitäten erzählen, in die die Kirche involviert ist?«

»Wir nennen unsere Aktivitäten und unsere Öffentlichkeitsarbeit ›Dienste‹. So wie die Kirche gewachsen ist, so sind auch die Tiefe und die Anzahl der Dienste, die wir betreiben, gewachsen. Aber hinter allem steht der Glaube. Der Kern von The Spirit of Fellowship ist der Glaube.«

Booth bewegte seine Hände, als würde er ein Orchester dirigieren. »Die Verbreitung der frohen Botschaft ist zentral für das, was wir hier tun, und die größte Aufgabe der Kirche. Wir unterteilen den Glaubensdienst in zwei große Kategorien: intern – wie wir unsere Gemeinde unterweisen – und in unser Öffentlichkeitsarbeitsprogramm, mit dem wir auf die breitere Gemeinschaft zugehen und das Evangelium verbreiten.«

Vargas fragte: »Wohin gehen Sie physisch in der Gemeinschaft?«

»Überallhin, wo man uns haben will.« Booth lachte. »Im Ernst, wir stecken eine Menge Arbeit in Jugendprogramme, die Altenbetreuung, Sucht, Gefängnisse, die Wanderarbeiter, die Latino-Gemeinde.«

»Wer leitet die verschiedenen gemeinnützigen Projekte?«

Booth nannte uns die Namen der beteiligten Leiter, und wir

machten weiter. Es war eine lange Liste, einschließlich Trauer-
begleitung, einer Tafel, Arbeitsvermittlung, Kleiderspenden
und einer Initiative, um bei den Stromrechnungen für diejenigen zu helfen, die in schwere Zeiten geraten waren.

Es dauerte eine Stunde, bis wir alles durchgegangen waren,
und als wir gingen, war ich überzeugt, dass wir uns auf die
Leute konzentrieren sollten, die an ihrer Öffentlichkeitsarbeit
beteiligt waren, sowie auf seine Frau, Hannah.

20

VARGAS UND ICH WARTETEN AN EINEM VON ZWANZIG RUNDEN Tischen, die den Mehrzweckraum der Kirche füllten. Ich grübelte gerade darüber nach, wofür die erhöhte Plattform wohl da war, als ein Mann mit Bürstenhaarschnitt eintrat. Sein enges Hemd betonte seine Muskeln, was mich dazu veranlasste, den Bauch einzuziehen. Er schenkte uns ein kaum wahrnehmbares Lächeln und sagte: »Ich bin Jeremy Stokes. Minister Booth hat gesagt, Sie wollten mit mir sprechen?«

Vargas sagte: »Danke, dass Sie sich die Zeit nehmen. Wir werden versuchen, uns kurz zu fassen.«

Wir schüttelten uns die Hände, und er setzte sich zwei Stühle von Vargas entfernt hin. Er stützte einen Ellbogen auf den Tisch, und sein grapefruitgroßer Bizeps spannte sich an. Wollte er sie etwa beeindrucken?

»Also, worum geht's?«

Ich sagte: »Worum es geht, ist, dass wir vier Leichen im Leichenschauhaus haben und jeder von ihnen diese Kirche besucht hat.«

»Das ist ein Zufall. Wir haben fast viertausend Mitglieder, wissen Sie.«

»Zufall? In meinem Beruf gibt es keine Zufälle. Wir nennen das Beweise.«

»Beweise? Inwiefern?«

Vargas sagte: »Was Detective Luca und mich interessiert, ist, eine mögliche Verbindung zu untersuchen, die der Mörder zur Kirche haben könnte.«

Stokes beugte sich vor. »Glauben Sie wirklich, dass dieser aquatische Attentäter ein Mitglied unserer Kirche ist?«

Vargas sagte: »Er oder sie könnte ein Mitglied sein oder über einen Ihrer Dienste mit ihr in Verbindung stehen.«

Ich sagte: »Vergessen wir nicht, Sie scheinen eine Menge Mitglieder anzuziehen, die anscheinend Schwierigkeiten haben, keinen Ärger zu bekommen.«

Stokes verengte die Augen. »Falls Sie es nicht wussten, Detective, wir sind alle Sünder. Die Gemeinde des Geistes ist hier, um diejenigen aufzufangen, die gefallen sind, und sie mit dem Wort Gottes zu stärken.« Er klopfte mit den Knöcheln auf den Tisch. »Wissen Sie, die Leute verdienen eine zweite Chance.«

Dieser Kerl verschloss die Augen vor der Realität. Ich hatte kein Problem mit zweiten Chancen, aber die Leichen waren allesamt Gewohnheitstäter. Manche hatten schon zehn oder elf Chancen gehabt.

Ich sagte: »Minister Booth hat Sie als seine rechte Hand bezeichnet. Was sind Ihre Aufgaben in der Kirche?«

»Im Grunde alles, obwohl ich versuche, mich darauf zu konzentrieren, sicherzustellen, dass die Mitglieder, die Unterstützung brauchen, auch das bekommen, was sie brauchen.«

Vargas sagte: »Können Sie das erklären?«

Stokes seufzte. »Leute geraten in Schwierigkeiten, sei es mit dem Gesetz, in ihrem Privatleben, mit Alkohol, Drogen, was auch immer. Wir sind als Unterstützungssystem für sie da. Im Grunde genommen sind wir da, wenn sie straucheln, um sie aufzufangen.«

Vargas sagte: »Sagen wir, jemand ist auf dem Weg der Besserung, hat aber einen Rückfall – dann sind Sie da, um zu helfen?«

Stokes nickte. »Eine Genesung verläuft nie geradlinig.«

Ich sagte: »Wenn man bedenkt, dass die Opfer allesamt erfahrene, äh, Gesetzesbrecher waren – wenn jemand wie sie wieder verhaftet würde, was würden Sie tun – würden Sie die Kaution für sie stellen?«

Eine Ader an Stokes' Schläfe begann zu pochen. »Wir würden dafür sorgen, dass sie ein Dach über dem Kopf und etwas zu essen haben, und versuchen, ihnen einen Job zu finden.«

»Sehr nett. Ich frage mich, warum jemand wie Sie diese Art von Arbeit macht. Waren Sie jemals im Gefängnis?«

Stokes zögerte. »Nein, ich tue, was ich tue, für Gott. In Matthäus 25,40 sagt Jesus uns: ›Was ihr für einen meiner geringsten Brüder getan habt, das habt ihr mir getan.‹«

Wie konnten sie diese Passagen ohne zu zögern zitieren? Sie waren wie die Leute, die im Ritz arbeiteten. Vielleicht rekrutierte das Ritz aus der evangelikalen Gemeinschaft. War ich beeindruckt, weil mein Gedächtnis von der Chemo geschwächt war?

Ich hörte, wie Vargas fragte: »In Ihrer Position müssen Sie alle Opfer gekannt haben.«

»Ja, ich habe sie gekannt. Äh, na ja, drei von ihnen jedenfalls.«

»Welche?«

Wieder eine Nanosekunde des Zögerns. »Chapman, Tinder und Parker.«

»Wann haben Sie Joseph Chapman das letzte Mal gesehen?«

»Ich weiß nicht, ungefähr einen Tag, bevor er verschwunden ist.«

»Was ist mit Brett Tinder?«

»Wahrscheinlich zur gleichen Zeit.«

»Was ist mit Dick Cornwall?«

Vargas war gut; sie schob den Namen einfach so ein, aber andererseits hatte sie ja auch von den Besten gelernt.

»Dasselbe.«

»Ich dachte, Sie hätten gesagt, Sie kannten nur drei von ihnen.«

»Na und? Ich habe ihn hier gesehen.«

»Sie wussten, wer Dick Cornwall war?«

»Natürlich.«

»Aber Sie haben gesagt, Sie kannten ihn nicht.«

»Ich wusste, wer er war, aber ich kannte ihn nicht.«

Bill Clinton wäre stolz auf Stokes gewesen.

Für einen Kirchenmenschen war er verdammt selbstgefällig. Wir tanzten noch eine Weile mit ihm herum, bis ein pfefferhaariger Mann mit Spitzbart hereinkam.

»Oh, tut mir leid. Ich dachte, ich wäre dran. Ich warte draußen.«

Ich sagte: »Schon gut. Wir sind mit Mr. Stokes fertig.«

Stokes' Gesicht entspannte sich und er verließ den Raum, ohne sich zu verabschieden. Ich mochte Stokes nicht; den musste ich mir noch einmal vornehmen.

Der etwa Fünfzigjährige, Nick Santangelo, nahm denselben Stuhl wie Stokes. Santangelo leitete die karitativen Programme der Kirche.

Er sagte: »Glauben Sie wirklich, dass jemand aus der Kirche die Morde begangen hat?«

Vargas sagte: »Wir sind hier, um genau das herauszufinden.«

»Das ist beängstigend.«

Ich sagte: »Wir haben verstanden, dass Sie hier für die karitative Seite zuständig sind.«

»Ja, eher für die Hilfsprogramme, die wir für die lateinamerikanische und die Wanderarbeitergemeinschaft durchführen. Die Leute neigen dazu, zu vergessen, dass nur fünfzehn

Minuten außerhalb von Naples Menschen leben, die gerade so über die Runden kommen. Unsere Mission ist es, sie zu unterstützen und ihr Leben zu verbessern, wie wir nur können.«

»Indem Sie ihnen Essen bringen?«

»Eigentlich essen sie ziemlich gut, besonders diejenigen, die in der Landwirtschaft arbeiten. Aber wir helfen ihnen, sich im Labyrinth der Programme zurechtzufinden, die sie in Anspruch nehmen können, und stellen sicher, dass ihre Kinder eingeschult werden und in der Schule gut zurechtkommen. Solche Dinge.«

Ich fragte: »Haben Sie irgendeinen Kontakt zu den Gefängnissen oder zu kürzlich Entlassenen?«

»Nein, das ist Jeremys Bereich, der Kerl, der gerade hier war. Ich teile einige unserer Ressourcen mit ihm, aber er kümmert sich um diese Bevölkerungsgruppe.«

»Kannten Sie die vier Männer, die getötet wurden?«

»Ich kannte sie, aber nicht gut. Wie gesagt, Jeremy kannte sie ziemlich gut, nehme ich an.«

»Er hat gesagt, er kannte Dick Cornwall nicht.«

»Sind Sie sicher? Ich habe die beiden zusammen weggehen sehen an dem Tag, an dem Dick getötet wurde.«

Ich beugte mich zu Santangelo vor. »Sind Sie sich da absolut sicher?«

»Ja, Dick hat mir geholfen, die Speisekammer aufzufüllen, und Jeremy ist reingekommen, um ihn zu holen, und hat gesagt, sie kämen zu spät oder so etwas.«

»Wo wollten sie hin?«

»Ich weiß es nicht. Sie haben es nicht gesagt.«

Vargas fragte: »Sie sind sicher, dass es Dick Cornwall war und dass es an dem Tag war, an dem er ermordet wurde?«

»So etwas könnte man nur schwer vergessen.«

»Danke für Ihre Zeit heute, Mr. Santangelo.«

Vargas beugte sich zu mir herüber, als er ging. »Wir sollten Stokes sofort mit auf die Wache schleppen.«

»Nichts würde mir mehr Vergnügen bereiten, aber die Frau des Ministers ist als Nächste dran.«

»Ach, komm schon, Frank. Nur weil sie introvertiert ist, macht sie das noch nicht zu einer Verdächtigen.«

Zwanzig Minuten nach der vereinbarten Zeit kam Hannah Booth in den Raum, Händchen haltend mit ihrem Mann, der sagte: »Es tut uns leid, dass wir Sie haben warten lassen, aber es ist etwas dazwischengekommen und ich konnte mich nicht losreißen.«

Vargas sagte: »Kein Problem, aber wir würden gerne allein mit Ihrer Frau sprechen.«

»Allein? Warum?«

»Das ist bei einer Befragung das übliche Vorgehen.«

»Hannah fühlt sich unwohl dabei, allein mit Ihnen zu sprechen.«

Ich sagte: »Sie hat nichts zu befürchten, wenn sie nichts zu verbergen hat.«

»Ist meine Frau eine Verdächtige?«

Vargas sagte: »Bitte, Minister, das ist eine einfache Befragung, mit der wir Informationen sammeln. Es hilft uns, ein Bild davon zu bekommen, wie die Kirche in all das hineinpasst.«

Der Minister wandte sich an Hannah, die leicht den Kopf schüttelte. Der Minister sagte: »Wenn Sie darauf bestehen, allein mit ihr zu sprechen, müssen wir Sie bitten, unseren Anwalt zu kontaktieren.«

Sie schienen etwas zu verbergen, und ich wollte alles aus ihnen herausbekommen, was wir konnten, bevor sie sich einen Anwalt nahmen. Ich hob die Hände. »Whoa, immer mit der Ruhe, Minister Booth. Das hier ist keine feindselige Angelegenheit. Aus reiner Höflichkeit werden wir von der Vorschrift abweichen. Kein Problem. Nehmen Sie Platz, und bringen wir das hinter uns. Okay?«

Hannah stützte sich auf ihren Mann, als sie sich auf einen Stuhl niederließ.

»Soll ich dir das Kissen holen?«

»Schon gut. Mein Rücken fühlt sich jetzt, wo ich sitze, okay an.«

Der Minister setzte sich und griff nach der Hand seiner Frau, als ich fragte: »Wie lange sind Sie beide schon verheiratet?«

Der Minister lächelte. »Hannah und ich haben gerade unseren siebten Hochzeitstag gefeiert.«

»Glückwunsch. Haben Sie Kinder?«

»Keine gemeinsamen. Ich habe eine Tochter mit meiner ersten Frau, die ich vor einem Dutzend Jahren an den Krebs verloren habe. Sie ist im zweiten Studienjahr an der Florida State.«

Der Versuch, mit der Eiskönigin das Eis zu brechen, führte zu nichts. »Gute Uni. Also, Mrs. Booth, wenn Sie sich erinnern, haben wir versucht, festzustellen, ob Joseph Chapman ein Mitglied der Kirche war, und Sie haben gesagt, Sie würden bei Miriam nachfragen.«

Hannah sagte: »Ich erinnere mich nicht, das gesagt zu haben.«

»Minister Booth, Sie waren dabei.«

»Ich erinnere mich nicht wörtlich an die Unterhaltung, aber ich erinnere mich an Ihr Interesse daran, herauszufinden, wer Mitglied war.«

»Hilft Ihnen die Erinnerung Ihres Mannes irgendwie weiter?«

Hannah schüttelte den Kopf. »Nein. Es war ein anstrengender Tag und beunruhigend, die Polizei hier zu sehen.«

»Warum sollte unsere Anwesenheit Sie beunruhigen?«

»Wenn die Polizei auftaucht, ist das nie ein gutes Zeichen.«

Warum zum Teufel fühlte sich irgendjemand, der

unschuldig war, in der Nähe der Polizei unwohl? Wir sind dazu vereidigt, zu dienen und zu schützen, um Himmels willen.

Vargas sagte: »Das verstehe ich, aber was mich verwirrt, ist, dass Sie gesagt haben, er sei kein Mitglied dieser Kirche, und als wir bei Miriam nachgefragt haben, hat sie gesagt, Sie hätten sie nie nach Chapman gefragt.«

»Wollen Sie damit sagen, dass meine Frau nicht die Wahrheit sagt?«

»Wir versuchen zu klären, warum sie gesagt hat, was sie gesagt hat.«

Ich weiß nicht, was mich mehr verwirrte, das Lächeln, das sie mir schenkte, oder was sie als Nächstes sagte.

»Ich war vielleicht verwirrt. Dies ist Gottes Haus, und die Arbeit, die wir hier tun, geschieht im Namen seiner Kinder. Nun ... es ... es ist schwer, sich mit der Tötung dieser jungen Männer abzufinden.«

»Wissen Sie, wer diese Männer getötet haben könnte?«

Minister Booth sagte: »Detective, wenn wir das wüssten, wären wir die Ersten, die es Ihnen sagen würden.«

»Mrs. Booth, wann haben Sie Brett Tinder das letzte Mal gesehen?«

Ihre Lippen zitterten leicht, als sie sagte: »Ich erinnere mich nicht.«

»Sie erinnern sich nicht?«

Minister Booth sagte: »Meine Frau hat einen sehr schlimmen Rücken, und die Schmerzmittel, die sie nimmt, können sie manchmal vergesslich machen.«

Wie praktisch. »Wann haben Sie Dick Cornwall das letzte Mal gesehen?«

»Ich erinnere mich nicht.«

»Gibt es irgendetwas, an das Sie sich erinnern?«

Minister Booth sagte: »Detective, bitte, es gibt keinen Grund, Hannah zu reizen. Wir sind freiwillig hierher gekommen, um unsere Hilfe anzubieten.«

Hannah schniefte und wandte sich an ihren Mann. »Lass uns gehen. Ich will weg.«

21

DER GERUCH VON NAGELLACK SCHLUG MIR ENTGEGEN, ALS ICH ein Telefonat beendete. Ich hasste es, wenn Vargas sich im Büro die Nägel machte. Ich sagte: »Na, die Sache ist gerade etwas interessanter geworden. Hannah Booth oder Hannah Gilbey, wie sie hieß, als sie mit einem gewissen John Gilbey verheiratet war, hatte einen Sohn, der vor zehn Jahren gestorben ist. Als Todesursache ist eine Überdosis angegeben worden. Aber der Gerichtsmediziner hat gesagt, er sei sich nicht sicher, ob es eine Überdosis war, und habe eine Autopsie durchführen wollen. Es hat einige Spuren im Gesicht des Jungen gegeben, von denen er dachte, sie könnten vom Ersticken stammen.«

»Was? Wer hat ihn gefunden?«

»Hannah. Sie hat gesagt, er sei tot gewesen, als sie vom Einkaufen zurückgekommen ist.«

»Warum haben sie keine Autopsie gemacht, wenn es einen Verdacht gegeben hat?«

»Niemand scheint zu wissen, warum, aber der Junge war süchtig und hatte sich zuvor schon dreimal eine Überdosis verpasst.«

»Vielleicht hat sie ihn aus seinem Elend erlöst.«

»Genau das denke ich auch. Wenn ja, dann hat sie schon einmal getötet.«

»Es wäre ein Paukenschlag, wenn sie sich als Mörderin herausstellen würde.«

»Weißt du, Vargas, mich überrascht gar nichts mehr.«

»Das ist keine gesunde Art, die Welt zu sehen, Frank. Zynismus ist wie Säure.«

»Okay, okay. Was hast du über Stokes herausgefunden?«

»Zunächst einmal hat er dank Lee County eine Weile wegen tätlichen Angriffs mit einer tödlichen Waffe gesessen. Er hat einen Kerl bewusstlos geschlagen, nachdem er ihm mit einer Flasche den Schädel eingeschlagen hatte.«

»Ich wusste es! Steht er noch unter Bewährung?«

»Nein, die ist vor einem Jahr abgelaufen.«

»Was noch?«

»Stokes und Cornwall kannten sich gut genug, um fast jeden Tag zusammen zu Mittag zu essen.«

»Heilige Scheiße. Die Frage ist also: Warum sollte Stokes darüber und über das Gefängnis lügen?«

»Vielleicht hat er darauf gewettet, dass wir ihm nicht nachgehen würden.«

»Wenn er darauf gewettet hat, hätte er kooperativer sein sollen.«

»Wie willst du vorgehen? Sollen wir sie reinholen?«

»Zu gerne, aber sie werden wahrscheinlich nach Anwälten verlangen.«

»Auf jeden Fall.«

»Gehen wir zu ihnen.«

Wir gingen den Flur hinunter zum Parkplatz. Vargas knallte mir in den Rücken, als ich abrupt stehen blieb. Pastor Booth verabschiedete sich gerade auf dem Weg nach draußen vom Sergeant am Empfang.

»Was zum Teufel hat der hier gemacht?«

Bevor Vargas etwas sagen konnte, bekam ich meine Antwort von der Sekretärin des Sheriffs.

»Gut, dass ich Sie erwische. Der Sheriff möchte Sie sprechen.«

»Kann das warten? Wir sind gerade auf dem Weg nach draußen.«

»Er hat gesagt: sofort.«

Ich starrte auf Chesters gelbe Krawatte, während der Sheriff uns anwies, die Frau des Pastors in Ruhe zu lassen. Es war unfair, aber ich hob mir den Kampf für den Moment auf, in dem ich mehr als nur ein paar Informationsschnipsel hatte. Es machte mir nichts aus, den Mund zu halten, da wir weitere Verbindungen zur Kirche weiterverfolgen durften.

————

Es KONNTE eine Einbildung gewesen sein, aber Stokes' Muskeln schienen zusammen mit seiner Arroganz geschrumpft zu sein, als wir in seinem Büro auftauchten. Stokes wusste, dass sich das Blatt mit seiner verlorenen Wette gewendet hatte. Er sprang auf, als er uns sah.

»Kann das warten? Ich wollte gerade gehen.«

Darauf konnte ich wetten. »Nein. Setzen Sie sich.«

»Aber ...« Er fiel zurück in seinen Stuhl.

Vargas sagte: »Als Detective Luca Sie gefragt hat, ob Sie jemals im Gefängnis gewesen sind, haben Sie Nein gesagt. Warum haben Sie gelogen?«

Stokes zuckte mit den Achseln. »Es war mir peinlich. Das ist lange her. Ich habe einen Fehler gemacht und den Preis dafür bezahlt.«

Ich sagte: »Haben Sie gedacht, dass wir das nicht überprüfen würden? Halten Sie uns für dumm?«

»Nein, natürlich nicht. Wie gesagt, ich rede nicht gerne darüber.«

»Einen Beamten anzulügen, ist Behinderung der Justiz. Wollen Sie wieder einfahren?«

»Ach, kommen Sie. Seien Sie nachsichtig, ich hätte ehrlich sein sollen, aber ...«

Vargas sagte: »Sie haben auch behauptet, Dick Cornwall nicht zu kennen.«

Stokes' Schultern sackten in sich zusammen. »Ich kannte ihn. Wir haben oft zusammen zu Mittag gegessen.«

»Warum haben Sie gelogen?«

»Ich hatte Angst. Wissen Sie, mit meiner Vorstrafe und weil ich all die Typen kannte, die erschossen wurden, dachte ich, Sie würden mich als Verdächtigen ansehen.«

»Und was glauben Sie, was wir jetzt denken? Glauben Sie, Sie sind jetzt weniger verdächtig?«

»Sie müssen mir glauben. Ich hatte mit all dem nichts zu tun.«

»Mr. Stokes, besitzen Sie eine Schusswaffe?«

Da war wieder dieses Zögern.

»Ich bin ein verurteilter Straftäter. Es ist für mich gesetzlich verboten, eine Waffe zu haben.«

Seine Arroganz mochte zwar verflogen sein, aber seine spitzfindige Wortklauberei stand in voller Blüte.

Ich schlug mit der flachen Hand auf. »Hören wir mit dem Scheiß auf, okay? Es ist mir egal, ob Sie das Recht haben, eine Schusswaffe zu besitzen oder nicht. Die Frage ist: Besitzen Sie eine?«

Stokes runzelte die Stirn, als er nickte. »Dort, wo ich wohne, hat es ein paar Einbrüche gegeben. Ich hatte das Gefühl, ich bräuchte Schutz.«

»Welche Art von Schusswaffe?«

»Eine Bodyguard mit diesem Laserzielvisier.«

»Welche Farbe hat der Laser?«

»Rot.«

Zum ersten Mal schien er die Wahrheit zu sagen, es sei denn, er hatte noch andere Waffen.

»Wo waren Sie in der Nacht des fünfundzwanzigsten Juni? In der Nacht, in der Joseph Chapman ermordet wurde.«

»Ich war an diesem Abend bis fast zehn Uhr hier.«

Vargas sagte: »Das ist ziemlich spät. Was haben Sie um diese Zeit hier gemacht?«

»Wir hatten gegen sieben Uhr an diesem Abend eine Heilungszeremonie.«

Vargas sagte: »Wann war sie zu Ende?«

»Sie dauerte etwa eine Stunde. Wir hatten nicht den Andrang, den sich Pastor Booth erhofft hatte, sonst können die sich stundenlang hinziehen, wenn viele Leute eine Sitzung mit einem Gebetsteam wollen.«

Die meisten Leute, einschließlich Mary Ann, würden denken, ich sei skeptisch gegenüber einer Heilkraft, die von Gott durch einen Pastor oder Priester kommt, aber Tatsache war, dass meine Mutter mich zu einer solchen mitgenommen hatte, als ich sechs Jahre alt war. Ich hatte ständig Ohrenentzündungen, die so schlimm waren, dass sie meine Sprache beeinträchtigten. Die Kinder in der Schule hänselten mich deswegen.

Meine Tante erzählte Mom, dass ein Priester aus Indien, der für seine Heilungen bekannt war, in unsere Diözese kommen würde.

In der Nacht der Messe schneite es. Mom packte mich warm ein und brachte mich nach St. Mary's in Middletown, NJ. Ich erinnerte mich an all die Rollstühle, die den Gang zum Altar säumten. Außer ein paar Babys war ich der Jüngste dort.

Ich hörte Vargas sagen: »Damit bleiben zwei Stunden ungeklärt.«

»Wir haben zu Abend gegessen und uns noch unterhalten.«

»Wer ist ›wir‹?«

»Ich und Dick Cornwall.«

Ich wünschte, ich bekäme zwanzig Dollar für jedes Mal, wenn ein Verdächtiger ein Alibi angibt, in dem ein Toter vorkommt.

»Noch jemand?«

»Nein, nur wir.«

Ich sagte: »Was haben Sie gegessen?«

»Gegessen?«

»Ja, was haben Sie gegessen?«

»Wir haben uns kubanisches Essen bei Roma in Havana geholt.«

»Aber Sie sagten, Sie haben hier gegessen.«

»Wir haben es abgeholt.«

»Sie sind den ganzen Weg dorthin gefahren, um Essen zum Mitnehmen zu holen?«

»Das ist keine große Sache. Es ist nicht so weit.«

»Wie haben Sie für das Essen bezahlt?«

»Mit Bargeld. Es waren ungefähr fünfzehn Dollar pro Person.«

»Wohin sind Sie gegangen, nachdem Sie die Kirche verlassen haben?«

»Nach Hause. Es wurde schon spät.«

»Haben Sie Joseph Chapman beim Heilungsgottesdienst gesehen?«

»Nein, er war nicht da.«

»Waren Pastor Booth und seine Frau da?«

»Der Pastor war da, aber nicht Hannah.«

Interessant. »Ich habe gehört, dass Mrs. Booth auch alle Opfer kannte. Stand sie einem von ihnen nahe?«

»Nahe? Was meinen Sie damit?«

»Das war eine unglückliche Wortwahl. Ich meinte befreundet.«

»Sie ist ziemlich für sich, aber sie hatte vor ein paar Wochen einen Streit mit Chapman.«

»Worüber?«

»Ich kenne die Einzelheiten nicht wirklich, aber Hannah und ein paar andere wollten Änderungen in der Art und Weise, wie der Laden hier geführt wird, und ich schätze, Chapman war anderer Meinung, aber ich weiß es nicht sicher. Aber Mann, war sie sauer. Sie hat ihn angeschrien und ein Gesangbuch nach ihm geworfen.«

»Hat noch jemand den Streit gesehen?«

»Pastor Booth war da, und Nicky Santangelo auch.«

»Hatte Mrs. Booth auch mit einem der anderen Opfer Streit?«

»Sie wollen doch nicht ... nein, sie kann nicht verwickelt sein, sie ist ...«

»Ich sage gar nichts, ich frage nur, ob sie irgendwelche Meinungsverschiedenheiten mit ihnen hatte.«

»Ich weiß es nicht wirklich.«

Mein innerer WC-Alarm schlug wieder an. Ich spürte einen Druck im Unterleib. Es war Zeit zu gehen. Außerdem waren wir mit Stokes vorerst fertig. Ich sagte ihm, er solle seine Waffe loswerden, und wir gingen.

Ich wusste, dass es vor dem Büro des Pastors eine Toilette gab. Bevor ich dorthin ging, bat ich Vargas, nachzusehen, ob das kubanische Restaurant, von dem Stokes sagte, er sei dort gewesen, Videoüberwachung hatte.

————

»Du hast was getan?«

»Als ich auf der Toilette war, habe ich da gesessen und eine Haarbürste auf einem Regal neben dem Waschbecken gesehen. Sie musste ihr gehören. Also habe ich zwei Haare davon genommen.«

Ich holte einen Plastikbeutel für Beweismittel aus meiner Tasche und zeigte Vargas ihn.

»Frank, der Sheriff hat dir gesagt, du sollst dich von ihr fernhalten.«

Ich lächelte. »Sie war nirgendwo zu sehen.«

»Was willst du damit machen?«

»Ich lasse die Spurensicherung prüfen, ob es mit dem Haar übereinstimmt, das bei Shaun Parker gefunden wurde.«

»Und wenn es das tut?«

»Bringe ich es zu Chester.«

»Er wird dich bestrafen, Frank. Du hast einen direkten Befehl ignoriert. Warum geben wir es nicht Haines?«

»Was, und ihn den Ruhm einheimsen lassen?«

»Da ist er wieder, dein Heldenkomplex.«

»Das ist kein Komplex. Es ist einfach nicht fair, das ist alles.«

Vargas atmete aus. »Warten wir erst mal ab, ob es passt.«

»Okay. Hey, hat das Restaurant, in dem Stokes angeblich war, Videoaufnahmen?«

»Ja, ich habe Boyle eine SMS geschickt und ihm gesagt, er soll hinfahren und sie abholen.«

»Schau, ob sie eine Aufnahme vom Parkplatz haben. Stokes ist vielleicht gar nicht reingegangen.«

»Haben sie. Weißt du, Frank, manchmal habe ich das Gefühl, du denkst, ich weiß nicht, was ich tue.«

»Nein, nein. Das stimmt nicht. Du bist eine großartige Ermittlerin.« Die Chemo hatte mein Gedächtnis beeinträchtigt, und ich suchte nach Wegen, zu beweisen, dass es nicht so schlimm war, wie es wirklich war.

»Danke. Werd jetzt nicht gleich defensiv, aber du warst vorhin irgendwie weggetreten, als Stokes über die Heilungsmesse sprach.«

»Das hat eine Erinnerung wachgerufen, das ist alles.«

»Willst du darüber reden?«

»Als ich ungefähr sechs war, hatte ich Probleme mit den

Ohren, und das fing an, meine Sprechweise zu beeinträchtigen.«

»Was war das Problem?«

»Ohrenentzündungen, die einfach nicht weggingen. Ich nahm alle möglichen Antibiotika, aber nichts half. Ich wurde resistent dagegen. Jedenfalls erzählte meine Tante meiner Mutter von einem Priester, der viele Menschen geheilt hatte. Und dieser Priester kam nach St. Mary's, das nicht weit weg war. Ich verstand nicht wirklich, worum es ging. Sie sagte nur, er könne Gottes Kraft kanalisieren, um kranken Menschen zu helfen.«

»Warum hast du mir das nie erzählt?«

»Ich weiß nicht. Ich habe es irgendwie vergraben. Als ich älter wurde, dachte ich wohl, es sei ein bisschen ignorant oder so.«

»Ich glaube an Gottes Macht. Ich war nie bei einer Heilungsmesse, aber ich wollte immer mal hin. Was ist passiert?«

»In der Nacht, als wir hingingen, schneite es wie verrückt und es war eiskalt. Ich erinnere mich, dass meine Mutter sehr langsam fuhr, aber das hielt niemanden davon ab, zu kommen. St. Mary's war brechend voll. Rollstühle säumten den Gang zum Altar, aber außer ein paar weinenden Babys war niemand in meinem Alter da.«

»Du musst Angst gehabt haben.«

»Kirchen waren für mich als Kind immer unheimlich, aber in dieser Nacht herrschte eine Art festliche Stimmung. Die Leute unterhielten sich und beteten in Gruppen. Dann läuteten die Glocken und alle setzten sich. Es begann wie eine normale Messe mit Kommunion, aber dann fing der Priester an, laut zu beten, und die Leute riefen Namen von Leuten, von denen meine Mutter sagte, dass sie Hilfe brauchten. Das ging eine Weile so, und er ging die Gänge auf und ab und besprengte uns mit Weihwasser.«

»Das muss unheimlich für dich gewesen sein. Ich wünschte, ich wäre dabei gewesen.«

»Weißt du, was? Das war es nicht, na ja, nicht die ganze Zeit. Ich wusste nicht wirklich, was los war. Aber dann kam der Priester vom Altar herunter und begann, im Kreis über jeden der Leute in den Rollstühlen zu beten. Als ich jedoch Tränen auf dem Gesicht meiner Mutter sah, bekam ich doch Angst. Meine Mutter packte meine Hand und wartete auf den Priester. Sie sprach mit ihm, und das Nächste, was ich weiß, ist, dass ich mit dem Priester mitten in einer Gruppe von betenden Menschen stehe. Es klingt verrückt, aber mir wurde schwindelig, als ob ich gleich umfallen würde. Der Priester steckte seine Finger in meine Ohren und betete weiter, und das Nächste, was ich weiß, ist, dass ich weinte.«

»Was für ein emotionales Erlebnis. Was ist passiert?«

»Wir sind gegangen. Es hatte aufgehört zu schneien, was meine Mutter als ein Wunder bezeichnete. Sie fragte immer wieder, ob sich mein Gehör verändert hätte. Ich konnte keinen Unterschied feststellen. Sie machte das Radio an, und ich sagte, es schien ein wenig besser zu sein, weil ich mich schlecht fühlte. Den Rest der Heimfahrt beteten wir den Rosenkranz. Am nächsten Morgen, als ich aufwachte, war mein Gehör merklich besser.«

»Wirklich? Nimmst du mich auf den Arm, Frank?«

»Nein. Ich schwöre, es ist wahr. Von diesem Tag an war mein Gehör besser. Ich hatte danach noch ein paar Infektionen, aber die gingen mit den Antibiotika schnell wieder weg.«

»Oh mein Gott. Du hast ein Wunder erlebt, Frank.« Vargas drückte meine Hand.

»Ich schätze schon.«

Es war schwer, das zuzugeben. Es gab keinen wirklichen Beweis. Die Ärzte sagten, ich sei da herausgewachsen, aber Mom war fest davon überzeugt, dass Gott ihre Gebete erhört hatte. Sie ging für den Rest ihres kurzen Lebens jeden Tag zur Messe. Ich hätte es mit einer Heilungsmesse für meinen Krebs versuchen sollen, aber als ich die Nachricht bekam, konnte ich keinen klaren Gedanken fassen.

22

MEIN HANDY VIBRIERTE; ES WAR WIEDER DIE Immobilienmaklerin. In ihrer letzten Nachricht hatte sie von dem perfekten Haus geschwärmt, das sie für mich gefunden hatte, und mich angefleht, es mir anzusehen, bevor es von einem anderen Käufer weggeschnappt würde. Obwohl sie, wie alle im Verkauf, zu Übertreibungen neigte, war sie eine nette Dame, die meine Absagen und besonderen Wünsche ertragen hatte. Sie verdiente einen Rückruf.

Ich hatte mich in Mary Anns Cabana wirklich eingelebt. Sie war klein, aber dieser Nachteil war ein Vorteil. Das Putzen dauerte nur Minuten, und es gab keinen Platz, um Kram anzusammeln. Vielleicht war an diesem minimalistischen Lebensstil ja doch etwas dran. Mit dem halb so großen Kühlschrank musste ich nie Lebensmittel wegwerfen.

Es war ein sorgenfreies Leben und die Kosten waren niedrig. Außerdem gab es keine Instandhaltungsarbeiten, die meine wenige Freizeit aufsaugen konnten. Keine Schuldgefühle, weil ich einen Tag am Strand verbrachte, anstatt irgendetwas zu streichen.

Die Vorstellung, mich von meinen Ersparnissen zu trennen

und durch eine Hypothek und eine lange Liste von Aufgaben lahmgelegt zu werden, verlor ihren Reiz. Warum das Geld nicht stattdessen an der Börse investieren? Gab es nicht Unmengen von Millionären, die ihr Vermögen an der Wall Street gemacht hatten? Meine Ersparnisse sollten wachsen, statt dass ich versuchte, das Fass ohne Boden zu füllen, das man Haus nennt.

»Marilyn, hier ist Frank Luca. Alles gut, aber ich bin in der letzten Zeit total im Stress gewesen. Ich bin sicher, Sie haben die Nachrichten über den Serienmörder gesehen. Ja, ich bin der leitende Ermittler in dem Fall.« Obwohl – wer wusste schon, für wie lange. »In Pelican Perch? Klingt wirklich schön. Wie hoch ist das Hausgeld dort? Okay, in Ihrer Nachricht stand, es wären motivierte Verkäufer. Wie motiviert sind sie denn? Sind sie schon ausgezogen? Wenn sie nächste Woche umziehen, wird der Druck steigen. Meinen Sie, wir sollten ein oder zwei Wochen warten?«

Ich hasste es, wenn ein Makler sagte, dass es andere Käufer gäbe, die sich das Haus ansähen. Auf einem lebhaften Markt war das zu erwarten. »Ich melde mich bei Ihnen, wenn ich hier fertig bin, und dann sehe ich mal, wie meine Woche aussieht.«

Es war ein Haus mit drei Schlafzimmern, das, wenn die Maklerin die Wahrheit sagte, wirklich etwas für mich sein könnte. Gute Lage, neue Küche und Bäder. Ich müsste die Teppiche rausreißen, vielleicht Parkett reinlegen, aber das war es auch schon. Der Preis war nach einer Reduzierung um fünfzigtausend Dollar mit 635.000 $ genau richtig. Dennoch war es eine Menge Geld, und dann kam noch das monatliche Hausgeld von fünfhundert Dollar dazu. Musste ich wirklich umziehen? Mit Mary Ann lief es ziemlich gut, und ich hatte etwas Platz für mich allein. Warum sollte ich mir ein Haus aufhalsen?

23

VARGAS SCHOB DIE ÜBERWACHUNGS-DVD AUS DEM
kubanischen Restaurant ein und spulte zu einer Zeitmarke von
acht Uhr vor.

Ich sagte: »Langsam habe ich das Gefühl, dass wir bei
Stokes auf dem Holzweg sind. Er könnte mit Cornwall im
Restaurant gewesen sein und ihn nach dem Essen umgebracht
haben. Das hilft uns nicht weiter.«

»Lass uns das erst mal ansehen, bevor wir voreilige
Schlüsse ziehen.«

»Ach, komm schon, Vargas, du weißt doch, dass das Ziehen
voreiliger Schlüsse bei mir eine olympische Disziplin ist.«

»Das ist Cornwall da an der Theke. Es ist acht Uhr sechs-
undzwanzig.«

Das Videosignal war deutlich. »Ja, das ist er, aber wo ist
Stokes?«

»Er bezahlt in bar, wie Stokes es gesagt hat. Und er hat zwei
Tüten.«

Als Cornwall hinausging, wechselte Vargas die DVDs. Die
Außenaufnahme war dunkel und körnig. Vargas verlangsamte
sie, und wir sahen, wie Cornwall das Restaurant verließ und

auf einen rötlichen Kleinwagen zuging, der ganz rechts vom Eingang stand.

»Cornwall hatte einen Ford Focus, oder nicht?«

»Ich glaube schon.« Ich wühlte in der Fallakte. »Ja, einen roten Focus, Baujahr 2012.«

Er öffnete die Tür und legte die Tüten auf den Rücksitz, dann stieg er auf der Fahrerseite ein.

»Ich kann nicht erkennen, ob jemand auf dem Beifahrersitz sitzt.«

»Vielleicht sehen wir was, wenn er rückwärts ausparkt.«

Der Wagen setzte zurück und verließ den Parkplatz, ohne dass wir erkennen konnten, ob er allein war oder nicht.

»Hab ich dir doch gesagt, dass das Zeitverschwendung war. Ich kann nicht fassen, dass die Kirche keine Kameras hat.«

»Es ist eine Kirche, Frank. Gott passt darauf auf.«

»Wirklich? Na dann kannst du mir erklären, wie das Kruzifix aus der Ave Maria verschwunden ist?«

Vargas flüsterte: »Himmelfahrt.«

»Himmelfahrt. Das glaubst du wirklich?«

»Du hast wohl ziemlich gute Ohren, was?«

»Darauf lasse ich mich gar nicht erst ein. Ich fahre zu Stokes. Kommst du mit?«

Vargas sah auf ihre Uhr. »Ich muss um elf vor Gericht sein.«

»Der McCuskey-Prozess?«

»Ja.«

»Dann schreibe ich dir eine Nachricht.«

»Okay, und denk dran, dich von Hannah fernzuhalten.«

»Was ist los? Bist du eifersüchtig?«

———

JEDES MAL, wenn ein kurzer Regenschauer durchzog, sah ich auf meine Uhr. Vielleicht hatte das mit dem Irrglauben zu tun, dass es an jedem Sommertag um drei Uhr regnete. Ich stellte fest, dass es erst zehn Uhr fünfundvierzig war, und fuhr auf den Parkplatz der Kirche. Die Sonne schien mit voller Kraft, und Dampf stieg vom Asphalt auf, als ich auf den Eingang zum Kirchenbüro zusteuerte.

Als man mir sagte, Stokes sei mit einem Magen-Darm-Virus krankgeschrieben, fragte ich, ob ich Nick Santangelo sprechen könne.

Santangelos Büro war eines von vier, die an einem Flur lagen, der im Büro des Gemeindeleiters endete. Santangelos Schreibtisch war voller Bilderrahmen, und auf seiner Anrichte brannte eine große Kerze, die einen würzigen Duft verströmte.

Mit einem Lächeln und in einem weißen Hemd manövrierte Santangelo um einen Stapel Kartons mit Bibeln herum, um mich zu begrüßen.

»Detective-«

»Luca, Frank Luca.«

»Schön, Sie wiederzusehen. Wie laufen die Ermittlungen?«

»Ich würde Ihnen gerne einige Fragen zu einem Streit zwischen Hannah Booth und Joseph Chapman stellen.«

Santangelos Gesicht verzog sich zu einem Stirnrunzeln. »Wenn Sie andeuten, dass eine einfache Meinungsverschiedenheit Frau Booth dazu veranlasst hat, Joe zu ermorden, sind Sie auf dem Holzweg.«

Dass er diese Möglichkeit von vornherein ausschloss, zeigte, wie wenig er von der Welt wusste, in der ich arbeitete. Ich vermutete, er las auch keine Zeitung. »Ich deute gar nichts an. Mr. Stokes hat behauptet, dass sowohl Sie als auch Gemeindeleiter Booth anwesend waren, als ein Streit zwischen Frau Booth und Chapman ausbrach. Stimmt das?«

»Ja. Aber es war keine große Sache, Detective. In jeder Organisation gibt es viele Meinungsverschiedenheiten.«

»Worum ging es bei dem Streit?«

»Um einige Programme und die Ausrichtung der kirchlichen Mittel.«

»Können Sie das konkretisieren?«

»Es gibt einige Leute im Leitungsgremium, die der Meinung sind, dass manche unserer Bemühungen, sagen wir, eine Ablenkung sind, und die darauf drängen, bestimmte Outreach-Programme zu streichen. Joe Chapman und Hannah haben darüber gesprochen, und es wurde ein wenig hitzig.«

»Ich würde sagen, jemanden mit einem Buch zu bewerfen, ist mehr als nur ›ein wenig hitzig‹.«

»Wir alle verlieren manchmal die Beherrschung.«

»War Hannah Booth für die Änderungen?«

»Ja, sie hat darauf gedrängt, unsere Bemühungen neu auszurichten.«

»Sie haben ein Leitungsgremium erwähnt. Wer gehört zu dieser Gruppe?«

»Der Gemeindeleiter und Frau Booth, ich, Stokes, Carol Black, Ester Pasquale, Ronnie Sales und Marty Corbin.«

Ich notierte die Namen. »Welcher Art war die Änderung, die zu dem Streit führte?«

»Es war kein Streit. Frau Booth war besorgt, wie auch andere im Gremium, dass wir uns zu sehr verzetteln, und dass wir einige Programme reduzieren und unsere Mission neu ausrichten sollten.«

Er sagte zweimal dasselbe. Was verbarg er? »Welche Programme sollten gestrichen werden?«

»Die finanzielle Unterstützung, die wir Suchtkranken und denjenigen, die aus dem Gefängnis entlassen werden, anbieten.«

Für mich klang das logisch. Hannah und die anderen hatten es satt, bergauf zu kämpfen. Es war auch natürlich, dass Chapman, ein verurteilter Straftäter, dagegen war. Wahrscheinlich steckte nicht mehr hinter dem Streit.

»Da Hannah die Frau des Gemeindeleiters ist, dürfte sie ja die von ihr gewünschten Richtungsänderungen durchsetzen können.«

Er schüttelte den Kopf. »Nicht wirklich. Gemeindeleiter Booth ist ein sehr mitfühlender Mann. Er hat das letzte Wort bei dem, was wir hier tun, und ich kann Ihnen sagen, er wehrt sich gegen die Versuche, unsere Sozialarbeit einzuschränken.«

»Was hielten die anderen von den vorgeschlagenen Kürzungen?«

»Ich war mit dem Gemeindeleiter einer Meinung, ebenso wie Carol und Ester.«

»Ich nehme an, mit Frau Booth ist die Frustration durchgegangen.«

»Ja, aber ich kann Ihnen sagen, sie war nicht allein. Ronnie und Marty sind gegenüber dem Gemeindeleiter ziemlich laut geworden.«

»Wurden dabei auch Bibeln geworfen?«

Er lächelte. »Glücklicherweise nicht.«

»Erzählen Sie mir etwas über die anderen Männer im Gremium.«

»Marty ist schon etwas älter, aber ein toller Kerl mit einer inspirierenden Geschichte. Gemeindeleiter Booth hat Bibelkurse im Gefängnis geleitet, und Marty hat wie verrückt gelernt und sein Leben komplett umgekrempelt. Er war der erste Kerl, dem Gemeindeleiter Booth half, als er aus dem Gefängnis kam, und so hat das Gefängnis-Outreach-Programm angefangen.«

Ab und zu gewinnt man mal einen, aber warum sollte er als Nutznießer eines Programms wollen, dass es eingestellt wird?

»Wie alt schätzen Sie ihn?«

»Ich glaube, er ist Ende sechzig oder so.«

Ich überprüfte meine Notizen und fragte: »Was ist mit Ronnie Sales?«

Santangelo zuckte mit den Schultern. »Da gibt es nicht viel zu sagen. Er ist ziemlich ruhig. Ich muss ehrlich zu Ihnen sein: Er hat nicht viel Persönlichkeit.«

Ich zuckte bei »Ich muss ehrlich zu Ihnen sein« zusammen.

War also alles andere, was die Leute sagten, bevor sie diese dumme Phrase bemühten, Blödsinn?

»Welche Rolle spielt er in der Kirche?«

»Er kümmert sich um die Bücher der Kirche und hilft bei der Sozialarbeit.«

Gab es einen finanziellen Aspekt bei der Mordserie? Vielleicht eine Veruntreuung, die aufgeflogen war und zum Schweigen gebracht werden musste?

»Wie steht es um die Finanzen der Kirche?«

»Ich glaube, gut, aber das weiß ich nicht wirklich.«

»Warum wissen Sie das nicht? Hat das Gremium keinen Zugang zu den Finanzen der Kirche?«

»Gemeindeleiter Booth und Ronnie kümmern sich um all das selbst.«

24

Abgelenkt von den Stimmen des Appells schloss ich die Tür zu unserem Büro.

»Weißt du, Vargas, je mehr ich darüber nachdenke, desto mehr komme ich zu dem Schluss, dass wir uns die Bücher der Kirche mal ganz genau ansehen müssen. Vielleicht verbirgt Booth ja etwas.«

»Glaubst du?«

»Du kennst ja meinen Spruch: ›Wegen Geld sind schon mehr Leute umgebracht worden als aus Liebe.‹«

Vargas knüllte ein Stück Papier zusammen und warf es nach mir. »Danke, dass du mich daran erinnerst. Dir ist schon klar, dass Minister Booth wahrscheinlich zum Sheriff rennt, wenn du anfängst, nach ihren Finanzen zu fragen.«

»Wieso? Das ist ein legitimer Ermittlungsansatz.«

»Ach, komm schon, Frank, das ist bestenfalls ein Indiz. Wie willst du irgendwelche finanziellen Probleme mit den Morden in Verbindung bringen? Also, falls die Kirche überhaupt ein Geldproblem hat.«

»Diese Kirchen sind gemeinnützig, also wüsste ich nicht, wie sie versuchen könnten, etwas zu verbergen. Müssen sie nicht eine Erklärung oder einen Bericht bei der Steuerbehörde einreichen?«

»Ich würde es annehmen, aber du kennst doch McDonald von der Finanzabteilung. Warum gehst du nicht zu ihm rüber?«

»Wir sind auf derselben Wellenlänge, Vargas.«

Peinlich berührt von meiner kindischen Weigerung, ihr die Anerkennung dafür zu zollen, machte ich mich auf den Weg zur Abteilung für Finanzkriminalität.

In dem Raum, in dem die Abteilung für Finanzkriminalität untergebracht war, war es so leise, dass man hätte meinen können, man sei nicht auf einer Polizeiwache. Ich hatte die siebenköpfige Abteilung für einen Ort mit der Einwohnerzahl von Collier County für groß gehalten. Aber es gab eine ganze Reihe von Schwergewichten in Naples und keinen Mangel an Betrügern, die versuchten, sie um ihr Geld zu erleichtern.

Die Beamten der Finanzabteilung waren eher Buchhalter als Polizisten, und es waren mehr als nur ihre Tabellenkalkulationen, die sie von den Leuten an der Front trennten. Außer McDonald hatte ich in den vier Jahren, die ich hier unten war, kaum mit jemand anderem in diesem Raum gesprochen.

McDonald war gut zehn Jahre älter und zwanzig Pfund schwerer als ich. Wie ich war er auch auf dem John Jay College gewesen, aber er war viel ehrgeiziger und hatte es mit einem Doppelabschluss in Strafverfolgung und forensischer Buchhaltung verlassen. Vielleicht war es die Tatsache, dass er ursprünglich aus Queens stammte, die eine gewisse Verbundenheit schuf. Er winkte mich zu seinem Schreibtisch.

»Wie geht's dir, Frank?«

»Gut, und dir?«

»Alles bestens. Was gibt's?«

»Es ist noch früh, aber ich verfolge eine Spur im Fall des Aquatischen Assassinen. Es scheint eine Verbindung zu einer Kirche namens Der Geist der Gemeinschaft zu geben, und ich habe das Gefühl, dass mit deren Büchern etwas nicht stimmen könnte. Ich würde zu gerne an ihre Finanzberichte herankommen, was auch immer sie da so veröffentlichen.«

»Tja, dafür bräuchtest du eine Vorladung, und wenn du nicht mehr in der Hand hast, als du mir gerade erzählst, gibt es hier keinen Richter, der dir eine unterschreiben würde. Hast du irgendwas Konkretes?«

Mein Handy pingte und ich warf einen verstohlenen Blick darauf. Es war eine SMS von Vargas: »Wo bist du?« Wo ich bin? Sie wusste doch, dass ich hier oben war.

»Ich wünschte, ich hätte was. Irgendwelche Vorschläge?«

»Falls sie Geld geliehen haben und der Kreditgeber ein Pfandrecht eingetragen hat, müsste das öffentlich einsehbar sein.«

Ich senkte meine Stimme. »Kannst du das für einen Kommilitonen vom John Jay mal durchlaufen lassen?«

»Kein Problem.«

»Ich schulde dir ein Bier.«

Ich trat wieder in das geschäftige Treiben der Wache hinaus, und noch bevor ich die Tür hinter mir schloss, klingelte mein Telefon.

»Vargas, was ist los? Wirst du langsam dement oder was?«

»Komm zurück ins Büro. Es gibt eine Übereinstimmung bei den Haaren.«

Ich nahm die Treppe, zwei Stufen auf einmal, und rannte in mein Büro. Vargas nahm einen forensischen Bericht auf und reichte ihn mir.

»Heilige Scheiße, Vargas. Das ist eine Riesensache. Ich sag's dir – wenn Luca eine Ahnung hat, ist das Gold wert.«

»Wie willst du Chester sagen, dass du die Proben bekommen hast?«

Mein Lächeln gefror. »Ich sag's ihm einfach.«

»Ich glaube nicht, dass das gut ankommen wird.«

»Wieso nicht? Wir haben sie. Chester kann dazu einen Scheiß sagen.«

»Moment mal. Wir haben ihre Haare auf einer Leiche – nicht mehr und nicht weniger.«

»Dann soll sie eben erklären, wie die dorthin gekommen sind.«

»Ich sage nur: Chester ist ein Paragrafenreiter. Er hat dir einen direkten Befehl gegeben, den du ignoriert hast. Du magst diese Runde gewinnen, aber du wirst dafür die Hölle heißgemacht kriegen. Ich würde ihm zutrauen, dich zu bestrafen.«

»Das ist Blödsinn, und das weißt du.«

»Ich sage dir nur, wie ich es sehe, Frank. Ich will nicht, dass du einen Preis dafür zahlst.«

Ich knallte meinen Stuhl gegen den Schreibtisch. »Also haben wir einen handfesten Beweis, und ich muss ihn in der Schublade lassen?«

»Warum bitten wir nicht Haines, uns zu helfen?«

»Haines? Bist du verrückt? Du spinnst ja, wenn du glaubst, dass er uns helfen würde. Der würde doch auf einem weißen Pferd eingeritten kommen.«

Vargas atmete laut aus und ging zur Tür. »Hör dir doch mal selbst zu! Du klingst wie ein Fünfjähriger. Mach, was du willst, okay?«

»Moment mal. Immer mit der Ruhe, ja? Wenn du meinst, wir sollten mit Haines reden, dann werden wir das tun.«

Haines arbeitete vom FBI-Außenbüro am Gateway Boulevard in Fort Myers aus. Auf keinen Fall würde ich zu ihm gehen. Vargas las mich wie ein offenes Buch und sagte: »Ich rufe ihn an und sage ihm, dass wir ihn sprechen müssen.«

———

HAINES KAM EINE STUNDE, nachdem Vargas sich gemeldet hatte, aus Fort Myers herunter. Das ging schneller, als ich erwartet hatte, was meine Wachsamkeit erhöhte. Er trug ein Grinsen und einen dunkelblauen Anzug und begrüßte uns wie alte Freunde.

»Wie geht es euch?«

Ich sagte: »Wir schlagen uns durch. Wie ist die Lage im Elfenbeinturm?«

Vargas lachte nervös und schüttelte Haines die Hand, der sagte: »Um ehrlich zu sein: Es war langweilig. Ich habe Satellitenbilder von den Tatorten durchgesehen, aber nichts dabei herausbekommen. Außerdem fange ich an, meinen Sohn wirklich zu vermissen.«

»Na ja, vielleicht haben wir etwas, das dich wieder nach Hause bringt.«

»Was habt ihr denn?«

Ich reichte ihm den forensischen Bericht. »Die Haare, die an der vierten Leiche, Shaun Parker, gefunden wurden, stimmen mit denen von Hannah Booth überein.«

»Der Frau des Ministers?«

Vargas sagte: »Japp. Schwer zu glauben, aber es könnte mehrere Gründe dafür geben. Vielleicht hatte sie eine Affäre mit ihm.«

»Ach, komm schon, Vargas. Das ist weit hergeholt.«

Haines sagte: »Es scheint keinen Zweifel daran zu geben, dass sie von ihr stammen. Meistens können Haarproben knifflig sein, aber bei diesen beiden waren mehr als genug Follikel intakt, und es wurde reichlich DNA gesammelt. Wollt ihr, dass die Leute vom Bureau einen Blick darauf werfen?«

Vargas sagte: »Nein, das Labor hier unten ist erstklassig. Wir werden Hilfe bei Chester brauchen.«

»Dem Sheriff?«

»Ja. Sehen Sie, als wir anfingen, uns die Kirche anzusehen, hat Frank sich auf Hannah konzentriert. Der Minister fand das unfair und hat sich bei Chester beschwert.«

»Und er hat einen Rückzieher gemacht?«

»Ja, zu dem Zeitpunkt schon. Es war nicht mehr als Franks Intuition.«

Ich sagte: »Chester hat mir gesagt, ich soll mich von ihr fernhalten.«

»Es war ein direkter Befehl.«

»Wie bist du an eine Probe ihrer Haare gekommen?«

»Siehst du, ich war in der Kirche, um jemand anderen zu befragen, und habe die Toilette benutzt. Mir fiel eine Haarbürste auf, und die Haare darauf hatten die passende Farbe.«

Vargas sagte: »Chester ist ein guter Mann, aber er wird die Rechnung begleichen, sobald dieser Fall abgeschlossen ist. Frank wird einen Preis dafür zahlen, dass er einen direkten Befehl ignoriert hat.«

Haines legte sein Kinn in eine Handfläche. »Also, zuerst müssen wir zweifelsfrei feststellen, dass die Haare von ihr stammen. Wir brauchen eine unabhängige Quelle für ihre DNA. Mir ist nicht bekannt, dass sie tabu ist. Ich fahre zu ihr, unter dem Vorwand, das Täterprofil, das wir erstellt haben, abzugleichen. Ich werde einen Weg finden, etwas mit ihrer DNA darauf zu bekommen.«

Ich wollte ihn nicht in Hannahs Nähe haben, aber bevor ich widersprechen konnte, sagte Vargas: »Perfekt. Das würden wir wirklich zu schätzen wissen.«

»Kein Problem. Ich bin hier, um euch zu helfen, diesen Mistkerl dingfest zu machen oder diese Mistkerlin, wie es scheint. Sobald wir die DNA-Übereinstimmung mit den Haaren am Opfer bestätigen können, gehe ich zu Chester.«

»In seinen Augen wärst du dann der Held.«

»Allein mit der Übereinstimmung wird der Fall nicht gelöst, Frank. Außerdem werde ich ihm sagen, dass du mir ständig mit ihr im Ohr gelegen hast und ich aufgrund deines Instinkts gehandelt habe, der übrigens verdammt gut ist.«

25

HAINES INFORMIERTE SHERIFF CHESTER, DASS DIE DNA, DIE ER von einer Wasserflasche genommen hatte, aus der Hannah Booth getrunken hatte, mit den Haaren übereinstimmte, die an der vierten Leiche gefunden worden waren.

Chester legte die Fingerspitzen aneinander. »Interessant. Wenn es Ihnen nichts ausmacht, würde ich gerne wissen, was Sie überhaupt dazu bewogen hat, sie zu testen?«

»Das ist die Ausbildung, Sir. Wir sagen das nicht gerne in der Öffentlichkeit, aber das Bureau behandelt jeden im Umfeld eines Verbrechens als Verdächtigen, bis seine Unschuld bewiesen ist.«

»Ist Ihnen bewusst, dass ich ausdrücklich angeordnet habe, dass Hannah Booth unantastbar ist?«

»Ja, Sir. Detective Luca hatte mir geraten, vorher Ihre Erlaubnis einzuholen, und ich hatte auch die feste Absicht, das zu tun, aber als ich mich über einige der Kirchenmitglieder erkundigt habe, hat sich die perfekte Gelegenheit geboten, eine Probe zu beschaffen, ohne jemanden zu verärgern.«

Der Raum wurde zu warm, und ich griff nach meinem

Kragen, um ihn zu lockern, während Chester seine Augen auf mich richtete.

»Hat einer von Ihnen Agent Haines dazu angestiftet?«

»Nein, Sir«, ertönte es im Chor.

»Gut. Meine Anordnung war ein Versuch, die Ermittlungen zu bündeln, und keinesfalls wollte ich sie schützen. Zu diesem Zeitpunkt ist die Anweisung aufgehoben, und Mrs. Booth hat einiges zu erklären.«

»Wir werden der Sache auf den Grund gehen, Sir.«

»Ich muss Ihnen nicht sagen, wie dringend das ist, oder?«

Haines sagte: »Jeder ist sich der Dringlichkeit bewusst, Sir, und wenn ich das so sagen darf, haben Sie da zwei sehr qualifizierte Detectives.«

———

MARY ANN und ich nahmen dieselbe Nische wie immer, wenn wir zu Naples Flatbread gingen. Ich war kein großer Fan des Essens, aber sie liebte ihren Southwestern-Salat. Sie bestellte ihr Übliches, und ich wagte mich an ein Fladenbrot mit Feigen.

Ich nippte an einem preiswerten Brunello und sagte: »Wir müssen bei der Frau des Pfarrers vorsichtig vorgehen. Es gibt keinen Zweifel, dass eine Verbindung zwischen der Kirche und den Morden besteht. Aber wenn sich herausstellt, dass Hannah es nicht ist, werden wir Verbündete innerhalb der Kirche brauchen.«

»Die Akte, die Haines geschickt hat, wirft eine Menge Fragen auf, besonders die Verdachtsmomente bezüglich des Todes ihres Sohnes.«

»Sie tut mir irgendwie leid. Es muss die Hölle sein, ein drogenabhängiges Kind zu haben.«

»Sieh dich an. Wirst du etwa weich?«

»Nein, im Ernst, kannst du dir vorstellen, was diese Eltern

durchmachen müssen? Wie zum Teufel können die überhaupt schlafen?«

»Eine totale Katastrophe, das muss sie völlig aufzehren.«

»Vielleicht hat sie das Kind erledigt. Um beiden einen Haufen Elend zu ersparen.«

»Ich weiß nicht, Frank. Dass eine Mutter ihr eigenes Kind umbringt, ist extrem selten.«

»Selten, aber es kommt vor.«

Eine Kellnerin mit einem T-Shirt, auf dem ›What the Flatbread?‹ stand, brachte unser Essen.

Ich nahm ein Stück Fladenbrot und sagte, nachdem ich versucht hatte, eine Feige zu finden: »Erinnerst du dich an die Frau oben in Charlotte County, deren Tochter eine Prostituierte war? Sie hat sie und ihren Zuhälter am Ende mit einer Schrotflinte umgelegt.«

Mary Ann legte ihre Gabel hin. »Können wir bitte nicht darüber reden, während wir essen?«

»Entschuldigung.« Ich lächelte und aß mein Stück auf. Auf der Suche nach meiner ersten Feige nahm ich ein weiteres Stück. »Glaubst du, dieser Millionenkredit, den die Kirche aufgenommen hat, hat irgendetwas mit irgendetwas zu tun?«

Mary Ann aß eine Gabel voll Salat und sagte: »Kann ich dich was fragen?«

»Sicher.«

»Ist das ein Date oder nicht? Denn wenn es ein Date ist, will ich nicht über die Arbeit reden.«

Es war nicht leicht, aber ich überstand das Abendessen, ohne den Fall zu erwähnen. Es wurde einfacher, als wir anfingen, durch Mercato zu schlendern, wo es genügend Ablenkungen gab, um meine Gedanken zu beschäftigen.

ES WAR EINE SCHWIERIGE ENTSCHEIDUNG, aber ich beschloss, Hannah auf ihrem eigenen Terrain anzugehen. Obwohl ihr Mann mit Sicherheit da sein würde, hoffte ich, etwas aus ihr herauszubekommen, bevor wir sie aufs Revier brachten, was dazu führen würde, dass sie sich einen Anwalt nähme. Haines rief den Pfarrer an und bat um ein Treffen unter dem Vorwand, wir wollten Informationen über zwei Personen mit Verbindung zur Kirche und deutete an, dass sie auf sein Profil passten.

Pfarrer Booth stand auf, stutzte und schaute über meine Schulter, als Vargas und ich hereingeführt wurden. Er rang sich ein Lächeln ab und schüttelte uns die Hände.

»Ich war unter dem Eindruck, dass Agent Haines kommen würde.«

»Das sollte er auch, aber in DC ist etwas dazwischengekommen. Er musste heute Morgen hinfliegen.« Es klang wie eine Ausrede, obwohl es zufällig stimmte.

»Oh, ich hoffe, es ist nichts Ernstes.«

Ich überflog seinen Schreibtisch und sah Dokumente mit dem Logo der Fifth Third Bank. McDonald hatte gesagt, der Kredit sei von Wells Fargo, was war das?

Vargas stellte ihre Aktentasche neben ihren Stuhl und sagte: »Er erwähnte etwas über einen Fall, an dem er gearbeitet hat, sagte, er stünde kurz vor dem Abschluss.«

Booth lächelte. »Das FBI kriegt seinen Mann immer.«

Bevor ich zur Strafverfolgung kam, dachte ich auch, die G-Men seien unbesiegbar. Die Wahrheit ist: Sie haben genauso viele Makel wie jede andere Organisation.

Vargas sagte: »Kommt Ihre Frau, Hannah, auch?«

»Ja, sie kommt gleich rein.«

Ich sagte: »Ich konnte nicht umhin, die Papiere von der Fifth Third Bank zu bemerken. Ich bin auch bei denen. Wenn Sie mich fragen, haben sie den besten Kundenservice.«

»Wir haben unser Girokonto bei ihnen. Oh, da ist sie ja.«

Hannahs schwarze Jeans schmiegte sich an ihre Kurven, und dazu trug sie eine graue Chiffonbluse. Sie trug ein blaues Sitzkissen, und ihr blondes Haar war zu einem Pferdeschwanz zurückgebunden, der ihre ohrringlosen Ohrläppchen enthüllte. Es hätte am fehlenden Make-up liegen können, aber ihr Gesicht wirkte aufgedunsen und faltig.

Wir standen auf, und sie nickte zur Begrüßung und schlängelte sich zu einem Stuhl neben ihrem Mann.

Vargas sagte: »Bevor wir anfangen, möchte ich Ihnen beiden danken, dass Sie sich Zeit für uns nehmen.«

Pfarrer Booth griff nach der Hand seiner Frau und sagte: »Wir helfen immer gerne.«

Ich sagte: »Eine Verbindung zu Ihrer Kirche scheint sehr wahrscheinlich. Vor diesem Hintergrund glaubt Agent Haines, dass ein finanzielles Motiv den Mörder antreiben könnte.«

Booth sagte: »Ich verstehe nicht. Können Sie das näher erläutern?«

Vargas sagte: »Wie steht es um die Finanzen der Kirche, Herr Pfarrer?«

»Uns geht es gut. Es ist immer eine Herausforderung, die Mittel aufzubringen, die wir für die Ausführung unserer Mission benötigen, aber Gott stellt uns immer das zur Verfügung, was wir brauchen.«

Ich wollte ihn fragen, ob es einen Kreditsachbearbeiter bei Wells Fargo gab, der mit Nachnamen Gott hieß, sagte aber: »Ist es für die Kirche üblich, Geld zu leihen?«

Booth rutschte auf seinem Stuhl hin und her. »Von Zeit zu Zeit müssen wir vielleicht einen kleinen Kredit aufnehmen.«

»Betrachten Sie eine Million Dollar als klein?«

Hannah zuckte zusammen, als sie nach vorne schoss. »Sie haben kein Recht, solche Fragen zu stellen.«

»Meine Frau hat recht. Ich sehe den Sinn nicht, Detective. Was genau unterstellen Sie?«

Vargas sagte: »Agent Haines dachte, es wäre möglich, dass

jemand Geld von der Kirche veruntreut habe. Das Komplott könnte aufgeflogen sein, und um es zu vertuschen, hätte er oder sie auf Mord zurückgreifen müssen.«

Hannah kniff die Augen zusammen, als Booth sagte: »Das klingt wie ein Hollywoodfilm.«

Ich sagte: »Wer kümmert sich um die Finanzen der Kirche?«

Booth sagte: »Es ist meine Verantwortung, die uns anvertrauten Ressourcen zu schützen, und ich nehme das sehr ernst. Der Gedanke, dass jemand von uns stehlen könnte, von Gott stehlen, ist unbegreiflich.«

War er wirklich so naiv, oder ging hier etwas vor sich? Wir mussten herumstochern, bevor wir ihn weiter unter Druck setzten. »Hilft Ihnen jemand bei der Verwaltung der Mittel, vielleicht Ihre Frau?«

»Hannah hat hier genug zu tun, aber Gott sei Dank haben wir Ronnie Sales. Er ist sehr gut mit Zahlen.«

Ich hatte in meiner Zeit in Jersey schon einige solcher Rechenkünstler verhaftet und fragte: »Wer erhält die Kontoauszüge von der Bank?«

»Wir bekommen sie hier, im Büro.«

»Sehen Sie sie sich an, bevor es jemand anderes tut, bevor Mr. Sales sie sieht?«

»Das Priesterseminar hat uns die Bedeutung der unabhängigen Überprüfung betont, nein, eigentlich eingebläut. Tatsächlich überprüfe ich unsere Kontobewegungen fast täglich online.«

Vargas sagte: »Das ist gut. Man kann heutzutage nie vorsichtig genug sein.«

Wir stellten seit zehn Minuten Fragen, und Hannah hatte kaum etwas gesagt. Es war an der Zeit, das zu ändern. Ich nickte Vargas zu und sagte: »Mrs. Booth, ich möchte, dass Sie mir etwas erklären. Die Spurensicherung hat in der Nacht, als Shaun Parker tot aufgefunden wurde, ein paar Haarsträhnen an seiner Leiche sichergestellt.« Als ich nach dem Bericht griff, den Vargas aus ihrer Mappe geholt hatte, schlug Hannah ihre formschönen Beine übereinander.

Ich schnippte mit dem Finger gegen den Bericht und sagte: »Dieser Laborbericht identifiziert das Haar, das an Parkers Leiche gefunden wurde, eindeutig als das von Hannah Booth.«

Pfarrer Booths Augen traten hervor. »Was? Sind Sie sich da sicher?«

»Absolut sicher. Mrs. Booth, können Sie erklären, wie das zustande kam?«

»Ich habe keine Ahnung.«

»Damit werden wir uns nicht zufriedengeben.«

Hannah verschränkte die Arme. »Ich weiß es ehrlich nicht. Vielleicht hat er hier bei der Arbeit eine Haarsträhne von mir aufgelesen.«

Vargas sagte: »Haben Sie mit Shaun Parker an dem Tag gearbeitet, an dem er tot aufgefunden wurde?«

Hannah hielt inne und schüttelte den Kopf. »Nein, nein, ich glaube nicht.«

»Und in den Tagen unmittelbar vor seinem Tod?«

»Könnte sein, aber ich glaube nicht.«

»Haben Sie auf seinem Stuhl gesessen oder hat er auf Ihrem gesessen?«

»Ich weiß nicht, ob er auf meinem saß, aber ich saß nicht auf seinem.«

»Sind Sie in seinem Fahrzeug mitgefahren?«

»Nein.«

»War er in Ihrem Fahrzeug?«

»Nein.«

Ich sagte: »Haben Sie Shaun Parkers Zuhause besucht?«

»Nein.«

»Es tut mir leid, dass ich das fragen muss, Herr Pfarrer, aber Hannah, hatten Sie eine Affäre mit Shaun Parker?«

»Sind Sie verrückt?«

Pfarrer Booth stand auf. »Ich fürchte, ich kann nicht zulassen, dass das noch weitergeht, Detective. Wenn Sie weitere Fragen haben, werde ich Sie an unseren Anwalt, Marcus Knight, verweisen müssen.«

26

ENDLICH ÖFFNETE SICH DIE TÜR DES SHERIFFS, UND NACHDEM ein Strom von Beamten mit ernsten Mienen herausgekommen war, fiel die Tür krachend ins Schloss. Ich hasste es, auf schlechte Nachrichten zu folgen, und wünschte, Vargas wäre hier. Ich war gerade auf dem Sprung zur Toilette, als seine Sekretärin mir sagte, dass ich hineingehen könne.

Ich klopfte mit dem Knöchel an die Tür und trat ein. Chester saß hinter seinem Schreibtisch, die Ärmel hochgekrempelt und die rote Krawatte gelockert. Lag es an mir oder war es hier drin schon wieder stickig? Ich war kein Freund davon, die Klimaanlage niedrig einzustellen, aber wenn er so weitermachte, würde hier bald Schimmel wachsen.

»Sir?«

»Nehmen Sie Platz, Luca.«

»Das mit den Einbrüchen in Grey Oaks tut mir leid. Kann ich irgendwie helfen?«

Er schüttelte den Kopf. »Konzentrieren Sie sich einfach auf diese Mordfälle, auf nichts anderes. Haben Sie verstanden? Als ich heute Morgen der Kommission meinen Bericht vorlegte, haben die nur nach diesem verdammten Fall gefragt. Also sorgen Sie dafür, dass Sie sich darauf konzentrieren.«

»Absolut. Aber bevor wir zum Thema kommen: Ich finde, Sie sollten bei diesen Einbrüchen von einem Insiderjob ausgehen. Ich meine, sieben Häuser, und wie ich gehört habe, haben sich die Kerle Zeit gelassen. Einen Safe aus dem Beton zu stemmen, ist nichts, was man mal eben schnell erledigt.«

»Sehe ich ganz genauso. Es sind entweder die Wachleute am Tor oder die Landschaftsgärtner.«

»Wahrscheinlich. Vergessen Sie die Kammerjäger nicht; die wissen auch, wer wann da ist.«

»Weit werden die nicht kommen. Wo wollen die den ganzen teuren Schmuck verhökern?«

»Das wird schwierig.« Ich wollte ihn nicht noch weiter deprimieren, also verschwieg ich den Hehlerring, auf den ich in Jersey gestoßen war und der seine Ware über ein Netzwerk in Übersee absetzte. Die Experten hatten ausnahmsweise mal recht; die Welt, in der wir lebten, war wirklich global.

»Ich bin froh, dass Sie so vernünftig waren, anzurufen. Wie Sie sich vorstellen können, haben erst Reverend Booth und dann sein Anwalt angerufen.« Chester griff nach einem blauen Post-it. »Irgendein Kerl, Marcus Knight, mit britischem Akzent. Was ist vorgefallen?«

»Wir sind behutsam mit ihnen umgegangen und haben versucht, den finanziellen Aspekt des Falles zu beleuchten. Wir wissen, dass sie sich eine Million geliehen haben und dass es nur zwei Leute gibt, den Reverend eingeschlossen, die sich um die Finanzen der Kirche kümmern. Wir haben nicht zu sehr darauf gedrängt. Ohne weitere Daten über ihre Finanzen wird es schwierig sein, diese Spur weiterzuverfolgen.«

»Und was soll ich Ihrer Meinung nach tun?«

»Ehrlich gesagt, Sir.« Ich hielt inne, als mir klar wurde, dass ich das E-Wort benutzt hatte. »Ich bin nicht hergekommen, um

um etwas zu bitten, aber vielleicht könnten Sie die Finanzermittlungseinheit bitten, der Sache nachzugehen.«

Chester machte sich eine Notiz, sagte aber nur: »Was ist mit
den Haaren?«

»Als wir sie damit konfrontierten, dass das Haar, das an
Shaun Parker gefunden wurde, von ihr stammte, behauptete
sie, sie wüsste nicht, wie es dorthin gekommen sei. Sie sagte,
sie sei an dem Tag, an dem Parker gefunden wurde, nicht mit
ihm zusammen gewesen, bla, bla, bla. Der Reverend ist an die
Decke gegangen, als ich fragte, ob sie eine Affäre mit Parker
hatte.«

»Was sagt Ihnen Ihr Bauchgefühl?«

Ich wollte ihm nicht sagen, dass mein Bauchgefühl in letzter
Zeit so zuverlässig war wie eine Rolex, die man auf den
Straßen von Schanghai kauft. »Ich will ehrlich sein, Sheriff.«
Mann, ich musste den Verstand verlieren – schon wieder das
E-Wort. »Irgendetwas an dieser Hannah Booth stimmt nicht.
Sie war schon am Tag unseres ersten Treffens seltsam, und
dieses Haar an einem Opfer ist ein erstaunliches Beweisstück,
aber es könnte auch sein, dass sie eine Affäre mit Parker hatte.
Abgesehen von der Tatsache, dass sie uns in Bezug auf
Chapman in die Irre geführt hat, haben wir nicht viel in der
Hand.«

»Vielleicht hatte sie mit allen Opfern eine Affäre.«

Das war ein interessanter Ansatz, aber obwohl sie eine gute
Figur hatte, konnte ich es mir nicht vorstellen – oder vielleicht
doch. »Das ist eine Möglichkeit, und eine, die eine tiefere
Beziehung zu den Opfern erklären würde, die über die Verbindung zur Kirche hinausgeht.«

»Sie ist die Einzige, bei der es einen physischen Beweis gibt,
der sie mit einer Leiche in Verbindung bringt.«

»Wir brauchen mehr Informationen, aber es geht nur
langsam voran. Die einzige Möglichkeit, das zu beschleunigen,
wäre, andere Mitarbeiter der Kirche mit einzubeziehen und zu

sehen, ob sie verraten, ob da irgendwelche Seitensprünge im Spiel waren. Oder wir könnten eine Hausdurchsuchung durchführen und sehen, was dabei herauskommt.«

»Eine Durchsuchung ihres Hauses und ihres Büros?«

»Ich denke, wenn es um eine Affäre geht, müssen wir sehen, ob wir sie mit den anderen Opfern in Verbindung bringen können.«

»Wenn wir es auf eine Durchsuchung der Büro-, Freizeit- oder Sozialräume der Kirche beschränken können, werde ich in Erwägung ziehen, zum Staatsanwalt zu gehen. Wir müssen alle ihre religiösen Räume respektieren, sonst werden wir in der Presse in der Luft zerrissen. Wenn wir dort etwas über sie finden, müssen wir uns keine Sorgen über negative Reaktionen der Öffentlichkeit machen.«

Das war eine mutige Ansage. Fast zu schockiert, um zu sprechen, stieß ich hervor: »Ähm, äh, sicher, kein Problem. Eine Durchsuchung würde sicherlich helfen ... die Dinge zu klären.«

»Ich muss das noch einmal überdenken, bevor ich eine Entscheidung treffe. Es ist eine heikle Angelegenheit. Religiöse Institutionen spielen im Süden eine große Rolle. The Spirit of Fellowship hat eine große Gemeinde und leistet, wie man mir sagt, gute Arbeit.«

»Ich verstehe, Sir, wir würden das diskret mit einer kleinen Truppe durchführen–«

»Hören Sie auf, mich überzeugen zu wollen, Luca. Ich habe gesagt, ich ziehe es in Betracht. In der Zwischenzeit erwarte ich, dass Sie das vertraulich behandeln. Niemand, nicht einmal Ihr Partner, darf davon erfahren.«

27

MEINE EX-FRAU WAR KEIN MAYBELLINE-GIRL, SIE FUHR FRÜHER eine Stunde nach North Jersey, um ihr Make-up zu besorgen. Ihr Schweizer Make-up war teuer, also war es eine Kleinigkeit, mit Mary Ann für ihre Kosmetika nach Waterside zu fahren.

Das war noch etwas, was ich an Mary Ann mochte. Sie kaufte ein wie ein Mann: in einen Laden gehen, holen, was man braucht, bezahlen und wieder raus – kein langes Herumlungern, kein Durchwühlen von Kleiderständern mit Sachen, die man weder brauchte noch kaufen wollte.

Nachdem sie ihren Einkauf erledigt hatte, ergatterten wir Plätze an der Bar im Brio's, wo es heiß und leer war. Eine Reihe von Ventilatoren ließ meine Serviette verrückt spielen, sorgte aber für eine angenehme Kühle. Wir bestellten zwei Gläser Riesling zu Mary Anns Grünkohlsalat und meinem gegrillten Mahi-Mahi. Nachdem wir angestoßen hatten, nahm ich einen Schluck Wein. Er war eiskalt und erfrischend. Ich gab ihr einen Kuss auf die Wange, und wir unterhielten uns belanglos.

Ein Barkeeper, der unser Essen brachte, unterbrach mein Studium von Mary Anns Ausschnitt.

Als ich gerade den ersten Bissen Mahi-Mahi hinunterschluckte, zeigte Mary Ann auf einen Fernseher. »Oh-oh. Schau dir das mal an.«

Mehrere Dutzend Menschen, einige mit Schildern, skandierten Sprechchöre vor der Spirit of Fellowship Church. Ein Reporter von WINK News sprach mit Nick Santangelo. Auf dem Bildschirm lief das Gespräch mit Untertiteln. »Wir glauben, dass unsere Kirche und ihre Führung unfair von der Sheriff-Abteilung ins Visier genommen werden. Es wurde nicht ein einziger Beweis vorgelegt, der irgendjemanden belastet. Trotzdem schikanieren sie weiterhin Minister Booth und seine Frau.«

Meine Gabel klirrte auf den Tresen. »Scheiße, das wird jetzt unmöglich.«

»Was ist unmöglich?«

Ich ließ den Fernseher nicht aus den Augen. »Äh, nichts. Du weißt doch alles.«

»Frank, wovon redest du?«

Der Beitrag lief immer noch. Wie viel Sendezeit wollten sie dem denn noch widmen? »Nichts. Ich meinte, du weißt schon: irgendjemanden in der Kirche zu überprüfen.«

»Frank, erinnerst du dich daran, was wir darüber gesagt haben, ehrlich zueinander zu sein?«

Plötzlich war es, als stünde meine Mutter vor mir und beugte sich mit erhobenem Zeigefinger zu mir herunter. »Ich ... der Sheriff hat gesagt, ich soll niemandem etwas sagen.«

»Ich hoffe doch sehr, dass ich nicht irgendjemand bin.«

Mann, hätte ich jetzt gern einfach meinen Mahi-Mahi weitergegessen. »Natürlich nicht. Hör zu, warum essen wir nicht erst mal auf und reden später darüber.«

Sie schob ihren Teller von sich. »Ich bin nicht hungrig.«

Jesus Christus! Will sie mich verarschen? »Aber du hast doch gar nichts gegessen.«

»Hör zu, wenn wir uns nicht vertrauen können, haben wir nichts.«

»Keine Frage, und ich vertraue dir, es ist nur so, dass der Sheriff-«

»Du meinst den Typen, dessen direkten Befehl du missachtet hast? Spar dir den Loyalitätsschwachsinn, Frank.«

Sie hätte Anwältin werden sollen. Ich zog ihren Teller wieder zu ihr hin und sagte: »Okay, okay. Du hast recht. Ich sag's dir, aber es hatte nichts mit dir zu tun. Ich habe versucht-«

»Raus damit, Frank.«

Ich senkte die Stimme und erzählte ihr von der Möglichkeit, dass Chester uns eine Vorladung besorgen würde.

»Ich kann mir nicht vorstellen, dass Chester das tun würde.« Sie zeigte auf den Fernseher.

»Mag sein, aber wir haben ihr Haar identifiziert, und ich weiß, dass der Druck auf ihn wächst.«

»Ich glaube trotzdem nicht, dass er darauf eingehen wird.«

Ich wollte ihr sagen, dass sie sich irrte, aber der Rest meines Abends hing davon ab, also zuckte ich nur mit den Schultern. Da ich mir für unser Date heute Abend ein Happy End wünschte, sagte ich dem Barkeeper, er solle uns beiden noch ein Glas Wein bringen.

———

AUF VARGAS' Couch ausgestreckt, beschwerte ich mich, dass der laufende Film zu vorhersehbar war, und griff nach der Fernbedienung. Beim Durchzappen fiel mir ein Nachrichtenbeitrag auf WINK ins Auge. Es war der Bericht über die Spirit of Fellowship Church. Ich sah mir an, was im Grunde eine Wiederholung dessen war, was wir im Brio's gesehen hatten, und wollte gerade auf einen anderen Kanal umschalten, als der

Nachrichtensprecher begann, eine Erklärung des Sheriff-Büros vorzulesen.

»Das Sheriff-Büro bestreitet, die Kirche oder Minister Booth und seine Frau ins Visier zu nehmen. Wir respektieren zwar die Privatsphäre der Spirit of Fellowship Church und das Recht aller religiösen Institutionen, ihren Glauben auszuüben, doch sind wir damit beauftragt, die Sicherheit aller Bürger von Collier County zu schützen. Wenn wir den Beweisen nicht nachgehen, die Mitglieder der Kirche mit dem sogenannten Wasser-Attentäter in Verbindung bringen, würden wir unsere Pflichten vernachlässigen.«

Ich setzte mich auf. »Siehst du, Mary Ann, ich hab's dir gesagt, er wird die Vorladung besorgen. Chester hat endlich Eier in der Hose.«

»Er musste diese Erklärung abgeben. Er kann sich unmöglich von einem Protest einschüchtern lassen.«

»Ich glaube, es ist mehr als das. Chester glaubt, Hannah steckt mit drin.«

»Hat er das gesagt?«

»Nicht direkt, aber das war der Eindruck, den ich von ihm hatte.«

»Noch so eine Ahnung, Frank?«

»Nur so ein Gefühl, das ist alles. Vielleicht finden wir es morgen heraus.«

»Mach *American Idol* an. Ich will sehen, ob das Mädchen mit den Tattoos weitergekommen ist.«

»Ja, klar, du willst doch nur diesen Country-Hengst sehen, den du so magst, Luke Bryan.«

Vargas gab mir einen barfüßigen Tritt, als auf meinem Handy eine SMS einging. Ich schaltete *Idol* ein und schaute auf mein Handy. Es war eine SMS von Kayla.

»Wo gehst du hin?«

»Ich muss mal für kleine Jungs.«

Ich setzte mich auf die Schüssel und öffnete die Nachricht:

»Hi Frank. Ich hoffe, bei dir läuft alles gut. Tut mir leid, dass ich mich nicht gemeldet habe, aber bei mir war eine Menge los. Ich erzähl's dir, wenn wir uns sehen. Ich komme in zwei Wochen nach Naples und würde dich sehr gern sehen.«

Mein Herz machte keinen Hüpfer, aber etwas stieg mir in die Brust. Ich las die Nachricht noch einmal und überlegte, ob ich sie löschen sollte.

28

Ich schälte mich aus meinem Anzug und legte mich auf das Bett der Cabana, wissend, dass ich auf Kaylas Nachricht antworten musste. Na ja, ich musste es nicht wirklich – ich wollte es. Es war gefährlich, aber Kayla war anders, und wir hatten nie die Gelegenheit herauszufinden, was passieren würde. Was passieren würde? Was ist los mit dir, Luca? Ihr hattet zwei Dates, das ist alles.

Der Regen begann gegen das Fenster zu prasseln, während ich mich anzog. Eigentlich sollte ich mich mit einem Kumpel auf einen Burger treffen, und ohne Garage würde ich auf dem Weg zu meinem Wagen klatschnass werden. Auf Knien zog ich eine Plastikkiste unter dem Bett hervor und wühlte darin nach meinem lila Poloshirt. Ich stieß mir das Knie an und verfluchte die Größe der Cabana. Wie lange konnte ich noch in diesem Schuhkarton hausen?

Ich muss die Maklerin anrufen und mir die Bude ansehen, die sie erwähnt hat. Ich wollte mich nicht von meinen Ersparnissen trennen, aber was soll's? Es an der Börse anzulegen, war keine sichere Sache.

Ich spähte durch die Jalousien; der Regen wurde stärker. Ich zog mein Handy hervor und tippte eine Nachricht an Kayla, in der ich ihr sagte, sie solle mir Bescheid geben, wenn sie in der Stadt sei. Dann hinterließ ich eine Nachricht für die Maklerin, um zu fragen, ob ich das Haus besichtigen könne.

———

Ich saß an der Bar im La Moraga, als ein Anruf von Sheriff Chester einging. Ich warf einen Zehner auf die Theke und nahm den Anruf an, während ich zur Tür ging.

»Hier ist Detective Luca.«

»Haben Sie eine Minute, Frank?«

Ich stieß die Türen auf und sagte: »Absolut. Was gibt's, Sir?«

»Ich habe gerade einen Anruf von Agent Haines bekommen; er hat es einen Gefälligkeitsanruf genannt. Sie führen eine Hausdurchsuchung in der Spirit of Fellowship Church durch.«

»Was? Wann?«

»Sie sind jetzt bei der Kirche. Sie sind zum Bundesbezirksgericht für den Middle District in Fort Myers gegangen.«

Ich trat in den Regen hinaus und drehte mich um. »Auf welcher Grundlage?«

»Sie haben einen Anruf auf ihrer Hotline bekommen, über eine Waffe in Hannah Booths Büro. Er war anonym; der Kerl hat gesagt, er arbeitet in der Kirche.«

»Ich frage mich, warum er das FBI angerufen hat und nicht uns. Meinen Sie, die Bundesagenten spielen mit offenen Karten?«

»Ehrlich gesagt, bin ich mir da im Moment nicht sicher. Zumindest müssen wir uns keine Sorgen um eine Gegenreaktion der Öffentlichkeit machen. Wenn sie mit leeren Händen dastehen, werde ich verdammt sicher gehen, dass jeder weiß, dass die Bundespolizei dafür verantwortlich war.«

»Werden die uns den Fall wegnehmen?«

»Ich weiß es nicht. Warten wir mal ab, was sie finden, wenn überhaupt.«

»Ich fahre da mal hoch und schaue, was los ist.«

»Nein, Frank. Ich will kein Foto von irgendjemandem von uns in der Zeitung sehen. Haines hat gesagt, er ruft an, wenn sie fertig sind.«

»Ich fahre ins Büro.«

»Das ist nicht nötig. Ich sage Ihnen Bescheid, wenn sie fertig sind.«

»Ich fahre trotzdem. Ich werde nichts anderes tun können, solange diese Sache in der Schwebe ist.«

»Ihre Entscheidung, Frank.«

»Und, Sir, ich weiß die Vorwarnung zu schätzen.«

Ich hielt die Hände über den Kopf und rannte zu meinem Auto.

VARGAS HATTE mir ein Sandwich mitgebracht, und ich schlang es gerade hinunter, als Chester anrief. Während ich zuhörte, ließ ich das Sandwich auf sein Papier fallen und legte auf.

»Chester hat gesagt, die Bundesagenten haben eine Waffe in Hannahs Büro gefunden. Er ist auf dem Weg hierher. Haines bringt die Waffe mit.«

»Sie wollen sie uns übergeben?«

»Das hat er nicht gesagt, aber vielleicht wollen sie sie hier testen, anstatt sie nach Fort Myers zu bringen.«

»Ich weiß nicht. Das ergibt keinen Sinn. Sie trauen den örtlichen Laboren nie, und ihres ist nur eine halbe Stunde entfernt.«

»Wir haben hier ein gutes Labor, und Haines weiß das. Wer weiß, vielleicht leisten sie hier wirklich nur Amtshilfe.«

»Ich glaube, Chester hat das Ganze inszeniert, Frank.«

»Meinst du?«

»Er brauchte Rückendeckung, und mit den Bundesagenten hat er sie. Vergiss nicht, er wird vom Volk gewählt.«

»Was hältst du von dem Anruf bei der Tipp-Hotline?«

»Ich glaube nicht, dass sie den erfinden würden. Wahrscheinlich kam er rein, und Haines hat es Chester erzählt, der dann vorschlug, dass die Bundesagenten hingehen sollten.«

Es ergab Sinn, aber würde Chester mich wirklich anlügen? Ich dachte einen Moment darüber nach, als Vargas' Worte in meinen Ohren nachhallten: »Er wird vom Volk gewählt.« Chester war ein Politiker. Natürlich log er.

———

HAINES REICHTE einem Techniker den Colt .45. »Ich hoffe, das hilft Ihnen, den Fall zu lösen, Frank.«

Mir helfen? Am liebsten hätte ich Haines zu Boden geschleudert.

Vargas schob sich zwischen Haines und mich und sagte: »Warten wir mal ab, wohin das führt.«

Das Schnappen des Handschuhs des Technikers, als er ihn überzog, lenkte meine Aufmerksamkeit auf die anstehenden Angelegenheiten. Er legte die Waffe in eine spezielle Haube und füllte einen Behälter mit flüssigem Sekundenkleber. Der Spezialist schloss die Tür der Haube und drehte die Hitze auf.

Ich trat einen Schritt näher an das Gerät heran und suchte nach weißen Flecken, die sich aus den Ölen eines Fingerabdrucks bilden würden. Ich schirmte meine Augen mit den Händen ab und beugte mich vor. Es schien sich nichts Weißes zu bilden.

Der Techniker sagte: »Sieht aus, als wäre sie sauber gewischt worden.«

»Können Sie noch mehr tun?«

»Es ist immer schwierig, gute Abdrücke von einer Schusswaffe zu sichern, wegen der strukturierten Griffe. Sehen Sie den Fleck da auf der rechten Seite des Laufs?«

Ich kniff die Augen zusammen und sah den winzigsten weißen Fleck. »Kaum.«

»Ich werde ihn bepudern und sehen, ob er sich verstärken lässt, aber ich denke, es ist Zeitverschwendung.«

Haines sagte: »Vergessen Sie es. Das Beste, was Sie bekommen werden, ist ein Teilabdruck, und ein guter Strafverteidiger wird den in der Luft zerreißen. Gehen wir zur Ballistik über.«

Er hatte recht, aber das würde er von mir nicht zu hören bekommen.

Der Techniker schaltete die Maschine ab und untersuchte die Waffe mit einer Lupe. »Nichts, womit man arbeiten könnte. Gehen wir zum Tank.«

Der Keller roch modrig. Ich trat näher an Vargas heran, in der Hoffnung, ihr Parfüm würde als Gegengewicht wirken. Ein zwanzig Fuß langer Stahltank, der im Licht der Leuchtstoffröhren glänzte, war das Einzige im Raum. Die Klappe des drei Fuß breiten Behälters stand offen, und das Wasser darin war klar.

An der Wand hingen nur zwei Paar Ohrenschützer, und ich schnappte mir eines, gefolgt vom Techniker. Haines sagte: »Wir warten draußen.«

Als die Stahltür hinter Vargas und Haines zuschlug, steckte der Techniker den Lauf der Waffe in einen abgewinkelten Schacht.

Eine Wasserfontäne stieg auf, als die Waffe krachte. Der Techniker holte das Geschoss mit einem Korb heraus, und nachdem wir unseren Gehörschutz wieder an die Wand gehängt hatten, gingen wir.

———

VARGAS ZOG mich zurück und flüsterte: »Ich weiß nicht, warum wir unsere Zeit damit verschwenden, uns das alles anzusehen. Wir sollten die Verhaftungsunterlagen vorbereiten.«

»Wovon redest du? Wir können nicht zulassen, dass er das hier kapert.«

»Er hat gesagt, er würde sich zurückhalten.«

»Ja, und das glaubst du ihm?«

»Das hat er mir gesagt.«

»Ja, und was hat er dir sonst noch erzählt?«

»Nichts.«

»Ich habe gesehen, wie er dich angesehen hat.«

»Wovon redest du, Frank?«

»Vergiss es, okay? Vergiss es einfach.«

»Wenn du deine Zeit verschwenden willst – nur zu. Ich gehe zurück ins Büro.«

Sie fing an, mich aufzuregen. Ich freute mich darauf, dass Kayla in die Stadt kommen würde. Um mal etwas Schwung in die Bude zu bringen. Diesen Scheiß brauchte ich nicht.

———

ICH WAR NICHT IM LABOR, als die Ärzte die Proben meines Krebses untersuchten, aber ich konnte mir nicht vorstellen, dass sie sich mehr Mühe gaben als dieser Kerl hier. Er wechselte zwischen zwei großen Mikroskopen und einem Tablet, auf dem er Notizen eintippte.

Mein Arsch tat mir von dem Edelstahlhocker weh, und es war kalt hier drin. Das einzig Gute war, dass Haines mich aufgegeben hatte und losgegangen war, um etwas zu essen.

Schließlich schob der Techniker seinen Hocker zurück, und stand nickend auf. »Zweifellos ein Treffer. Diese Kugeln stammen aus der gleichen Waffe.«

»Sind Sie sicher, dass es genügend übereinstimmende Spuren gibt?«

»Ich sagte, zweifellos.«

»Tun Sie mir den Gefallen, ja? Das ist ein großer Fall. Was macht Sie so sicher?«

»Zuerst einmal ist da der Linksdrall, den nur Colts haben. Und es gibt genügend Riefen, die übereinstimmen. Sie sind sauber, und es gibt mindestens sechs Sätze von aufeinanderfolgenden Übereinstimmungen.«

Das war mehr als genug, um einem Angriff von F. Lee Bailey standzuhalten. »Wie schnell können wir einen Bericht bekommen?«

»Ich kann Ihnen in einer Stunde einen vorläufigen Bericht zukommen lassen. Aber der vollständige wird erst, sagen wir, morgen Mittag fertig sein.«

»Danke. Mailen Sie ihn mir, sobald der vorläufige Bericht fertig ist.«

Es war verdammt kurz vor Mitternacht, als ich Vargas eine Nachricht schickte, dass die Waffe die Tatwaffe war.

29

WIR SAßEN IN CHESTERS BÜRO UM DEN TISCH AUS STEINIMITAT. Der Sheriff, in Jeans und einem roten Polohemd, sah erholter aus als jeder von uns. Haines, mit hochgekrempelten weißen Ärmeln und zerknitterter Kleidung, hatte nicht viel gesagt, bevor Staatsanwalt Thume eintraf.

Als der Bezirksstaatsanwalt zwischen Chester und mir Platz genommen hatte, begann Haines, auf eine Verhaftung von Hannah Booth zu drängen und behauptete, die Beweise böten eine solide Grundlage, um sie wegen des Todes von Joseph Chapman anzuklagen.

Staatsanwalt Thume fragte: »Erwägen Sie, Anklage auf Bundesebene zu erheben?«

»Nein, nein. Das ist der Fall des Sheriffs. Wir bieten nur unsere Unterstützung an.«

Der Staatsanwalt sagte: »Wir haben genug, um im Mordfall Chapman Anklage zu erheben, aber ich überlasse die Entscheidung über das weitere Vorgehen dem Sheriff.«

Chester sah mich an. »Was meinen Sie?«

»Ich glaube nicht, dass ihre Verhaftung die richtige Vorgehensweise ist. Wir müssen vier Tötungsdelikte aufklären und haben im Moment nur bei einem eine Verbindung zu Hannah. Wir brauchen mehr. Wir sollten mit ihr sprechen, bevor wir sie verhaften.«

Haines sagte: »Sie werden nicht mehr aus ihr herausbekommen, wenn Sie keine Anklage erheben. So oder so wird sie einen Anwalt haben.«

»Vielleicht, vielleicht auch nicht.«

»Haben Sie vergessen, dass wir eine Durchsuchung durchgeführt haben? Sie wird defensiv sein.«

Was für eine Offenbarung. Ein Gespräch mit dem Gesetz macht jeden defensiv. »Durch die Berichterstattung in der Presse über die Durchsuchung kommt vielleicht ein Hinweis rein. Es ist möglich, dass ihr etwas angehängt wird.«

Haines unterdrückte ein Kichern. »Ich bin sicher, das wird sie sagen. Warum verhaften wir sie nicht, setzen sie unter Druck und sehen, ob sie einknickt? Wenn sie unschuldig ist, wird das irgendwann herauskommen.«

Das Bild des Jungen der Barrows, der in seiner Zelle schaukelte, jagte mir einen Schauer über den Rücken, was Thume zu der Bemerkung veranlasste: »Es ist kalt hier drin.«

Ich sagte: »Sir, ich muss nicht jeden daran erinnern, wie das aussehen wird, wenn die Frau des Pastors verhaftet wird und die Beweise nicht ausreichen.«

Haines sagte: »Moment mal. Wir halten uns voll und ganz an das Protokoll. Die Mordwaffe wurde in ihrem Büro gefunden und ihr Haar an der Leiche eines Opfers.«

Ich sah den Sheriff an und sagte: »Wenn es wirklich unser Fall ist, plädiere ich dafür, abzuwarten. Lassen Sie mich sie vernehmen.«

Der Sheriff sagte: »Hören Sie, es ist spät. Ich weiß den Beitrag und das Engagement von jedem hier wirklich zu schätzen. Hannah wird überwacht. Über Nacht wird sich nichts ändern. Ich schlage vor, wir schlafen eine Nacht darüber und entscheiden dann morgen früh, wie wir weiter vorgehen.«

———

Vargas sagte, sie würde später kommen; ihr Magen machte ihr immer noch zu schaffen. Ausgerechnet heute musste sie krank sein. Ich musste die Dinge durchsprechen, jetzt würde ich das allein herausfinden müssen. Ich griff nach meinem Kaffee und Bagel und trat hinaus in die feuchte Luft, in der Hoffnung, sie würde es noch vor Mittag schaffen.

Während ich meinen Kaffee balancierte, schloss ich die Tür zu unserem Büro auf, als mein Name gerufen wurde.

»Luca, ich habe letzte Nacht einen seltsamen Anruf bezüglich des Aquatics-Falls bekommen.«

»Seltsam? Mir gefällt nicht, wie das klingt, Tommy.«

»Gestern Abend hat ein Typ angerufen und behauptet, Hannah hätte sowohl mit Chapman als auch mit Cornwall eine Affäre gehabt.«

»Scheiße!« Heißer Kaffee schwappte auf meine Hand.

»Zittrige Hände?«

»Ja, genau. Erzähl mir von dem Anruf.«

»Gegen Viertel nach elf hat dieser Kerl angerufen. Montgomery sagte, es klang, als hätte er ein Tuch über die Sprechmuschel gehalten. Er sagte, die Frau des Pastors hätte Sex mit zwei der getöteten Männer gehabt, Joe Chapman und Dick Cornwall.«

»Anonym?«

»Jep.«

»Hatte Montgomery eine Ahnung, wie alt der Anrufer war?«

»Seine beste Schätzung war fünfundzwanzig bis fünfzig.«

»Sag ihm danke, dass er es für mich so eingegrenzt hat. Sonst noch was?«

»Nichts.«

Die Karten waren gerade neu gemischt worden. Ich brauchte jemanden zum Reden.

»Vargas, wie fühlst du dich?«

Sie sagte: »So ziemlich unverändert. Ich weiß nicht, ob ich es heute schaffe.«

»Vielleicht solltest du dann zum Arzt gehen.«

»Ich warte mal ab, ob es heute besser wird.«

»Warte nicht, bis es zu spät ist, so wie ich. Es könnte ...«

»Was, denkst du, ist es etwas Ernstes wie Krebs?«

»Nein, nein. Nichts dergleichen. Geh einfach zum Arzt, ja?«

»Das geht wahrscheinlich vorüber. Was gibt es Neues in dem Fall? Hat Chester schon eine Entscheidung getroffen?«

»Nein, und es ist gerade noch komplizierter geworden. Nach der Durchsuchung kam gestern Abend ein Anruf bei der Hinweis-Hotline rein. Der Typ hat Montgomery erzählt, dass Hannah Affären mit Chapman und Cornwall hatte.«

»Oh mein Gott.«

»Das ist verrückt. Ich weiß nicht, ob ich es glaube, aber wenn es wahr ist, eröffnet sich eine ganz neue Welt von Möglichkeiten.«

»Du glaubst doch nicht, dass Pastor Booth es herausgefunden hat und ...«

Verdammt, das war mir gar nicht in den Sinn gekommen. »Glaube ich nicht, aber ausschließen kann ich es nicht. Wahrscheinlicher ist, dass sie nicht nur mit diesen beiden etwas am Laufen hatte, sondern auch mit anderen, und jemand wurde eifersüchtig.«

»Ich weiß nicht. Wahrscheinlicher ist, dass Hannah sie getötet hat, um zu verhindern, dass die Affären öffentlich werden.«

»Ich kenne Frauen, und das glaube ich nicht.«

»Ach, du kennst dich also mit Frauen aus?«

»Du weißt, was ich meine.«

»Nein, weiß ich nicht. Warum sagst du es mir nicht?«

»Ach komm, ich sage nur, irgendetwas sagt mir, dass sie es nicht war.«

»Da du ja so viel über Frauen weißt, musst du dann wohl recht haben.«

»Können wir das bitte lassen? Können wir über den Fall reden?«

»Wir müssen den Anruf überprüfen, sehen, ob an Hannahs Untreue etwas dran ist. Vielleicht sagt sie etwas, wenn wir ihr Vertraulichkeit zusichern können.«

»Willst du sie darauf ansprechen?«

»Ich weiß, du glaubst, du kennst dich mit Frauen aus, aber ich bin eine Frau, und wir Mädchen erzählen uns Dinge, die wir einem Mann niemals erzählen würden. Ich muss mal ins Bad.«

Ich sagte eine Kleinigkeit, um etwas klarzustellen, und Mary Ann machte gleich so ein verdammtes Riesending daraus. Was sollte das? Meine Güte, vielleicht wurde sie zu vertraut mit mir. Wenn das so weitergehen sollte, wusste ich nicht, ob das etwas für mich war.

Würde sie es heute noch ins Büro schaffen? Vielleicht machte ihr Magen sie so zickig. Wenn es mir nicht gut ging, war ich wahrscheinlich auch kein angenehmer Zeitgenosse. Mein Schreibtischtelefon klingelte.

»Frank, ich habe beschlossen, mit der Verhaftung von Hannah Booth zu warten. Ich gebe Ihnen mehr Zeit, einen stichhaltigeren Fall gegen sie aufzubauen. Bei diesem Fall müssen wir uns absolut sicher sein.«

Nur bei diesem? Wäre sie nicht die Frau eines Pastors, säße sie jetzt schon im Knast. »Ich denke, das ist die richtige Entscheidung, Sheriff. Wir haben gerade ein paar neue Informationen erhalten, die überprüft werden müssen.«

»Gut. Halten Sie mich auf dem Laufenden.«

Ich nahm meine Jacke von der Stuhllehne. »Geht klar.«

»Ich zähle auf Sie, Frank. Ich muss Ihnen nicht sagen, unter welchem Druck dieses Büro steht.«

»Keine Sorge, Sir. Ich hab das im Griff.«

Als ich an einer Ampel an der Livingston Road hielt, rief ich Mary Ann noch einmal an, um zu sehen, wie es ihr ging. Sie war immer noch krank und versprach, zum Arzt zu gehen. Ich sagte ihr, dass Chester die Verhaftung aufschob und ich auf dem Weg zu Hannah war.

30

»He's Got the Whole World in His Hands« lief im Mehrzweckraum, wo ein halbes Dutzend Leute, einschließlich Minister Booth, arbeiteten. Die Leute nahmen Lebensmitteldosen aus großen Wäschewagen und packten sie in Tüten. Minister Booth trug gerade eine volle Tüte zu einem Tisch, der voller brauner Papiertüten stand, als ich seinen Blick einfing. Er presste die Lippen zusammen, stellte die Tüte ab und kam auf mich zu.

»Guten Tag, Detective Luca.« Er streckte mir die Hand entgegen. »Schön, Sie zu sehen, aber ich glaube, ich habe klargemacht, dass zukünftige Gespräche über unseren Anwalt, Marcus Knight, laufen.«

Ich schüttelte ihm die Hand. »Ich verstehe, aber wenn Sie mir eine Minute geben würden, könnte ich es erklären.«

»Das war gestern Abend eine sehr unangenehme Angelegenheit. Die Gemeinde ist aufgebracht.«

»Das waren wir nicht. Das war das FBI, und es hat sich nicht mit uns abgesprochen.«

»Wirklich? Wollen Sie damit sagen, Sie wussten im Voraus nichts von dem Durchsuchungsbefehl?«

»Nicht das Geringste.«

»Ich nehme das mal für bare Münze.«

»Danke. Es ist die Wahrheit.«

Booth sah über seine Schulter und sagte: »Wie Sie sehen, sind wir beschäftigt. Ziemlich viele Gemeindemitglieder bleiben wegen der Kontroverse weg, also muss ich mit anpacken, sogar mehr als sonst. Was haben Sie auf dem Herzen?«

»Ich hoffe, Sie können mich anhören.«

»Schießen Sie los, Detective.«

»Wie die Durchsuchung letzte Nacht bewiesen hat, ist Ihre Frau eine Verdächtige, und der Fund der Waffe macht sie nun zu einer stärkeren Verdächtigen. Ehrlich gesagt, zur einzigen. Ich gebe zu, ich hatte meinen Verdacht gegen sie, aber ich glaube nicht mehr, dass sie irgendetwas damit zu tun gehabt hat.«

»Und was hat diesen Sinneswandel bewirkt?«

»Das mag Ihnen seltsam vorkommen, Minister, aber es ist in erster Linie mein Instinkt. Irgendetwas stimmt nicht, und ich habe eine Ahnung, was das sein könnte, aber es ist noch früh.«

»Für einen Mann Gottes ist das nicht seltsam. Viele unserer Gefühle sind in Wirklichkeit Botschaften von Gott. Die Leute nennen sie anders, wie zum Beispiel das sprechende Gewissen oder Zufälle, aber es ist Gott. Was wollten Sie noch sagen?«

»Es gibt ein paar neue Informationen.«

»Die die Verwirrung um Hannah aufklären werden?«

»Das hoffe ich. Aber ich würde gerne mit ihr sprechen, allein.«

»Sie wird nicht zustimmen, ohne in meiner Anwesenheit zu sprechen.«

»Sie können Hannah davon überzeugen, dass es in ihrem besten Interesse ist, mit mir zu reden. Das ist es wirklich, Minister. Hier werden keine Spielchen gespielt.«

»Ich bin ein Mann Gottes und ein Mann, der zu seinem

Wort steht. Ich gehe davon aus, dass auch Sie ein Mann sind, der sein Wort hält.«

————

Umrahmt von kreuzförmigen Ohrringen hatte Hannah Booths Gesicht einen säuerlichen Ausdruck.

»Ich weiß nicht, warum wir dem zugestimmt haben, besonders nach letzter Nacht.«

»Damit hatten wir nichts zu tun.«

Sie verdrehte ihre blauen Augen, die nicht so umwerfend wie sonst wirkten. Vielleicht hatte der Dutt, zu dem ihr blondes Haar im Stil einer alten Jungfer zusammengebunden war, sie getrübt.

»Es ist wahr. Es war das FBI.«

»Wie auch immer.«

Ich fragte mich, ob die Lüge gegenüber der Frau eines Ministers die Sünde des Lügens schlimmer machte. »Ungeachtet dessen, was Sie vielleicht glauben, habe ich Sie nie als ernsthafte Verdächtige betrachtet.«

Hannah grunzte, als sie sich in ihrem Sitz zurechtrückte, sagte aber nichts weiter.

»Hören Sie, wir hatten vielleicht einen schlechten Start, aber ich bin hier, um Ihnen zu helfen.«

Ein weiteres stilles, wenn auch kürzeres Augenrollen.

»Ich werde ehrlich zu Ihnen sein, und Sie müssen ehrlich zu mir sein, sonst kann ich Ihnen nicht helfen. Haben Sie das verstanden?«

Sie zuckte mit den Schultern und betrachtete ihre Nägel. Ich hätte die Schlampe erwürgen können.

»Gestern Abend ist ein Tipp bei der Hotline eingegangen.« Ich musterte sie genau. »Der Anrufer hat behauptet, dass Sie Affären mit Joseph Chapman und Dick Cornwall hatten.«

Sie blinzelte und schüttelte den Kopf. »Das ist lächerlich.«

»Ist es das?«

»Natürlich ist es das. Ich hatte nie eine Affäre mit einem von beiden oder mit sonst jemandem, was das betrifft. Es ist gegen Gottes Wort. Ein Verstoß gegen seine Gebote.«

»Haben Sie jemals mit einem von beiden geflirtet?«

»Für was für eine Frau halten Sie mich, Detective? Im Buch Exodus, Kapitel zwanzig, steht: »Du sollst nicht begehren deines Nächsten Weib.«« Hannah beugte sich vor. »Ich verhalte mich nicht auf eine flirtende Weise. Und fürs Protokoll, ich liebe meinen Mann.«

Auf einer Skala von eins bis zehn war die Leugnung nah an einer Zehn, aber ich hatte schon Männer mit heruntergelassenen Hosen gesehen, die leugneten, ihre Frauen betrogen zu haben. Sie warf diesen Bibelvers ein, als wäre er eine unabhängige Bestätigung.

»Mrs. Booth, ich bin ein Mord-Ermittler. Ich habe alles gesehen, und es ist mir egal, was die Leute tun, solange sie keine Leichen produzieren. Ich will Ihnen nur helfen und diesen Fall lösen, also frage ich Sie noch einmal. Hatten Sie jemals eine Affäre oder sexuelle Beziehungen irgendeiner Art, selbst die Sorte von Bill Clinton, mit Chapman oder Cornwall?«

»Es klingt, als ob Sie sagen, dass ein Geständnis einer Affäre meinen Namen reinwaschen würde. Nun, selbst wenn es das täte, könnte ich nichts zugeben, was ich nie getan habe.«

Okay, ihre Leugnung war eine Zehn. »Verstanden. Nun zur Waffe, dem Colt 0,45, der letzte Nacht aus diesem Büro beschlagnahmt wurde. Was das Ihre Waffe?«

Sie machte ein Hohlkreuz. »Nein. Ich habe nie eine Waffe besessen oder auch nur eine abgeschossen.«

Interessant. Leute, die schießen, sagen normalerweise, sie haben mit einer Waffe gefeuert, nicht eine Waffe abgeschossen. »Niemals? Nicht auf einem Schießstand, als Kind? Irgendein

Onkel, der Ihnen einen kleinen Nervenkitzel verschaffen wollte?«

»Niemals. Waffen töten. Die Welt wäre ein besserer Ort, wenn wir keine Waffen hätten.«

Ich wollte sie fragen, warum Gott nicht eingegriffen hatte und die Menschen daran gehindert hatte, Schusswaffen zu erfinden, aber ich hatte eine Befragung durchzuführen. Ich fragte: »Haben Sie eine Ahnung, wie diese Waffe in Ihr Büro gelangen konnte?«

»Ich weiß es nicht. Ich war letzte Nacht schockiert. Ich kann es immer noch nicht fassen.«

»Können Sie sich irgendwelche Möglichkeiten vorstellen?«

»Nur eine, die Sinn ergibt – aus irgendeinem Grund wird mir eine Falle gestellt.«

»Das ist eine Möglichkeit. Wer könnte Ihrer Meinung nach hinter so etwas stecken?«

»Ich weiß es nicht. Jemand versucht, meinen Ruf zu ruinieren.«

»Haben Sie oder Ihr Mann irgendwelche Feinde?«

»Nein, nein. Gabriel ist die Art von Mann, den man unmöglich nicht mögen kann.«

Sie hatte recht. Wenn er jemanden zur Hölle schicken würde, würden sie ihn nach dem Weg fragen.

»Ich weiß, es ist ein heikles Thema, aber könnte es etwas mit einer Meinungsverschiedenheit über die Art und Weise zu tun haben, wie die Kirche geführt wurde?«

Sie schüttelte den Kopf. »Ich kann mir nicht vorstellen, dass eine Meinungsverschiedenheit über unsere Mission zu so etwas führen könnte. Das wäre verrückt.«

Sie musste mehr Kontakt mit der menschlichen Natur haben. »Leute können leidenschaftlich werden, die Kontrolle verlieren und die seltsamsten Dinge rationalisieren.«

»Ich schätze, alles ist möglich, aber ich habe keine Ahnung, wer es sein könnte.«

»Denken Sie weiter zurück. Gibt es etwas, das passiert ist, oder jemanden, mit dem Sie einen Streit hatten – irgendetwas in der Art? Leute haben an Kränkungen, ob empfunden oder real, jahrzehntelang festgehalten, bevor sie gehandelt haben. Gibt es jemanden, an den Sie denken können?«

Sie stützte eine Wange auf die Handfläche. »Mir fällt nichts ein. Ich habe einige sehr schwierige Zeiten in meinem Leben durchgemacht. Mein Sohn – er war drogenabhängig und starb an einer Überdosis.« Sie holte scharf Luft durch die Nase. »Die Leute haben alle möglichen Anschuldigungen erhoben, die auf Verleumdung hinausliefen. Damals dachte ich, ich würde mich nie davon erholen, aber durch Gottes Gnade habe ich es geschafft. Jetzt muss ich das hier durchstehen.«

»Das muss hart gewesen sein. Mein Beileid zu Ihrem Verlust.«

Sie biss sich auf die Lippe und flüsterte: »Es war niederschmetternd. Das ist es immer noch. Ich denke jeden einzelnen Tag an ihn.«

Emotionen waren in einer Befragung gut, aber nicht in dieser Richtung. Ich räusperte mich.

»Es könnte jemand aus der Vergangenheit sein, der es auf Sie abgesehen hat. Es muss nichts mit Ihrem Sohn zu tun haben. Denken Sie doch noch einmal darüber nach und lassen Sie es mich wissen, wenn Ihnen etwas einfällt.«

Sie nickte. »Okay.«

»Nun, die Kirche hat kürzlich einen großen Kredit aufgenommen – eine Million Dollar.« Ich ließ das für einen Moment wirken. »Könnte da etwas im Gange sein? Vielleicht ein Diebstahl oder eine Unterschlagung?«

»Wir haben den Kredit aufgenommen, um unsere Mission und unsere Öffentlichkeitsarbeit zu erweitern. Es gab einige wenige, mich eingeschlossen, die damit nicht einverstanden waren, aber Minister Booth hatte das letzte Wort und hat es durchgezogen.«

»Warum waren Sie dagegen, das Geld zu leihen?«

»Ich hatte das Gefühl, dass wir ein zu hohes Risiko eingingen und dass wir uns durch die Erweiterung übernehmen könnten. Mein Mann arbeitet ohne Unterlass, und wir haben kaum Zeit zusammen.«

»Er scheint wirklich engagiert zu sein. Eher so, als wäre er mit der Kirche verheiratet, richtig?«

Sie nickte stumm.

»Sie sind dann oft allein zu Hause.«

»Meistens nachts, aber sonntags nach dem Gottesdienst sind wir immer zusammen zu Hause.«

»Das ist eine Menge Zeit allein.«

»Wir arbeiten zusammen. Es ist nicht so, als würde ich ihn nicht sehen.«

Ich senkte meine Stimme. »Hannah, Sie müssen absolut ehrlich zu mir sein. Es ist mir egal, wie die Ehe von jemandem ist. Gott weiß, meine war kein Zuckerschlecken, und es war meine Schuld. Sie können sich darauf verlassen, dass ich es für mich behalte, aber ich muss wissen, ob Sie irgendeine Beziehung, außer der Arbeit, zu Chapman oder Cornwall hatten.«

Ihre Glaubwürdigkeit sank, als sie zögerte und kleinlaut sagte: »Ich habe es nicht getan.«

31

Es war heiss. Ich stiess die Füsse unter dem Laken hervor, was einen stechenden Schmerz in meinen unteren Rücken jagte. *Wer wird für uns gehen?* hallte es in meinem Kopf wider. Ich konnte nicht wieder einschlafen. Jedes Mal, wenn ich auf die Uhr sah, waren ihre roten Ziffern nur um ein paar Minuten vorgerückt.

Ich schloss die Augen, doch die Stimme wurde ich nicht los. Ich wusste, dass es kein Traum war; es war Gott, der sprach. Er wusste, dass ich Angst hatte und aufgehört hatte, sein Werk zu verrichten. Die Polizei setzte viele Mittel ein, um mich zu finden, und ich musste mich unauffällig verhalten, um nicht vom Schlachtfeld genommen zu werden.

Seine Worte waren glasklar: »Wen soll ich senden? Wer wird für uns gehen?« Immer und immer wieder spielte ich seinen Hilferuf ab. Es war eine gefährliche Arbeit, doch die Belohnung war ewig. Im Römerbrief, Kapitel 2, Verse 6–7, stand geschrieben: »Gott vergilt jedem Menschen nach seinen Taten. Diejenigen, die ausharren und seine Arbeit tun, empfangen Ehre und ewiges Leben.«

Wie hätte ich Nein sagen können? Wer würde jemals Nein

sagen? Ich schlug die Decke zurück und noch bevor meine Füße die Fliesen berührten, sagte ich: »Hier bin ich, Herr. Sende mich.« Es galt, das Böse auszurotten, und ich würde den Kampf wieder aufnehmen, angefangen mit einer der übelsten Schlangen, die je auf Gottes Erde gekrochen war.

Ich hatte es sorgfältig vermieden, die Rechnung zu begleichen. Ich wusste, dass ich meine Beweggründe nicht vor Gott verbergen konnte. Er wusste alles, also wartete ich und beseitigte andere sündige, unmoralische Verbrecher, bevor ich mich diesem verdorbenen Dreckskerl Bobby widmete.

Das Arschloch war kein bisschen besser als sein böser Vater Paul. Welch eine Farce, dass Paul, der leibhaftige Teufel, nach einem Apostel benannt war. Dem Bastard wurden mindestens drei sogenannte zweite Chancen gewährt. Wäre Paul hinter Gittern geblieben, so wie es hätte sein sollen, wäre meine Mom noch am Leben.

Mein Kopf begann zu pochen und meine Sicht verschwamm. Ich streckte den Arm aus und tastete mich zum Badezimmer. Ich ließ das Licht aus und griff nach meinen Medikamenten. Ich drehte den Deckel ab, steckte einen Finger hinein, rollte drei Pillen heraus und drehte den Wasserhahn auf, um sie hinunterzuspülen. Behutsam ließ ich mich auf die Toilette sinken und wartete darauf, dass der messerscharfe Schmerz nachließ. Als der Schmerz abebbte, sickerte die Erinnerung an den Tod meiner Mutter in mein Bewusstsein.

An diesem Tag kam sie verspätet nach Hause, was von Zeit zu Zeit vorkam, wenn im Supermarkt gegen Ende ihrer Schicht viel los war. Doch eine Stunde später fühlte es sich anders an. Ich ging nach draußen und setzte mich zum Warten auf die vordere Treppe.

Die Dämmerung wich der Nacht, und ich weinte, als meine Nachbarin von nebenan, Mrs. Hawley, nach Hause kam. Sie nahm mich mit rein, wärmte mir eine Schüssel Suppe auf und machte ein paar Anrufe. Während ich die Suppe schlürfte, hörte ich sie sagen: »Sie wird vermisst. Sie hat die Arbeit vor zwei Stunden verlassen.« Mrs. Hawley stemmte eine Hand in die Hüfte. »Nein, das würde sie nicht. Ihr achtjähriger Junge ist allein zu Hause und sitzt auf der Treppe und wartet auf sie.«

Ich lauschte und meine Sorge wuchs, als sie sagte: »Ich sage Ihnen, ihr ist etwas zugestoßen. Sie ist eine verantwortungsbewusste Frau. Ihre Vorschriften sind mir egal. Sie müssen etwas unternehmen.«

Als Mr. Hawley nach Hause kam, fuhren wir zur Polizeiwache. Es war unheimlich. Die Polizisten waren sehr nett zu mir, aber sie sagten, ich müsste bleiben und auf eine Dame warten, die mich abholen würde. Ich saß auf einer Holzbank, als Mr. Hawley mir sagte, dass alles wieder gut werden würde. Als er einen Gang hinunter verschwand, fing ich an zu weinen. Niemand half dabei, meine Mutter zu finden.

Es fühlte sich wie eine Ewigkeit an, bis eine Dame kam und sich neben mich setzte. Sie roch nach Orange und trug Clogs und einen langen Rock. Ich müsse mit ihr gehen, bis meine Mom nach Hause käme, sagte sie. Das sei das Gesetz, und ich bräuchte keine Angst zu haben. Ihr Mund bewegte sich, aber ich konnte nichts von dem hören, was sie sagte. Dann erinnerte ich mich, dass sie meine Hand in ihre verschwitzte Hand legte und mich zu einem Kleinbus führte.

In dem Kleinbus saß noch ein anderes Kind, das jünger war und furchtbar schluchzte. Ich brach zusammen und rief nach meiner Mom, während wir losfuhren. Sie brachten uns an einen Ort, der wie eine Schule aussah, aber Gitter vor den Fenstern hatte. Es gab einen Geruch, den ich später als Bleichmittel erkannte und den ich fast dreißig Jahre später immer noch hinten im Hals spüren konnte. Sie sagten mir, ich würde meine Mutter am Morgen sehen, aber ich wusste, dass ich sie nie wiedersehen würde.

Nachdem ich gezwungen worden war, mit einer Seife zu duschen, die nach saurer Milch roch, gaben sie mir einen kratzigen Schlafanzug und brachten mich in einen Raum mit zwei Reihen von Betten. Ich rollte mich auf einer harten Matratze zusammen und starrte an die Wand, bis ich einschlief.

Am Morgen sagte ich, dass ich es nicht verdient hätte, im Gefängnis zu sein, und dass ich nach Hause wolle, aber sie sagten mir, ich solle still sein und die Regeln befolgen. Direkt nachdem ich mein Mittagessen erbrochen hatte, wurde ich in ein Büro gebracht. Ich hatte Angst und sagte ihnen, es täte mir leid, dass ich mich übergeben hatte, aber ich konnte nichts dafür. Es war nicht meine Schuld.

Ein glatzköpfiger Mann mit einer John-Lennon-Brille saß hinter einem Schreibtisch. Sein Adamsapfel bewegte sich auf und ab, bevor er sagte: »Ich habe einige schlimme Nachrichten bezüglich deiner Mutter. Sie wurde von einem sehr bösen Mann getötet.«

Dieser sehr böse Mann war Paul Hagan. Ich verließ mich auf das, was sein Sohn Bobby darüber gesagt hatte, dass die beiden sich nahestanden, obwohl Paul hinter Gittern saß. Erst als ich fünfundzwanzig war, erfuhr ich die Einzelheiten dessen, was meiner Mutter zugestoßen war. Wie ein Tier, gefesselt im Keller eines verlassenen Hauses, war sie von Hagan brutal vergewaltigt worden. Während sie noch am Leben war, verstümmelte dieses Monster ihre Genitalien. Die entsetzliche Nachricht machte mich wochenlang körperlich krank, und als ich erfuhr, dass Hagan nur drei Wochen zuvor aus dem Gefängnis entlassen worden war, fiel ich in eine Depression, die zwei Jahre andauerte.

Sein Sohn Bobby, ein weiterer hoffnungsloser Bastard, würde den Preis dafür bezahlen, und ich hoffte, sein Vater würde so leiden, wie ich gelitten hatte.

Idioten, die glauben, das Böse könne reformiert werden, verstehen es einfach nicht. Diese Leute sind im Lager des Teufels. Das ist Krieg; sie müssen erschlagen werden.

32

Nach fünfzehn Minuten seines täglichen Schwimmtrainings fand Jay McDaniel seinen Rhythmus. Er machte vier lange Züge mit dem Kopf unter Wasser, drehte ihn dann nach links und holte tief Luft. Er wiederholte diese Abfolge und schwamm vom South Beach der Pelican Bay in Richtung Clam Pass.

McDaniel überlegte gerade, wohin er seine neue Freundin zum Mittagessen ausführen sollte, als seine Hand gegen etwas stieß. Besorgt, dass sich das Wakeboard, das er für den Notfall hinter sich her zog, losgerissen hatte, tauchte er auf.

Sein Herz raste, als McDaniel seine Schwimmbrille hochschob und nach Luft schnappte. Es war eine Leiche. McDaniel stieß die Leiche von sich und griff nach seinem Board. Er schrie in Richtung Ufer, aber die Spaziergänger am Strand flanierten einfach weiter.

McDaniel positionierte das Wakeboard unter seiner Brust und paddelte zum Strand.

MIR HATTE die Anlage in Pelican Bay schon immer gefallen. Die Wohnanlage war eine Mischung aus Hochhäusern direkt am Strand und zwanzig verschiedenen Wohnvierteln, die sich entlang der Küste von der Vanderbilt Beach Road bis zur Pine Ridge erstreckten. Die Preisklassen reichten von vierhunderttausend bis zu zehn Millionen, doch alle hatten einen Aufschlag, der auf ihre Lage und den Zugang zum Strand zurückzuführen war.

Die meisten ihrer Häuser lagen nicht direkt am Strand. Eine breite Bucht trennte die meisten Häuser vom Sand, aber in Pelican Bay verkehrten durchgehend Golfwagen-Shuttles, die die Bewohner zu den Nord- und Südstränden brachten. Jeder Strand verfügte über Restaurants mit fantastischer Aussicht. Mary Ann hatte eine Freundin, die dort wohnte, und wir aßen zweimal mit ihr zu Abend.

Das Klickern und Klackern unseres Wagens wurde langsamer, als wir uns dem Ende des meilenlangen Holzstegs näherten. Der Wagen setzte uns an einer Treppe ab, die durch gelbes Polizeiband in zwei Hälften geteilt war. Während ich die Stufen hinabstieg, fragte ich mich, ob es sich um einen unverschuldeten Ertrinkungstod handelte oder um einen Teil der Mordserie, die meine Karriere bedrohte.

Der Golf schimmerte blendfrei in der Morgensonne. Gruppen von Strandbesuchern und Schaulustigen drängten sich in der Nähe einer Absperrung, die von den Mangroven bis zu einem Pfahl am Wasserrand verlief.

Ich zeigte dem Beamten, der den Zugang bewachte, meinen Ausweis.

»Detective, der Mann, der die Leiche gefunden hat, ist da drüben.«

Er deutete auf eine überdachte Terrasse, auf der morgens Yogakurse und abends Musikveranstaltungen stattfanden. Zwei Beamte unterhielten sich mit einem fitten Mann um die sechzig in Badehose.

»Danke. Vielleicht später.«

Ich wollte mir zuerst die Leiche ansehen. Ich konnte mir nicht vorstellen, dass der mit einem Handtuch bekleidete Schwimmer mir irgendetwas Nützliches erzählen könnte. Ich duckte mich unter dem Band hindurch und stellte fest, dass dies das erste Mal war, dass ich am Strand arbeitete.

Als ich hierhergekommen war, hatte ich die Beamten, die am Strand patrouillierten, ein wenig beneidet. Mit einem ATV den Strand auf und ab zu fahren, war nicht nur ein einfacher Job, sondern schien auch eine geschickte Masche zu sein, um Frauen kennenzulernen.

Im Bewusstsein, dass jeder Schritt, den ich im Sand machte, mich dem Verlust meiner Karriere näherbringen konnte, hielt ich inne und überspielte meine Besorgnis, indem ich die Gegend langsam absuchte. Ich atmete tief ein und ging auf die Leiche zu.

Ein Beamter auf einem ATV, das so geparkt war, dass es die Leiche abschirmte, stieg von seinem Gefährt. Mein Herz sank mir in die Hose, als ich sah, dass die Leiche ein Mann um die dreißig war.

»Na, wie läuft's, Luca?«

»Alles gut.« Ich konnte mich nicht an den Namen dieses Kerls erinnern. Auf seinem Schild stand Brewster, aber sein Vorname lag mir nicht einmal annähernd auf der Zunge. Ich kniete mich neben die Leiche und schluckte die Galle hinunter, die mir in die Kehle stieg. In seiner Brust befanden sich zwei Einschusswunden.

Der Kopf war nach hinten geneigt und der Mund formte ein perfektes O. War das ein Ausdruck der Überraschung?

»Wie sieht hier der Zeitplan aus?«

»Ich war unten beim Ritz, als der Anruf gegen acht Uhr zwanzig rein kam. Ich hab ein Boot angefordert, um die Leiche zu bergen, aber als ich fünfzehn Minuten später hier ankam, war die Leiche schon am Strand.«

»Wer hat die Leiche geborgen?«

»Der Typ, der die Leiche gefunden hat, ist oben im Club. Dieser Kerl geht jeden Morgen schwimmen und ist dabei auf sie gestoßen. Er hat dann gemacht, dass er ans Ufer kam, und ein paar von den Strandjungs vom Club sind mit ihren Boards rausgepaddelt und haben die Leiche reingezogen.«

»Haben Sie Handschuhe?«

»Ja.« Er hob den Sitz des ATVs an und holte Handschuhe aus dem Staufach.

»Drehen Sie ihn mal ein bisschen um. Ich will seine Gesäßtaschen überprüfen.«

Das Einzige in seinen Taschen waren Sandkörner – keine Brieftasche, kein Handy, gar nichts. Ich versuchte, mir einzureden, dass dieser Unterschied ausreichen würde, um Zweifel daran zu säen, dass es derselbe Mörder war.

»Wahnsinn, was? Man geht schwimmen und stößt auf eine Leiche – das würde jeden aus der Fassung bringen.«

Ich betrachtete die rothaarige Leiche und versuchte mir vorzustellen, ob dies ein weiterer Ganove war, dessen kriminelles Stundenglas abgelaufen war. Jeans und ein T-Shirt schienen ihre Kleiderordnung zu sein. Dieser Steife war solide gebaut, aber nicht stark genug, um eine Kugel abzuwehren.

Der Mörder war am Gewinnen; der Beweis lag mir zu Füßen. Ich müsste meine Taktik komplett ändern, um ihn oder sie zu fassen, vorausgesetzt, Chester entzog mir den Fall nicht. Als ich mein Handy herausholte, um nachzusehen, wann der Gerichtsmediziner kam, sah ich eine weitere Nachricht von Kayla. Ich hielt die Hand schützend über das Display, um die Sonne abzuschirmen, und las sie:

»Hey, Frank. Hoffe, alles ist in Ordnung. Vielleicht hast du meine Nachricht übersehen, aber ich bin nächste Woche in der Stadt.«

———

ICH BETRAT MEIN BÜRO, wedelte mit einem Bericht und sagte: »Wir haben einen ballistischen Treffer mit Parker.«

Vargas sagte: »Und wir haben einen Namen für Opfer Nummer fünf. Bobby Hagan, fünfunddreißig Jahre alt und ein weiterer Gewohnheitsverbrecher. Hat in Golden Gate gelebt.«

»Entweder haben wir es mit zwei Mördern zu tun oder mit jemandem, der uns auf eine falsche Fährte locken will.«

»Außerdem muss ich dir leider sagen, dass Chester sich gegen eine Durchsuchung entschieden hat.«

»Was? Warum?«

»Wahrscheinlich der Druck. Hast du die *Daily News* gesehen?«

Vargas hielt die Zeitung hoch. Ein Bild des Protests auf der Titelseite stand unter der Schlagzeile: »Religionsfreiheit in Gefahr?«

»Was für ein totaler Bullshit! Kein Wunder, dass niemand den Medien traut.«

»Sie haben die Erklärung des Sheriffs am Ende des Artikels abgedruckt, auf Seite neun.«

»Ich kann immer noch nicht glauben, dass er einen Rückzieher gemacht hat. Irgendetwas stimmt da nicht. Wir haben solide Beweise. Er muss dem nachgehen.«

»Vielleicht wartet er, bis sich die Lage beruhigt hat.«

»Was? Warten, bis wir eine weitere Leiche finden, die irgendwo herumtreibt?«

»Setz dich, Frank. Konzentrieren wir uns auf diesen Hagan.«

Vargas hatte eine Akte mit Hagans Strafregister und den Kontaktdaten seiner Familie zusammengestellt. Seine Mutter lebte in Estero und war über das Ableben ihres Sohnes benachrichtigt worden. Sie war der naheliegendste Ausgangspunkt.

DER TAHITI MOBILE VILLAGE lag kurz hinter dem Koreshan Park, abseits des Broadway. Die Ansammlung von Mobilheimen würde niemanden dazu inspirieren, Tahiti zu besuchen, und ich wette, die tahitianische Tourismusbehörde würde Einspruch erheben, wenn sie wüsste, dass dieser Ort existiert.

Lynn Hagan lebte in einem rosa Wohnwagen am Polynesian Loop. Soweit ich wusste, gab es auf Tahiti keine Flamingos, aber ein halbes Dutzend von ihnen zierte ihren Eingangsbereich. Vargas ging voran und stieg drei Stufen hinauf, um an eine Lamellentür aus Glas zu klopfen.

Eine Brille baumelte um den Hals der etwa Sechzigjährigen. Mit einem Lippenstift, der drei Nuancen zu rot war, sah Lynn Hagan aus wie jemand, der in einem Diner in Jersey arbeitete. Vargas erklärte ihr, warum wir hier waren, und sie trat zur Seite.

Noch bevor ich die oberste Stufe erreichte, roch ich Zigarettenrauch. Ich drehte den Kopf, holte einen tiefen Zug frischer Luft und betrat das Mobilheim. Es war größer, als ich erwartet hatte. Eine abgenutzte Ledercouch bildete den Mittelpunkt des Wohnbereichs, und ein Eichentisch mit vier Stühlen füllte den Essbereich.

»Mrs. Hagan, wir möchten Ihnen unser Beileid zu Ihrem Verlust aussprechen.« Vargas zuckte zusammen und rieb sich den Bauch.

Hagan griff nach einer Packung Lucky Strikes. »Bobby hab ich schon vor langer Zeit verloren.« Sie nahm eine Zigarette heraus, steckte sie sich in den Mund und zündete sie mit einem blauen Feuerzeug an.

»Können Sie uns irgendetwas sagen, das uns helfen würde, zu verstehen, wer Ihrem Sohn das angetan hat?«

Die Spitze ihrer Zigarette leuchtete hellorange. Sie atmete aus und sagte: »Das hat früh angefangen, das hat es. Bobby hatte Probleme mit seinen Augen, irgendwas, das sich Uvea-

Kolobom nennt. Der Junge musste diese speziellen Brillen tragen. Er tat mir leid. Er wurde deswegen ohne Ende gehänselt. Konnte keinen Sport machen und so. Sein Vater, dieser nichtsnutzige Mistkerl, hat versucht, ihn abzuhärten – ist verdammt noch mal zu weit gegangen, das hat er.«

»Wir wissen von den Problemen Ihres Sohnes mit dem Gesetz.«

Sie lachte. »Nette Umschreibung, aber sein Vater hat ihn zu einem Kriminellen gemacht, bevor er überhaupt Auto fahren konnte. Und als der nichtsnutzige Mistkerl für immer eingebuchtet wurde, wurde Bobby noch schlimmer – wurde ständig verhaftet. Ich dachte, ein Umzug würde helfen, und als ich von einer Kirche hörte, die Leuten wie ihm hilft, sind wir hierhergekommen. Ich hab es versucht, aber ...« Ihre Stimme verlor sich, und sie zog an ihrer Zigarette.

»War das die Spirit of Fellowship Church?«

Ich wich dem Rauch aus, den sie in meine Richtung blies, während sie nickte.

Ich sagte: »Was ist mit seinen Freunden? Gibt es jemanden, den Sie kennen, der ihm nahestand, mit dem wir sprechen sollten?«

Sie schüttelte den Kopf. »Wir haben uns nicht oft gesehen. Das letzte Mal hab ich ihn vor etwa einem Jahr gesehen, vielleicht länger.«

»Fällt Ihnen niemand ein?«

Sie schüttelte den Kopf.

Sobald wir draußen waren, sagte ich: »Was ist los? Macht dir der Bauch wieder zu schaffen?«

»Nein, meine Seite. Vielleicht ist es die Niere.«

33

DIE REGENZEIT ERGOSS IHRE LETZTEN WASSERMASSEN UND verlangsamte den Verkehr auf der Airport Pulling Road auf Kriechgeschwindigkeit. Aus Sorge um Mary Ann bog ich in die Orange Blossom und dann rechts in die Goodlette Frank ab und fuhr zum NCH. Das Wetter und der Verkehr spiegelten meinen Tag wider; er hatte sonnig angefangen, dann war Leiche Nummer fünf aufgetaucht und alles war den Bach runtergegangen.

Der Verkehr staute sich an der Kreuzung zur Immokalee, und als ich versuchte, an einem Pickup vorbeizusehen, sah ich ihn: einen Honda Accord, dessen ein Rückfahrlicht leuchtete, während er an einer Ampel hielt. Derselbe Wagen, den Kelp, der in Aqua wohnte, erwähnt hatte.

Ich rückte langsam auf das Auto vor mir auf und versuchte, mich daran zu erinnern, ob Kelp erwähnt hatte, auf welcher Seite des Wagens das Rückfahrlicht an war. Bei diesem war es links. Die Ampel sprang auf Grün, und der Idiot vor mir starrte auf sein verdammtes Handy. Der Honda war außer Sichtweite, als wir uns endlich in Bewegung setzten. Ich schaltete das Blaulicht und die Sirene ein.

Die Autos machten Platz. Ich schlängelte mich durch und setzte mich hinter den Honda, der langsamer wurde und an den Straßenrand fuhr. Ich riss das Lenkrad herum, überholte den Accord und erkannte, dass es kein Rückfahrlicht, sondern eine Reflexion war. Als ich mich der Airport Pulling näherte, schaltete ich Sirene und Blaulicht aus und machte eine Kehrtwende.

Zehn Leute standen in der Besucherschlange. Ich zückte meine Marke und ging an der Absperrung vorbei. Ich verstand ja den Versuch, für Sicherheit im Krankenhaus zu sorgen, aber dass irgendein Freiwilliger einen nach dem Führerschein fragte, bevor man reingelassen wurde, war gleich null Sicherheit.

Mary Ann rührte sich und lächelte, als ich ihr Zimmer betrat. Sie sah blass und klein in dem Bett aus. In ihrem Arm steckte eine Infusionsnadel, die zu einem durchsichtigen Beutel an einem Ständer führte.

»Na toll. Du ruhst dich hier aus und überlässt es mir, die ganzen bösen Jungs einzusacken?«

Sie richtete sich auf. »Hi, Frank. So schön, dich zu sehen.«

Ich küsste sie auf die Wange. »Wie fühlst du dich?«

»Ziemlich gut. Ich habe schon eine Weile nicht mehr nach Schmerzmitteln fragen müssen.«

»Was sagt der Arzt?«

»Eine Infektion hat er ausgeschlossen. Morgen wollen sie ein paar Tests machen. Ich hoffe, ich komme um eine Darmspiegelung herum.«

»Wenn du eine brauchst, ist das keine große Sache. Hauptsache, sie finden heraus, was los ist.«

»Wahrscheinlich kann ich morgen raus. Einer der Ärzte meinte, es könnte etwas mit meinen Eierstöcken zu tun haben.«

»Eine Zyste oder so was?«

»Vielleicht. Wie geht es dir jetzt, wo wir eine fünfte Leiche haben?«

»Haines drängt immer noch auf eine Verhaftung.«

»Ja, ich weiß. Er hat es mir erzählt.«

»Er hat dich angerufen?«

»Nein, er ist heute Morgen vorbeigekommen.«

Ich sah mich im Zimmer nach Blumen um. »Warum ist er hierhergekommen?«

»Um zu sehen, wie es mir geht. Er war besorgt um mich.«

»Darauf kannst du wetten. Ich traue dem Kerl nicht.«

»Du scheinst keinem Mann zu trauen, Frank.«

Hatte sie recht? »Das stimmt nicht. Ich will ihn nur nicht in deiner Nähe haben. Er versucht, sich einzuschleimen, um uns den Fall wegzunehmen. Er glaubt, es ist Hannah, und jetzt, mit der neuen Leiche, erhöht er den Druck.«

»Das ist lächerlich. Er hat gesagt, es sei unser Fall, und das ist er auch. Er hat nichts getan, was beweist, dass er es nicht ernst gemeint hat.«

Ernst gemeint? Warum benutzte sie dieses Wort? »Wenn es ihm gelingt, alle davon zu überzeugen, Hannah zu verhaften, wird das unsere Chancen, das hier zu lösen, zunichtemachen.«

»Du glaubst wirklich nicht, dass sie es war? Das ist eine ziemliche Kehrtwende, Frank.«

»Sie ist seltsam, schräg, aber, weißt du, sie hat ein Kind verloren, und das ist etwas, wovon man sich nie wieder ganz erholt.«

»Das ist das Vernünftigste, was du seit deiner Begrüßung gesagt hast.«

Manchmal ging sie mir wirklich auf die Nerven. »Ha-ha. Ich glaube nicht, dass sie es war, und wenn Haines sich da raushält, werden wir den wahren Mistkerl schnappen, der das tut.«

»Ich hoffe, du hast recht, Frank. Aber Hannah Booth ist alles, was wir im Moment haben.«

»Wir überprüfen immer noch alle Honda Accords. Vielleicht haben wir ja endlich mal verdammtes Glück.«

Mein Handy vibrierte. »Es ist Chester. Verdammt, er wird sich wahrscheinlich wegen Hannah melden.«

Ich zeigte Mary Ann einen Daumen nach oben, während Chester sprach, und als ich auflegte, ballte ich eine Faust in der Luft. »Ja!«

»Was ist passiert?«

»Rate mal, wer letzte Nacht in einer Zelle in Lee County gesessen hat? Hannah Booth.«

»Was ist passiert?«

»Sie ist gestern Abend gegen sieben wegen Trunkenheit am Steuer aufgegriffen worden und hat die Nacht zur Ausnüchterung dort verbracht.«

»Oh mein Gott.«

»Chester hat einen Anruf von ihrem Anwalt bekommen, diesem Knight, der behauptet, dies würde seine Mandantin von den Morden entlasten.«

»Haben wir schon einen Todeszeitpunkt für Hagan?«

»Nichts Genaues, aber es sieht nach etwa acht Uhr gestern Abend aus. Unmöglich, dass es Hannah war.«

34

EINER DER LETZTEN ORTE AUF DER WELT OHNE Videoüberwachung war mein Büro, und Mann, wie ich das bereute, als Haines hereinkam.

»Hey, Frank, ich wollte nur zugeben, dass ich total falsch gelegen habe, was Hannah Booth betrifft.«

Alles, was ich hervorbrachte, war ein: »Kommt vor.«

Er legte beide Hände auf die Lehne des Stuhls vor meinem Schreibtisch. »Ich fühle mich schrecklich. Ehrlich. Ich habe eine Menge deiner Zeit verschwendet.«

»Sieht so aus, als würde man ihr das anhängen.«

»Glaubst du, es könnte ihr Mann sein, der Pfarrer?«

»Ich müsste meine Marke abgeben, wenn er es wirklich war. Er müsste ein besserer Schauspieler als Nicholson sein, um das durchzuziehen.«

»Ich wünschte, ich könnte das irgendwie wiedergutmachen. Ich werde dir nicht im Weg stehen, aber wenn du irgendetwas brauchst: Das FBI hat unbegrenzte Mittel, und sie stehen dir alle zur Verfügung – du musst nur fragen.«

»Danke. Das weiß ich zu schätzen.«

»Also, dann lasse ich dich mal weitermachen. Viel Glück.«

»Danke.«

Haines war schon halb aus der Tür, als ich sagte: »Warte mal kurz. Es ist ein weiter Schuss, aber ich verfolge eine Spur zu einem Auto, das möglicherweise an einem oder zwei der Tatorte gesehen wurde. Wie es der Zufall will, könnte es ein Honda Accord sein. Davon gibt es im verdammten County locker zwanzigtausend. Wir überprüfen sie so schnell, wie wir können, aber gibt es irgendetwas, was du vielleicht tun kannst?«

»Hm, vielleicht können wir einen Quervergleich der Besitzer durchführen und ihre Handynummern besorgen. Dann könnten wir die Telefongesellschaften dazu bringen, uns die Standortdaten zu geben und einen Abgleich mit den Tatorten durchzuführen.«

»Das kannst du machen?«

Haines lächelte. »Offiziell können wir das nicht, aber lass mich mal sehen, was ich tun kann. Vielleicht muss ich ein bisschen flunkern, um das zu bekommen, was du brauchst. Ich hoffe, das kann unter uns bleiben?«

Haines riskierte meinetwegen Kopf und Kragen? »Natürlich.«

»Dachte ich mir. Mit welcher Liste arbeitest du?«

Ich erzählte ihm, dass wir einen Quervergleich mit allen Vorbestraften gemacht hatten und ihm mitgeteilt hatten, was wir über in Collier zugelassene Honda Accords wussten.

Haines sagte: »Um etwas Zeit zu sparen, macht es dir was aus, wenn ich für eine Sekunde von Mary Anns Schreibtisch aus arbeite?«

Das tat es. »Klar, du kannst ihren Schreibtisch benutzen.«

»Okay, schick mir die Liste per E-Mail.«

Ich schickte die Liste und tat so, als würde ich arbeiten, während Haines jemanden überredete, die Datenbank der Kraftfahrzeugbehörde mit den Besitzern von Mobiltelefonen abzugleichen.

»Ich fahre kurz hoch nach Fort Myers. Er meinte, wir sollen ihnen ein paar Stunden geben.«

————

ES WAR KURZ VOR FÜNF, als Haines anrief.

»Sieh in deinem Posteingang nach, Frank. Ich habe dir gerade eine Liste mit dem Quervergleich weitergeleitet.«

Ich überflog die ersten beiden Spalten einer Excel-Tabelle. Eine enthielt eine Liste der Accord-Besitzer, und eine zweite Spalte enthielt die Handynummern der meisten von ihnen. Dann gab es für jeden der Tatorte fünf weitere Spalten, die entweder leer waren oder mit einem X markiert.

»Ich muss sagen, das ist beeindruckend, Tom. Ich schätze, nichts ist mehr wirklich privat.«

»Und es wird immer schlimmer. Wir haben Werkzeuge in der Entwicklung, die die Ärzte für Darmspiegelungen arbeitslos machen werden.«

Ich lachte. »Das ist witzig, Mann.«

»Leider ist es fast die Wahrheit. Wir haben so viele Daten, dass es schwer ist, sie zu verwalten.«

Ich wollte ihn fragen, ob er mir sagen konnte, bei welchen Autos die Rückfahrscheinwerfer nicht funktionierten, aber ich musste einige Informationen für mich behalten. »Kann ich mir vorstellen.«

»Also, bei dieser Liste wirst du feststellen, dass bei etwa fünfundzwanzig keine Handynummern dabei sind, und es ist wichtig zu bedenken, dass die Standorte davon beeinflusst werden: erstens, ob die Leute ihr Telefon anhaben, und zweitens, welchen Mobilfunkmast sie anpingen. Außerdem hindert den Mörder nichts daran, sein Telefon in manchen Nächten dabei zu haben und in anderen nicht. Wenn er oder sie so clever ist, wie wir denken, würde er oder sie wahrscheinlich das Telefon ausschalten, um für Verwirrung zu sorgen. Oder er oder sie könnte einfach ein anderes Auto benutzt haben.«

Ich war mir sicher, dass Haines hörte, wie mir der Mut sank. Dann erinnerte ich mich daran, dass jeder irgendwann Fehler macht. »Das ist hilfreich, Mann. Ich weiß das wirklich zu schätzen.«

»Jederzeit. Wenn du was brauchst, musst du nur fragen.«

Nachdem ich die Liste sortiert hatte, fand ich vierzehn Autos mit einem X in vier der fünf Kästchen und weitere neunundzwanzig, die drei von fünf hatten. Ich jagte die achtundvierzig Namen durch die Datenbank der Kraftfahrzeugbehörde und strich neun, die über fünfundsiebzig Jahre alt waren.

Der Raum verdunkelte sich, während ich durch die neununddreißig verbliebenen Namen scrollte. Ich wusste, dass ich mich auf die ersten vierzehn konzentrieren musste, als mir eine Idee kam. Ein Donnerschlag ertönte, als ich zum Telefon griff.

»Tom, hier ist Frank Luca.«

»Das ging schnell. Was gibt's?«

»Gibt es eine Möglichkeit, wie ihr herausfinden könnt, ob jemand auf dieser Liste ein Boot besitzt?«

»Keine schlechte Idee, aber es gibt keine Beweise, dass der Mörder ein Boot benutzt hat.«

»Mag sein, aber vergiss die Leiche nicht, auf die der Schwimmer gestoßen ist. Ich habe da so ein Gefühl.«

»Na gut, ich bin sicher, es gibt eine Datenbank, die wir anzapfen können, und solange das Boot registriert ist, werden wir es finden.«

»Nochmals danke, Tom.«

»Jederzeit.«

ICH LAS DIE MITTEILUNG, die der Sheriff herausgegeben hatte, in der alle Streifenwagen gebeten wurden, nach Fahrzeugen Ausschau zu halten, deren Rückfahrscheinwerfer leuchteten, während die Autos vorwärts fuhren. Ich drehte mich in meinem Stuhl um und betrachtete die Karte an der Wand hinter mir. Fünf rote Nadeln markierten die Stellen, an denen die Leichen gefunden worden waren. Jeder Ort war ziemlich abgelegen, mit Ausnahme des einen am Palm River, von dem ich sowieso annahm, dass er nach Westen getrieben war.

Mein Blick wanderte immer wieder zu dem Abschnitt der Karte, der den Gordon River zeigte. Das Gebiet westlich des Flughafens von Naples war der perfekte Ort, um eine Leiche loszuwerden. Es war relativ unbebaut und nachts praktisch menschenleer. Warum hatte der Mörder diesen Ort noch nicht benutzt? Hob er ihn sich auf? Oder wohnte er in der Nähe?

Die Überprüfung der Adressen ergab vier Personen, die weniger als eine Meile vom Fluss entfernt wohnten. Eine davon praktisch am Ufer des Flusses. Anstatt einen Streifenwagen meine Ahnung überprüfen zu lassen, notierte ich mir die Adresse und machte mich auf den Weg in den Regen.

35

ALS ICH VON DER GOODLETTE NACH MANGROVE BAY ABBOG, zerplatzten meine Erwartungen. Ethan Dwyer wohnte in einer neuen Siedlung mit eng aneinanderstehenden, weiß getäfelten Häusern im Key-West-Stil. Bei dem Gedanken, dass die architektonisch aufwendigen Häuser für über zwei Millionen Dollar verkauft wurden, wäre ich beinahe umgedreht. Aber ich rief mir ins Gedächtnis, dass man einen Menschen nie wirklich kannte.

Ein paar bernsteinfarbene Lichter schienen durch die Fenster, aber nichts rührte sich. Ich fragte mich, ob der Honda Accord hinter dem braunen Garagentor für zwei Autos stand. Nachdem ich nach meinem Holster getastet hatte, schlug ich den Kragen hoch und trabte zur Haustür.

Ein schöner Überhang schützte die Haustür, die ein verglastes Fenster hatte. Ich spähte nach einer Bewegung im Fenster und klingelte. Nichts. Ich schob mich näher an die Tür und klingelte erneut. Man hörte sie, aber niemand machte auf. Ich trabte zurück zum Auto.

Ich hasste es, einen Regenschirm zu benutzen. Wenn man ohne ihn ins Auto und wieder hinaus rannte, wurde man ein bisschen nass, aber mit einem Schirm wurde man beim Auf- und Zuklappen nass. Und das blöde Ding tropfte hinterher alles voll.

Ich fuhr eine Runde durch die kleine Siedlung und parkte schräg gegenüber von Dwyers Haus. Während ich auf das Haus starrte, überlegte ich, ob ich es beim nächsten Haus auf der Liste versuchen sollte, als ein Auto in die Siedlung einbog. Ich duckte mich. Es sah aus wie ein Honda, aber ein Civic. Er wurde langsamer, als er an Dwyers Haus vorbeifuhr, und am Steuer schien ein Mann zu sitzen.

Als der Wagen an mir vorbeifuhr, duckte ich mich und schnellte wieder hoch, in der Hoffnung, ein defektes Rückfahr- licht zu sehen. Nichts als ein Behindertenkennzeichen. Ich notierte mir die Nummer. Eine Minute später fuhr der Wagen wieder heraus und bog auf die Goodlette ab. Nachdem ich das Kennzeichen durchgegeben hatte, bestätigten sie, dass der Besitzer eine Beinprothese hatte. Ein einbeiniger Wichtigtuer im strömenden Regen?

Meine Augen waren verschwommen und das Wischen der Scheibenwischer lullte mich in den Schlaf. Ich brauchte Kaffee und fuhr zum Starbucks neben Rosedale Pizza. Eigentlich wollte ich zum Drive-in, entschied mich aber stattdessen, dass es mir das bisschen Nasswerden für eine Portion Knoblauch- stangen wert war.

Ich rannte durch den Regen und riss die Tür von Rosedale auf, belohnt durch den wohligen Geruch von Pizza und Knob- lauch. Nachdem ich überlegt hatte, ob ich mir eine kleine Pizza holen sollte, bestellte ich eine Tüte Knoblauchstangen zum Mitnehmen und lief nebenan, um mir einen Kaffee zu holen, während sie zubereitet wurden.

Während mein Kaffee zubereitet wurde, blickte ich auf die Kreuzung von Pine Ridge und Goodlette und sah einen Honda Accord, dessen rechtes Rückfahrlicht an war. Mit starrem Blick auf den Accord stürzte ich aus der Tür. Die

Barista rief mir hinterher, als ich mir meinen Weg zum Auto bahnte.

Ich schaltete die Sirene ein und riss den Wagen aus der Parklücke. Der Honda war rechts auf die Goodlette abgebogen. Ich raste ihm nach, als der Regen stärker wurde. Als wir uns der Vanderbilt Beach Road näherten, befand sich der Accord mitten auf der Kreuzung. Die Ampel sprang auf Gelb und ich trat das Gaspedal durch.

Plötzlich leuchteten die roten Lichter des Wagens vor mir auf. Ich wich nach links aus, um das langsamer werdende Auto zu umfahren, und bemerkte einen schwarzen Pickup, der bei Rot über die Ampel fuhr. Ich riss das Lenkrad nach rechts. Mein Wagen geriet ins Schleudern und schlitterte auf einen Lichtmast zu.

Ich bekam eine volle Ladung Airbag ab. Mein Genick schnellte zurück, als mein Wagen auf zwei Räder kippte. Als er wieder auf dem Boden aufkam, starrte ich auf die Front des Pickups, und wir kamen zum Stehen.

Das einzige Geräusch, das ich hörte, war das Hin und Her der Scheibenwischer. Ich verzog das Gesicht, griff zum Funkgerät und gab eine Fahndungsmeldung für den Accord durch. Langsam bewegte ich jedes meiner Glieder. Abgesehen von einem Schmerz an der Außenseite eines Knies und pochenden Kopfschmerzen war ich in Ordnung.

Über das Geräusch herannahender Sirenen hinweg öffnete ein Typ mit Ziegenbart die Fahrertür und fragte, ob es mir gut ginge. Er half mir, den Gurt zu lösen. Ich versuchte, das Krankenhaus zu vermeiden, aber als ich den Zustand meines Wagens sah und das Protokoll kannte, gab ich schnell auf.

Das Krankenhaus verschwendete drei Stunden meiner Zeit, um mir etwas zu sagen, was ich bereits wusste – nichts war gebrochen. Der Arzt schlug vor, dass ich wegen des Schleudertraumas eine Halskrause tragen sollte.

Chester schickte einen Streifenpolizisten namens Esposito,

um mich abzuholen. Er parkte unter dem Vordach, das wie ein Übungshang geformt war. Ich stieg ein und riss mir die Krause vom Hals. Ich tippte auf mein Handy und sagte: »Ich habe gehört, Sie haben den Accord bekommen.«

»Jep.«

Haines ging an den Hörer. »Tom, hier ist Frank. Ja, mir geht's gut, nur ein bisschen lädiert. Hör zu, ich brauche einen Gefallen, okay?«

Ich legte meine Hand über den Hörer und sagte zu Esposito: »Sie haben dieses Gespräch nie gehört, ist das klar?«

Esposito sagte: »Welches Gespräch?«

»Tom, ich glaube, wir haben den Kerl – sein Name ist Ethan Dwyer. Kannst du irgendwas machen, um seinen Standort mit den Tatorten in Verbindung zu bringen? Ich brauche etwas, um eine Durchsuchung zu rechtfertigen. Danke, Mann. Ich stehe in deiner Schuld.«

Der Regen prasselte auf die Windschutzscheibe, während Esposito fuhr. Ich fragte ihn: »Wo haben sie Dwyer?«

»Dwyer? Das war so ein Geschäftsmann namens Delaney.«

»Delaney?«

»Ich glaube schon. Soll ich nachsehen?«

»Nein. Sie sind sicher, dass es nicht Dwyer ist?«

»Könnte sein. Ich dachte, ich hätte Delaney gehört.«

»Wo ist er?«

»Unten in der Stadt auf Eis; sie halten ihn wegen Fahrerflucht fest.«

36

MEIN HERZ RASTE UND MEIN NACKEN TAT HÖLLISCH WEH, ALS ich mit dem Sheriff sprach. Er sagte, der Verdächtige sei nicht vorbestraft. Als er anfing, mich mit Fragen zu löchern, spielte ich die Sache deutlich herunter.

Dieser Kerl, Delaney, saß in einer Zelle im Keller fest, und ich sagte Chester, dass ich ihn auf den neuesten Stand bringen würde, nachdem ich ihn verhört hatte.

Der Aufzug ruckelte nach unten, und ein Flattern machte sich in meiner Magengegend breit. Es musste Hunger sein – Luca wurde doch nicht nervös, oder? Die Türen glitten auseinander, und ich trat auf einen grauen Betonboden. Ich hörte einen Beamten sagen: »Heben Sie sich das für den Richter auf. Und jetzt weiter.«

Ein Beamter an einem Schreibtisch hinter einem Gittertor sagte: »Hey, Luca, hab gehört, was passiert ist, Mann. Alles in Ordnung bei dir?«

»Etwas ramponiert, das ist alles. Ich schätze, ich hatte wohl ziemlich Glück.«

»Gott sei Dank, ich hab gehört, es war ein Pick-up.«

Ich nickte, während ich mich eintrug und meine Waffe auf den Tresen legte.

»Scheiße, die bauen diese verfluchten Pick-ups heutzutage wie Panzer.«

»Ist Delaney schon draußen?«

»Sie haben ihn gerade in Verhörraum zwei gebracht.«

»Danke.«

»Mann, wenn ich du wäre, würde ich mir ein paar Wochen freinehmen.«

Ich zuckte mit den Schultern. »Bis später, Tommy.«

Ich blickte durch das kleine Drahtglasfenster, musterte Thomas Delaney, und das Flattern in meiner Magengegend loderte auf. Sein tiefschwarzes Haar war streng nach hinten gekämmt und bildete einen spitzen Haaransatz. Die Ärmel seines weißen Hemdes waren hochgekrempelt und seine Hände gefaltet. Er sah aus wie ein Gordon-Gekko-Typ von der Wall Street, nicht wie ein Serienmörder.

Ich atmete tief ein und öffnete die Tür. Delaney lächelte schwach, als ich zu dem Stuhl ihm gegenüber humpelte.

»Detective Luca, der Mann, den Sie beinahe umgebracht haben.«

»I-ich wusste nicht einmal, dass Sie einen Unfall hatten. Es tut mir leid, aber ich hatte keine Ahnung, dass Sie überhaupt versucht haben, mich anzuhalten.«

Warum brauchte es immer erst mehrere Dementis, bevor die Wahrheit langsam durchsickerte?

»Wohin waren Sie unterwegs, Mr. Delaney?«

»Zu einem Freund.«

»Und woher kamen Sie?«

»Äh, von der Arbeit. Ich arbeite bei Wells Fargo, in der Nähe von Neapolitan.«

»Was machen Sie dort?«

»Ich bin Analyst, wissen Sie, ich prüfe die Bilanzen der

Unternehmen, die wir beobachten. Sehe nach, ob sich irgendwelche positiven oder negativen Trends erkennen lassen.«

»Klingt nach einem Heilmittel gegen Schlaflosigkeit.«

»Es kann eintönig sein, aber manchmal findet man einen wertvollen Hinweis, und die Bezahlung ist ziemlich gut.«

»Wohnen Sie in Pelican Bay?«

»Ja, ich habe ein Reihenhaus in Crestwood. Seit zehn Jahren schon.«

Das waren schöne Wohnungen, knapp unter einhundertfünfundachtzig Quadratmeter, die für sechshunderttausend und ein paar Zerquetschte weggingen. »Sind Sie ein religiöser Mann, Mr. Delaney?«

»Religiös? Ich würde mich nicht als religiös bezeichnen, aber ich glaube, dass es eine höhere Macht gibt, wissen Sie, was ich meine?«

»Alles andere ergibt für mich keinen Sinn. Gehen Sie in die Kirche?«

Er schüttelte den Kopf. »Früher schon, aber jetzt nur noch an den Feiertagen. Ich gehe zu Saint Williams.«

»Waren Sie jemals in der Spirit of Fellowship Church oben auf der Immokalee?«

»Nein, warum?«

»Leisten Sie ehrenamtliche Arbeit?«

»Ich bin ziemlich beschäftigt, wissen Sie, aber es ist mir nicht egal. Ich spende jedes Jahr eine beträchtliche Summe an eine Reihe von Einrichtungen: St. Matthews, den Kinderhilfsfonds, Habitat.«

Ich hob eine Hand. »Okay.«

Delaney beugte sich vor. »Wenn ich Sozialstunden oder so etwas leisten muss, um die Sache aus der Welt zu schaffen, kein Problem. Ich mach das.«

»Helfen Sie mir mal auf die Sprünge, Mr. Delaney. Sie sind auf dem Weg zu einem Freund, es schüttet wie aus Eimern und

Sie rasen bei Gelb über die Ampel. Sie wirken ziemlich konservativ – als Analyst. Warum hatten Sie es so eilig?«

»Ich habe nicht gewusst, dass Sie mir gefolgt sind. Ehrlich, ich habe es nicht gewusst.«

»Ach, kommen Sie. Ich mag es nicht, wenn man mich anlügt. Das ist, als würde man mich für dumm halten.«

»Nein, nein, so etwas denke ich auf keinen Fall.«

»Warum haben Sie dann nicht angehalten?«

Delaneys Schultern sackten in sich zusammen. »Ich will meinen Job nicht verlieren. Sie werden mich feuern, wenn sie das herausfinden.«

»Solange Sie niemanden umgebracht haben, brauchen Sie sich keine Sorgen zu machen.«

»Also, ich bin mit einer Frau zusammen. Wir verstehen uns wirklich gut, und sie, nun ja, sie raucht gerne Marihuana. Ich rauche das Zeug nicht, ich bin eher der Bourbon-Typ. Jedenfalls hat sie mich gebeten, bei einer Freundin von ihr vorbeizuschauen, um ein kleines Tütchen von dem Zeug abzuholen.«

»Ist das Zeug im Auto?«

»Nein, ich hab es aus dem Fenster geworfen.«

Der Schmerz in meinem Nacken schoss hoch, als ich begriff, dass das alles nur wegen eines kleinen Tütchens Gras passiert war.

»Okay. Mir ist aufgefallen, dass die Rückfahrscheinwerfer an Ihrem Honda nicht richtig zu funktionieren schienen.«

»Ja, dazu gibt es eine Rückrufaktion. Ich bringe ihn nächste Woche hin.«

Rückrufaktion? Scheiße, ich hatte nie daran gedacht, das zu überprüfen.

»Würden Sie einer Durchsuchung Ihres Wagens freiwillig zustimmen?«

»Absolut, ich habe nichts zu verbergen.«

»Okay, ich werde die Einverständniserklärungen vorbereiten, und wenn er sauber ist, lassen wir Sie gehen.«

»Das wird er sein – das garantiere ich Ihnen.«

»Okay, und tun Sie mir einen persönlichen Gefallen, da ich derjenige bin, der was abbekommen hat. Ich würde es begrüßen, wenn Sie eine Spende an den Rettungsdienst von Naples in Betracht ziehen würden.«

»Kein Problem. Ich helfe gerne, wo ich kann. Wirklich, gar kein Problem.«

Bevor ich zu Chester ging, zog ich mich auf die Toilette zurück. Während ich versuchte, mir das Wasserlassen abzuringen, konnte ich die Lage, in der ich mich befand, kaum fassen. Nicht nur, dass mein verdammter Nacken und mein Knie wehtaten, ich hatte auch mein Auto und meinen Ruf ruiniert. Wie zum Teufel sollte ich das nur hindrehen? Gott sei Dank war Haines mit Hannah vorgeprescht, sonst hätte Chester mich zum Sicherheitsdienst im Gerichtsgebäude strafversetzt.

Als ich mir die Hände wusch, wurde mir klar, dass es keine plausible Ausrede für meine Rücksichtslosigkeit gab, die irgendwie Sinn ergeben hätte. Ohne eine Möglichkeit, die Sache zu beschönigen, blieb mir nichts anderes übrig, als meinen Fehler einzugestehen. Ich war mir nicht sicher, woher er kam, aber mir schoss der Gedanke durch den Kopf, dass ich, da Vargas im Krankenhaus lag und der Glanz des FBI verblasst war, immer noch Chesters größte Hoffnung war, diesen Fall zu lösen.

37

Niemand würde mich als vorsichtig bezeichnen, aber nachdem Chester mich daran erinnert hatte, dass wir schon zweimal danebengehauen hatten, war es an der Zeit, einen Gang zurückzuschalten. Laut Steuerunterlagen war ein gewisser Robert DeBlasi der Eigentümer des Hauses in Mangrove Bay, auf das Ethan Dwyer seinen Honda angemeldet hatte. Entweder war er bei einem Freund untergekommen oder es war ein Ablenkungsmanöver.

Haines hatte Dwyers Handyverlauf ausgewertet und dabei war herausgekommen, dass er sich oft in der Nähe der Spirit of Fellowship Church aufhielt. Wir hatten den Honda, eine Verbindung zur Kirche und sein Handy in der Nähe von drei Tatorten am Tag, bevor die Leichen entdeckt worden waren. Unter normalen Umständen hätte ich Dwyer jetzt in einem Verhörraum zum Schwitzen gebracht, aber ich zögerte, den entscheidenden Schritt zu wagen. Es wäre schön gewesen, Vargas dabeizuhaben, der mir den Rücken freihielt, falls ich es wieder vermasselte. Bei drei Treffern war man raus, aber wenn keiner hinsah, bekam man vielleicht auch einen vierten Versuch.

Ich redete mir ein, es verstoße nicht gegen jedes Protokoll, den Eigentümer des Hauses aufzusuchen, auf das Dwyer sein Auto angemeldet hatte, und machte mich auf den Weg nach Mangrove Bay. Als ich von der Goodlette abbog, wurde ich langsamer. Ein Schmerz fuhr mir in den Nacken, als ich auf die Bremse trat. Ein dünner Mann stieg gerade in einen Accord, der in der Einfahrt geparkt war. Ich überlegte, ob ich ihm folgen sollte, nahm dann aber den Fuß von der Bremse, parkte hinter ihm ein und stieg aus.

Die Fahrertür des Accords öffnete sich. Dwyer streckte den Kopf heraus, hob die Hände und stieg aus. Er fasste sich an den unteren Rücken, machte ein Hohlkreuz und hob das Kinn dem dunkler werdenden Himmel entgegen. Dwyers grünes Hemd hing an ihm wie an einem Kleiderbügel und seine beige Hose war an der Taille zusammengerafft, sodass er einer Vogelscheuche glich. Das braune Haar meines Verdächtigen trug einen Mittelscheitel, wie Johnny Depp, nur nicht so lang.

Er war einer der Männer gewesen, die Reverend Booth geholfen hatten, Essensbeutel zu packen. »Herr Dwyer?«

Eine Windböe kam auf, als er nickte. »Ja.«

»Detective Luca, vom Sheriff's Office. Haben Sie ein paar Minuten Zeit, um sich zu unterhalten?«

»Sicher, worum geht es?«

Ich deutete auf eine dunkle Wolkenmasse über dem Gordon River und sagte: »Wir sollten besser drinnen reden.«

»In Ordnung, kommen Sie rein.« Während er sich in sein Auto beugte, um die Fernbedienung zu betätigen, spähte ich durch das Fenster des Hondas: Stoffsitze und ein Holzkreuz, das am Rückspiegel hing.

Die Zweiergarage mit dem grau gesprenkelten Boden war völlig leer, bis auf zwei Teppichläufer mit Reifenspuren und einen Stapel Fliesen. War Dwyer noch so ein Ordnungsfanatiker?

Im Haus roch es nach frischer Farbe, aber es gab keine

Möbel außer zwei Klappstühlen und einem Aluminium-Klapptisch.

»Sind Sie gerade erst eingezogen?«

Er hielt sich an der Stuhllehne fest und ließ sich langsam nieder. »Nein, ich bin seit etwa zehn Monaten hier. Es gehört mir nicht. Es ist das Haus meines Halbbruders. Ungefähr einen Monat vor dem Abschluss ist seiner Frau der Blinddarm geplatzt, und seitdem ist eines zum anderen gekommen.«

»Das tut mir leid zu hören.«

»Im Moment geht es ihr besser. Wir werden sehen, wie es weitergeht. Jedenfalls wollte er das Haus nicht leer stehen lassen, und mein Mietvertrag war ausgelaufen, also bin ich im Grunde ein Haussitter. Ich bewohne das dritte Schlafzimmer.«

Bewohne? »Wenn Sie das Wasser mögen, ist das hier ein großartiger Ort.«

»Der Strand macht mir nichts aus, aber das Bootfahren und Angeln können Sie behalten.«

»Gehen Sie gerne jagen?«

»Ein wenig, als ich oben in Wisconsin war.«

Interessant. Der Staat mit den lockersten Waffengesetzen in Amerika. Soweit ich wusste, brauchte man weder für ein Gewehr noch für eine Handfeuerwaffe eine Genehmigung.

»Ich liebe die Jagd, habe einen Haufen Gewehre, eine 30.06, eine Ruger 308, eine Savage MK 11 und ungefähr fünf weitere.«

Ich lachte.

»Was ist mit Ihnen? Besitzen Sie auch ein paar?«

Ich sah ihn ausdruckslos an.

»Was wollten Sie besprechen?«

»Ich komme gleich zur Sache. Sie gehen in die Spirit of Fellowship Church, nicht wahr?«

»Ich helfe dort ein paar Mal im Monat ehrenamtlich aus. Reverend Booth ist aufrichtig, wenn auch nachlässig.«

»Was meinen Sie damit?«

»Jakobus 4, Vers 11 belehrt uns: ›Verleumdet einander nicht, Brüder und Schwestern.‹«

Wie zum Teufel merkten die sich all diese Zitate? »Das ist wahrscheinlich eine gute Einstellung, aber in meinem Beruf bin ich darauf angewiesen, dass die Leute reden.« Ich lachte.

»Reverend Booth ist ein guter, gottesfürchtiger Mann. Er leistet eine Menge gute Arbeit. Es wird spät, und ich muss los.«

»Wie gefällt Ihnen Ihr Accord? Ich habe überlegt, mir selbst einen anzuschaffen.«

»Er ist gut, ich mag ihn, aber Autos sind mir nicht besonders wichtig.«

»Ich verstehe. Das Einzige, was mich interessiert, ist, dass er anspringt.«

Er lächelte. »Das sehe ich genauso.«

»Ich habe mich mit einem Typen unterhalten, als ich getankt habe, und er hat gesagt, dass es ein Problem mit den Rückfahrscheinwerfern gibt, irgendwas mit einem Rückruf.«

»Ja, mein Rückfahrlicht leuchtet die meiste Zeit. Ich muss einen Termin machen, um das beheben zu lassen.«

»Das ist witzig. Ein Auto, das an ein paar der Tatorte des Aquamarin-Mörders gesehen wurde, hatte dasselbe Problem.«

»Sind Sie deshalb hier? Glauben Sie, ich bin derjenige, der diese ... Männer getötet hat?«

Das war eine merkwürdige Pause. »Wir klappern nur alle Accord-Besitzer im County ab, und davon gibt es verdammt viele.«

Er kniff die Augen zusammen und fragte: »Ist das der Punkt, an dem Sie mich fragen, wo ich in den Nächten war, in denen die Morde stattfanden?«

»Ich frage nicht gern, aber ich muss etwas in den Bericht schreiben, um Sie auszuschließen. Ich brauche nicht viel, sagen wir, ein oder zwei handfeste Alibis würden genügen, um Sie von der Liste zu streichen.«

»Ich habe wahrscheinlich gearbeitet. Ich arbeite die meisten Nächte.«

»Wo arbeiten Sie?«

»Ich fahre hauptsächlich für Uber, aber ab und zu auch für Lyft.«

Verdammt. Kein Wunder, dass seine Handyaufzeichnungen ihn in den Bereichen der Tatorte verorteten.

»Kann man damit Geld verdienen?«

»Kommt drauf an. Deshalb fahre ich nur spät in der Nacht – weniger Fahrer auf der Straße, also steigen die Fahrpreise.«

»Macht Sinn. Hier unten wird es gegen acht Uhr ruhiger.«

»Ich fahre nie vor neun los, manchmal zehn.«

Bevor ich etwas sagen konnte, fügte er hinzu: »Nicht immer; oft bin ich schon um sechs draußen, Sie wissen schon, Leute zum Abendessen fahren. Manche Leute nutzen uns, um von der Arbeit nach Hause zu kommen.«

Was stimmte nun? Nie vor neun oder schon um sechs?

»Klingt nach einer Wissenschaft. Nennen Sie mir einfach einen Tag, dann kann ich von hier verschwinden. Wie wäre es mit der Nacht vom fünfundzwanzigsten Juni?«

»Lassen Sie mich einen Moment nachdenken. Ach ja, da war ich bei meinem Halbbruder. Er ist runtergekommen – es gab ein Problem mit dem Bodenbelag. Irgendein Mangel. Sie mussten einen großen Teil davon ersetzen und er musste einen Ersatz auswählen.«

»Klingt nach einem Albtraum. Aber er ist extra runtergekommen, obwohl seine Frau krank war? Ich weiß, meine Freundin wäre an die Decke gegangen, wenn ich sie allein gelassen hätte. Konnten sie ihm nicht einfach Muster schicken?«

»Es gab eine Menge Muster. Sie sind in der Garage, aber ja, ich glaube, er brauchte eine Pause und wollte runterkommen. Er hat eine Menge Geld in diesem Haus stecken.«

»Danke für die Aufklärung. Hey, haben Sie was dagegen,

mir eine kurze Führung durch dieses Haus zu geben? Ich kenne niemanden mit einem Haus wie diesem.«

»Sicher.« Er schwang seine Beine zur Seite des Stuhls und verzog das Gesicht.

»Macht Ihnen der Rücken zu schaffen?«

»Ständig.«

»Ich habe da ein paar Übungen, die helfen, wissen Sie, Dehnübungen. Die wirken wirklich.«

Er schüttelte den Kopf. »Ich habe einen Stahlstab im Rücken, versteifte Wirbel, zertrümmerte Bandscheiben, was Sie wollen.«

»Wow. Was ist passiert?«

»Von einem verdammten Betrunkenen angefahren worden. Ich habe zwei Monate im Krankenhaus gelegen. Musste wieder laufen lernen und alles.«

»Ich hoffe, der Mistkerl sitzt hinter Gittern.«

»Er hatte schon drei Anzeigen wegen Trunkenheit am Steuer gesammelt, bevor er mein Auto gerammt hat, und alles, was er bekommen hat, war eine mickrige achtzehnmonatige Haftstrafe. Das Justizsystem hat kläglich versagt.«

Ich war Teil dieses Systems, und er hatte recht. Manchmal schien es, als läge eine Hand auf der Waagschale der Justiz.

»Das ist die Master-Suite. Warten Sie, bis Sie das Badezimmer sehen – es ist wie ein Spa.«

Mir gefiel die Grau-Weiß-Palette des Badezimmers, aber was mich wirklich interessierte, war der Schlafbereich. Es stand kein einziges Möbelstück darin.

38

»Sɪɴᴅ Sɪᴇ Rᴏʙᴇʀᴛ DᴇBʟᴀsɪ?«

»Ja, wer ist am Apparat?«

»Detective Frank Luca vom Sheriff's Office in Collier County.«

»Ist etwas mit meinem Haus passiert?«

»Nein, ich habe nur ein paar Fragen zu Ihrem letzten Besuch.«

»Ich bin seit fast einem Jahr nicht mehr da unten gewesen.«

»Oh, vielleicht liegt da ein Missverständnis vor.«

»Worum geht es hier eigentlich?«

»Soweit ich weiß, passt Ihr Halbbruder, Ethan Dwyer, auf Ihr Haus auf.«

»Ja, das ist eine lange Geschichte, aber meine Frau ist krank geworden, und wir haben unseren Umzug nach Naples verschieben müssen.«

»Sie und Mr. Dwyer sind Halbbrüder?«

»Nicht ganz. Meine Eltern haben ihn als Pflegekind aufgenommen. Er hat seine Mutter schon früh verloren. Sie wurde ermordet, und er war ungefähr fünf Jahre im System, bevor er zu uns kam.«

»Nett von Ihren Eltern. Wie sind Sie mit ihm ausgekommen?«

»Ist mit Ethan alles in Ordnung? Er hat doch nichts angestellt, oder?«

»War er jemals gewalttätig?«

»Gewalttätig? Nein. Er war ein aufgeweckter Junge, klüger als ich, aber er war verschlossen, irgendwie reserviert. Er hat nie so richtig dazugehört. Er hat angefangen, viel Zeit in einer dieser evangelikalen Kirchen zu verbringen. Ich fand den Laden übertrieben, aber Ethan meinte, er mochte das Feuer, das sie hatten.«

»Erinnern Sie sich an den Namen der Kirche oder des Pastors?«

»Meine Güte, das ist eine Ewigkeit her. Daran kann ich mich nicht erinnern. Hören Sie, hat er irgendetwas getan, das ihn in Schwierigkeiten bringen könnte?«

»Es handelt sich um eine große Ermittlung, und ich ziehe alle möglichen Szenarien in Betracht. Was können Sie mir sonst noch sagen?«

»Ethan hatte einen sehr schweren Start, aber er hat seine Intelligenz verschwendet. Er hat einen wahnsinnig hohen IQ, irgendetwas über hundertdreißig, aber trotzdem ist er von Job zu Job gehüpft. Er war nie bei etwas Sinnvollem angestellt. Ethan ist ein guter Kerl, einfach orientierungslos, könnte man sagen.«

»Sonst noch etwas?«

»Wie gesagt, er hatte als Kind wirklich schlechte Karten, dann wurde er von einem Betrunkenen angefahren, und wir hätten ihn fast verloren. Er war wirklich übel zugerichtet und brauchte ein paar Operationen. Es war ein harter Kampf für ihn, wieder auf die Beine zu kommen.«

Nachdem ich das Gespräch mit DeBlasi beendet hatte, tätigte ich einen weiteren Anruf.

»Tommy Boy, hier ist Frank.«

»Tommy Boy?«

Erwischt, als ich versuchte, mich bei ihm einzuschleimen. »So habe ich früher einen Freund genannt, mit dem ich aufgewachsen bin, das ist alles.«

»Was ist aus den ... Informationen geworden?«

»Deswegen rufe ich an. Die waren hilfreich, aber ich könnte bei etwas anderem wirklich Hilfe gebrauchen.«

»Kein Problem. Wenn ich helfen kann, tue ich das.«

»Kannst du Informationen von Uber und Lyft über die Aktivitäten eines Fahrers bekommen? Du weißt schon, wo seine Fahrten anfingen und endeten.«

»Diese Tech-Firmen hüten ihre Daten wie ihren Augapfel.«

»Außer sie verkaufen sie an einen Werbetreibenden.«

»Keine Frage. Für wie viele Tage Daten suchst du denn?«

»Ich will sehen, ob ein Verdächtiger in der Nähe der Tatorte war, ob er unschuldigerweise jemanden gefahren hat oder nicht.«

»Wenn du die Namen der Fahrgäste nicht brauchst, wird es einfacher.«

»Überhaupt nicht.«

»Schick mir den Namen des Verdächtigen und die Daten vom Kraftfahrt-Bundesamt per E-Mail, und ich sehe mal, was ich tun kann.«

»Danke, Mann. Du bist meine Rettung, Alter.«

39

Mein schlechtes Gewissen verdrängte mein Mitgefühl. Mary Ann war wieder ins Krankenhaus eingeliefert worden. Sie tat mir leid, wirklich, aber der Zeitpunkt hätte nicht schlechter sein können. Ich wollte mich mit Kayla auf einen Drink in der Wine Loft in Mercato treffen. Es war egoistisch und kindisch, aber ich konnte den egozentrischen Wunsch, sie zu sehen, einfach nicht abschütteln.

Meine Uhr zeigte 17:50 Uhr an, als ich durch die Drehtür des Krankenhauses trat. Ich war früher als sonst von der Arbeit weggegangen und hatte vor, eineinhalb Stunden bei Mary Ann zu bleiben, in der Hoffnung, mich gegen halb acht davonstehlen und Kayla wie geplant treffen zu können.

Mary Ann aß gerade, als ich in ihr Zimmer kam.

»Hast du mir auch eins besorgt?«

»Hallo, Frank. Du bist ja früh dran.«

Ich küsste sie auf die Wange. »Ich habe mir Sorgen um dich gemacht. Du siehst gut aus und du isst. Kann dir also nicht allzu schlecht gehen.«

»Ich habe keine Schmerzen. Sie haben mir sofort etwas gegeben, als sie mich aufgenommen haben. Sie haben ein paar

Röntgenaufnahmen gemacht, und der Arzt meint, es ist eine Zyste an meinem rechten Eierstock.«

»Das haben sie doch das letzte Mal auch schon gesagt, oder?«

»Nicht der Arzt. Es war eine Krankenschwester, die meinte, sie hätte die gleiche Art von Schmerzen gehabt.«

»Sie hätten es damals schon untersuchen sollen.«

»Ich weiß, aber wie dem auch sei, morgen wird ein MRT gemacht, und wenn sich bestätigt, dass es das ist, was mir Probleme bereitet, habe ich übermorgen einen Eingriff.«

»Dann solltest du besser gut essen. Ich könnte eine Pizza von Rosedale holen, weil du vor der Operation nichts essen darfst.«

Bei dem Brei auf ihrem Teller drohte es mir hochzukommen. Ich konnte ihn nicht einmal ansehen.

»Du hast nichts gegessen, oder?«

»Nein. Aber das ist schon okay.«

»Willst du mein Apfelmus?« Sie hielt einen Behälter von der Größe eines Eishockey-Pucks hoch.

»Nee. Vielleicht schaue ich später, was sie in der Cafeteria haben.«

»Erzähl mir was Neues über Dwyer.«

Als wir mit dem Gespräch über den Fall fertig waren, war es halb sieben. Wir sahen uns die Nachrichten an, und mitten in *Jeopardy* kamen zwei ihrer Freundinnen herein, beladen mit Luftballons und Zeitschriften. Nach einer zehnminütigen Begrüßung holte ich zwei Stühle für sie und sah auf mein Handy.

»Frank, warum gehst du nicht?«

»Nein, schon gut«, sagte ich, was ich sagen musste, anstatt die Faust zu ballen.

»Aber du hast noch nichts gegessen, und es ist fast halb acht. Geh was essen und fahr nach Hause. Mir geht es gut.«

»Sicher? Ich will dich nicht allein lassen.«

»Wir haben eine Menge nachzuholen.«

»Ihr werdet doch nicht über mich reden, oder?«

Die Mädels kicherten wie Cheerleader.

Mary Ann sagte: »Mach schon. Geh was essen und fahr nach Hause. Wir sehen uns morgen, okay?«

»Bist du sicher?«

»Tschüss, Frank.«

Ich küsste alle drei auf die Wange und widerstand der Versuchung, aus dem Zimmer zu hüpfen. Um 19:28 Uhr drückte ich auf den Aufzugsknopf. Perfekt.

Der Aufzug und meine Stimmung sanken gleichzeitig. In der Lobby des Krankenhauses spielte ein Pianist »The Girl Who Got Away«. Ich schob die Schuldgefühle und die Tür beiseite und machte mich auf den Weg zu Kayla.

Auf dem Weg zur 41 bog ich in die River Chase Plaza ab und sprang in einen Publix-Supermarkt. Dort gab es immer Blumen. Ich schnappte mir zwei Sträuße, bezahlte und stieg wieder ins Auto.

Der Geruch von Lilien verstopfte mir die Nase. Noch ein Versehen, Luca. Mann, du lässt nach. Ich überlegte, was besser aussah, ein Strauß in jeder Hand oder beide zusammen. Ich entschied mich für den visuellen Eindruck eines großen Straußes, setzte ein Lächeln auf und trat ein.

»Frank! Ich habe gedacht, du bist nach Hause gefahren.«

»Ich konnte dich nicht mit diesen beiden hier lassen.«

»Den musst du festhalten, Mary Ann.«

Ich sagte: »Ich hole eben was von der Schwesternstation, um die hier reinzustellen.« Ich trat hinaus und schickte Kayla eine SMS, dass etwas dazwischengekommen war.

40

»Was hast du für mich, Tommy?«

»Dwyer ist in jeder der Nächte, in denen die Opfer erschossen wurden, für Uber gefahren–«

»Was?«

»Warte mal, Frank. Ich komme gerade zum interessanten Teil. Bei Uber gibt es für Fahrer ein paar verschiedene Modi. Einer ist der normale Modus, bei dem die Fahrer über eine Person in der Nähe benachrichtigt werden, die eine Fahrt sucht. Dwyer hat diesen Modus genutzt, der die Standardeinstellung ist, als er an den betreffenden Tagen zu fahren begonnen hat. Dann ist er eine Weile von der Bildfläche verschwunden, hat keine einzige Fahrt angenommen und hat dann in den sogenannten ›Nach-Hause‹-Modus gewechselt. Wenn ein Fahrer am Ende seines Tages ist und nach Hause will, gibt er sein Ziel ein, und die App sucht nach Leuten, die eine Fahrt in diese Richtung benötigen.«

»Macht Sinn. Ich habe mich schon immer gefragt, wie die Fahrer wieder nach Hause kommen.«

»Tja, es scheint, als hätte Dwyer seine Bewegungen verschleiert. Uber hat gesagt, sie hätten ihm in jeder der fraglichen Nächte Fahrten angeboten, die in die Richtung gingen, in die Dwyer angeblich wollte, aber Dwyer hat nie angenommen.«

»Ziemlich gerissen von ihm. Welchen Ort hat Dwyer bei Uber als Ziel angegeben?«

»Die Gegend um die Downtown Fifth Avenue.«

»Das ist in der Nähe seiner Unterkunft. Hast du etwas Handfestes, das wir Sheriff Chester vorlegen können?«

»Das war inoffiziell, Frank.«

»Ich brauche etwas, um einen Durchsuchungsbefehl zu bekommen. Wir müssen sein Auto und das Haus in Mangrove Bay durchsuchen.«

»Hm, das wird ein Problem. Wenn wir uns wieder an Uber wenden, werden die sich hinter dem ganzen Datenschutz-Scheiß verstecken.«

»Warum kommst du nicht einfach vorbei und erzählst dem Sheriff, was Uber dir gegeben hat?«

»Glaubst du, das macht einen Unterschied?«

»Wir haben nichts anderes, außerdem hast du bei ihm einen Stein im Brett.«

»Hatte ich mal, Frank, hatte ich mal. Nachdem ich die Hannah-Sache so vermasselt habe–«

»Quatsch. Du bist bei den Bundesbehörden, dem FBI. Chester wird es uns abkaufen.«

»Ich teile deinen Optimismus nicht, aber wenn du mich brauchst, mache ich mich auf den Weg.«

»Wir treffen uns in meinem Büro. Ich will eine geschlossene Front.«

———

HAINES KAM in einer blauen Stoffhose und einem weißen, kurzärmeligen Hemd ins Büro.

»Wo ist Ihr Sakko?«

»Im Auto. Es sind dreißig Grad draußen.«

»Tun Sie mir einen Gefallen. Ich kenne Chester; das kommt bei ihm gut an. Gehen Sie und holen Sie es.«

Ich knöpfte meinen obersten Knopf zu, zog meine Krawatte fest, zupfte den Knoten zurecht und zog mein Sakko an. Ich hatte Chester nicht gesagt, dass Haines mitkommen würde. Seine Augen sprangen zwischen Tom und mir hin und her, bevor er lächelte und aufstand.

Wir schüttelten uns die Hände. »Schön, Sie zu sehen, Tom, Frank. Setzen Sie sich. Nehmen Sie Platz. Frank hat mir nicht gesagt, dass Sie mitkommen.«

Ich sagte: »Tom und ich haben eng zusammengearbeitet. Er war eine große Hilfe.«

Chester zog die Augenbrauen hoch. »Gut.« Dann sah er mich direkt an. »So soll es auch sein. Müssen wir uns noch weiter gegenseitig beweihräuchern, bevor Sie erklären, warum Sie dieses Treffen einberufen haben?«

»Wir glauben, einen Verdächtigen für die Serienmorde identifiziert zu haben.« Chester beugte sich vor, während ich fortfuhr. »Einen neununddreißigjährigen weißen Mann namens Ethan Dwyer, einen Freiwilligen in der Spirit of Fellowship Church.«

Chester schüttelte den Kopf. »Was haben Sie gegen ihn in der Hand?«

»Handyaufzeichnungen, die belegen, dass Dwyer in den betreffenden Nächten an jedem der Tatorte war.«

»Anrufe?«

»Nein, Pings von den Funkmasten. Die sind nicht exakt, aber fünf von fünf Treffern kann man nicht wegdiskutieren.«

»Es ist nicht meine Aufgabe, zu diskutieren, Luca. Das überlasse ich den Verteidigern, und die würden mehr als genug Löcher darin finden. Ich hoffe, das ist nicht alles, was Sie haben.«

Haines sagte: »Ich stelle die Reichweite von Funkmasten

nicht infrage, aber wir konnten für zwei der Tatorte eine Triangulation durchführen, die schwer zu widerlegen sein wird. Ich bin kein Anwalt, aber diese Art von Standortdaten ist ziemlich präzise. Das hat in mehr als nur ein paar Fällen funktioniert, die wir auf Bundesebene bearbeitet haben.«

»Okay, das ist schon etwas stichhaltiger.« Chester winkte mit der Hand. »Geben Sie mir mehr.«

»In einer informellen Befragung von Dwyer habe ich ihn nach seinem Aufenthaltsort in der Nacht des Chapman-Mordes gefragt. Er hat mir eine Geschichte aufgetischt, er sei bei seinem Bruder gewesen, eigentlich seinem Halbbruder, was sich als Quatsch herausgestellt hat.«

»Ich muss Ihnen nicht sagen, dass Leute ständig lügen, um Dinge zu vertuschen, von denen sie nicht wollen, dass sie ans Licht kommen.«

Anstatt Chester zu fragen, ob er glaubte, ich sei sein leitender Mordermittler geworden, weil ich ein Idiot war, atmete ich tief durch und fuhr fort.

»Als wir Mr. Dwyer die Standortdaten seines Handys vorgelegt haben, die wir, also eigentlich Tom und das FBI, ermittelt hatten, hat Dwyer gesagt, er sei Uber-Fahrer und fahre jede Nacht. Bei dem Versuch, seinen Aufenthaltsort zu überprüfen, habe ich mich an Agent Haines gewandt. Tom, würden Sie von hier an übernehmen?«

Haines schlug die Beine übereinander. »Detective Luca war zu Recht besorgt, wie man sich gegen die Behauptung verteidigen sollte, der Verdächtige sei beruflich unterwegs gewesen. Wir haben darüber gesprochen, und ich habe einige inoffizielle Kontakte, die jede Behauptung, er habe für Uber-Kunden Fahrdienste geleistet, definitiv widerlegen.«

»Inoffiziell?«

»Das Bureau hat viel mit Uber und anderen Technologie-firmen zu tun. Öffentlich haben diese Firmen Richtlinien, die einen langwierigen Rechtsstreit erfordern, bevor sie schließlich nachgeben. In Fällen wie diesem, wo die Zeit drängt und Menschenleben auf dem Spiel stehen, hat das Bureau einen inoffiziellen Kanal entwickelt, um die benötigten Informationen zu erhalten.«

»Dwyer hat schon wieder gelogen. Er hat zur Zeit der Morde nicht gearbeitet.«

»Wir müssen das beweisen. Werden Sie Uber dazu bringen können, das offiziell zu bestätigen?«

Haines sagte: »Ich fürchte, nicht so schnell. Das wird mehrere Wochen, wenn nicht Monate dauern.«

»Sir, wenn ich darf. Das brauchen wir vielleicht gar nicht. Wir hätten gerne Ihre Hilfe bei der Beschaffung eines Durchsuchungsbefehls. Durch eine Durchsuchung von Dwyers Auto und Haus hoffen wir, handfeste, belastende Beweise zu finden.«

Chester hob eine Handfläche. »Es läuft darauf hinaus, dass Dwyer über ein Alibi gelogen hat, und Sie glauben, ein Richter wird dafür einen Durchsuchungsbefehl unterschreiben?«

Haines sagte: »Es geht um etwas mehr als nur um die Lüge über ein Alibi. Es geht darum, dass er in den fraglichen Nächten an jedem der Tatorte war.«

»An oder in der Nähe?«

»In der Nähe von mehreren, und bei den Tatorten Cornwall und Parker so nah an *an*, wie es nur geht.«

»Ich glaube nicht, dass wir genug haben.«

Haines sagte: »Ich verstehe, und ich bestreite nicht das Recht, nach anderen Maßstäben zu operieren, aber was das Bureau betrifft, so hätten wir genug.«

»Sir, wenn ich darf, würde ich gern etwas zu dem hinzufügen, was Agent Haines gesagt hat. Dieser Fall ist der berüchtigtste, den wir je in Südwest-Florida erlebt haben. Ich kann mir nicht vorstellen, dass ein Richter unseren Antrag auf eine Durchsuchung ablehnt.«

Chester sagte: »Haben Sie Levin vergessen? Dieser alte Bock behindert meine Abteilung bei jeder Gelegenheit.«

»Wir können es bei Crown oder Carr versuchen. Jeder von beiden wird es unterschreiben.«

Haines sagte: »Wenn es einen Richter gibt, der für, äh, eine informelle Empfehlung des Bureaus offen wäre, könnte das ein entscheidender Faktor sein.«

»Sie wissen, was Richter von Einmischung halten. Das könnte unsere Bemühungen zunichtemachen. Ich überlasse es dem Staatsanwalt, seinen Antrag zu formulieren.«

»Sir, wir müssen das jetzt tun. Wir glauben, der Schütze hat aus seinem Auto herausgefeuert. Jeder Schmauchspurenrückstand im Wagen zersetzt sich, während wir hier reden.«

41

Normalerweise liebte ich es, einem Verdächtigen einen Durchsuchungsbefehl auf die Brust zu knallen, aber obwohl ich Dwyer für den Mörder hielt, hatte ich keinen Hass auf ihn entwickelt. Bisher war er für mich nur ein verdammter Lügner. Ich war gespannt auf seine Reaktion.

Zwei Beamte eilten los, um die Hintertüren zu sichern, als im Nachbarhaus ein Licht anging.

Als ein Lichtstreifen am Horizont aufriss, klopfte ich an die Tür und drehte mich um.

»Collins! Häng den Honda an und schlepp ihn in die Stadt. Mulroney wartet schon drauf.«

Ich spürte, wie die Tür auf mich zuschwang, und stieß dem oberkörperfreien Dwyer, der ungläubig den Kopf schüttelte, den Durchsuchungsbefehl entgegen.

»Was machen Sie mit meinem Wagen?«

Ich starrte auf eine große Narbe, die sich über seinen Rücken zog, und sagte: »Wir haben einen Befehl zur Durchsuchung des Grundstücks und zur Beschlagnahmung Ihres Fahrzeugs.«

Dwyer trat aus dem Haus und zog sich eine schäbige Sporthose über die nicht vorhandenen Hüften. »Was zum Teufel suchen Sie eigentlich?«

Teufel? Wenn wir um sechs Uhr morgens Ihr Haus stürmten? »Treten Sie zur Seite, Mr. Dwyer.«

Mit seiner eingefallenen Brust und den knochigen Knien sah er aus wie einige der Leute im Wartezimmer meines Onkologen.

»Erwarten Sie, dass ich hier ohne Hemd und Schuhe draußen stehe? Was ist das hier, Russland?«

»Zeigen Sie mir Ihr Schlafzimmer. Sie können sich anziehen und dann bleiben Sie draußen bei Officer Brown.«

»Das ist doch Schwachsinn. Sie verschwenden nur Ihre Zeit.«

Sein Tonfall war völlig daneben. Er klang gezwungen. Dwyer verbarg etwas, aber was? Soweit ich wusste, gab es keinen stereotypen Look für Serienmörder, aber er war so weit davon entfernt, wie man nur sein konnte. Handelte er mit Drogen? Verheimlichte er irgendeinen Diebstahl?

Dwyers Schlafzimmer war rätselhaft. An einer Wand entlang standen in gleichmäßigen Abständen Schuhe aufgereiht, die in einem kniehohen Haufen aus Flip-Flops und Turnschuhen endeten. Dwyer schwang eine Falttür auf und enthüllte eine Garderobe, die nach Farbe und Höhe der darin hängenden Kleidungsstücke geordnet war.

Dwyer griff nach einer Jeans und grunzte, als er einen Haufen T-Shirts in einer Plastikkiste durchwühlte und eines mit einem abgebildeten Saxofon herauszog. Er wollte sein Handy und seine Brieftasche von einer weißgetünchten Kommode holen, auf der gleich hohe Münzstapel standen.

Ich zog einen Handschuh an und sagte: »Die müssen Sie hierlassen. Geben Sie mir die Kleidung.«

»Aber Sie haben gesagt, ich kann mich anziehen.«

»Das können Sie, aber ich muss sie zuerst durchsuchen.«

Ich tastete die Kleidung ab und sah ihm zu, wie er sich anzog, bevor ich ihn an Officer Brown übergab.

Ein Haufen schmutziger Wäsche, der in der Ecke lag, brachte nichts zum Vorschein, ließ mich aber grübeln, ob es im Haus eine funktionierende Waschküche gab. Ich blätterte durch seine Brieftasche. Eine Visa-Karte, ein Führerschein, ein Bibliotheksausweis und drei alte Bilder einer Frau, von der ich annahm, dass sie seine Mutter war. Ich legte sie wieder hin und tütete das Handy ein, dessen Bildschirm einen Riss hatte.

Eine schubladenweise Durchsuchung förderte nichts außer einem Dutzend meist leerer Flaschen Tylenol PM und Kleidung zutage. Es musste einen Ort geben, an dem Dwyer seine Papiere aufbewahrte, wie seine Geburtsurkunde, seine Diplome, seinen Pass.

Auf einem Nachttisch, der nach IKEA schrie, lagen eine King-James-Bibel, ein Buch mit dem Titel *Die wahre Bedeutung der Bibel verstehen*, ein drei Zoll dickes Buch, das mit Dutzenden von Haftnotizen gespickt war, drei verschiedenfarbige Textmarker und passende Blöcke mit Post-its. Ich schlug den Begleitband zur Bibel bei einer rosa Haftnotiz etwa auf halber Höhe auf.

In Rosa waren zwei Passagen hervorgehoben:

Jesaja 43,10, 11: Ihr seid meine Zeugen, spricht der Herr, und mein Knecht, den ich erwählt habe, damit ihr wisst und mir glaubt und versteht, dass ich es bin.

Und,

Psalmen 143,10: Lehre mich tun nach deinem Wohlgefallen, denn du bist mein Gott!

Ich las die Passagen erneut, blätterte durch den Rest des Buches und legte es behutsam wieder hin. Sobald ich die Schublade des Nachttisches aufzog, sah ich einen stumpfen Messingschlüssel, der nach Schließfach schrie. Ich machte ein Foto davon und tütete den Schlüssel ein.

Obwohl das Haus leer war, brauchten wir Zeit, um nach

Verstecken zu suchen. Es war früh, aber auf keinen Fall würde ich auf den Dachboden gehen. Das war ein Job für einen der jüngeren Cops, wie Soto. Es war unsere letzte Chance, etwas Konkretes zu finden, sonst ruhten meine Hoffnungen auf dem beschlagnahmten Auto und dem Handy.

Soto zog die Dachbodentreppe der Garage herunter und verschwand mit einer neongelben Taschenlampe bewaffnet in der Dunkelheit.

Seine Schritte wurden leiser, als er die hintersten Ecken des Dachbodens durchsuchte. Ich wollte ihn anfunken, um zu hören, was los war. Wir brauchten die Waffe.

Endlich erschien ein Bein auf der Suche nach einer Stufe, und ein schweißgebadeter Soto stieg herunter.

»Da oben ist nichts als eine tote Palmratte. Alles Schaumstoffisolierung, aber nichts, nicht mal unter der Klimaanlage.«

»Okay, danke. Ziemlich heiß da oben, was?«

»Wie in einem Ofen, Mann.«

»In Ordnung, bringen wir das hier zum Abschluss. Boaz, gib Dwyer eine Quittung und sag Brown, dass wir hier durch sind.«

———

Vargas bewegte sich vorsichtig, als sie gegen zehn Uhr hereinkam. Ihre Hose saß locker, und ich fragte mich, ob sie auch eine BH-Größe verloren hatte.

»Wurde auch Zeit, dass du auftauchst, Vargas. Typisch du, eine kleine OP als Ausrede zu benutzen, um drei Tage freizumachen.«

»Ich wollte gerade sagen, wie schön es ist, wieder da zu sein, aber das überlege ich mir noch mal.«

»Wie fühlst du dich?«

»Ganz okay. Es zwickt hier drüben ein bisschen.« Sie zeigte auf ihren Unterleib.

»Da ist der Eierstock, oder?«

»Jep, sie haben gesagt, ich soll damit rechnen, aber das macht es auch nicht angenehmer. Ich konnte nicht rumsitzen. Ich brauche etwas, das mich ablenkt.«

»Na, da bist du hier genau richtig. Ich bin wirklich froh, dass du wieder da bist.« Ich zog ihren Stuhl zurück. »Ich könnte deine Hilfe gebrauchen, um über diesen Dwyer-Typen zu reden...«

Vargas schlurfte herüber. »Na dann, legen wir los.«

Als sie sich in den Stuhl sinken ließ, sagte ich: »Sie konnten Schmauchspuren an der Beifahrertür nachweisen.«

»Er hat also aus dem Beifahrerfenster geschossen.«

»Mal sehen, wie er das wegerklärt. Und mit Dwyers Handy wurden drei der fünf Opfer angerufen. Zwei davon mehrmals.«

»Ich weiß nicht. Das klingt dürftig. Keine SMS?«

»Nada. Der Kerl ist clever. Warum sollte er sein Handy benutzen, um sie zu kontaktieren?«

»Vielleicht hatte es mit seiner ehrenamtlichen Arbeit in der Kirche zu tun. Es wäre besser, wenn alle fünf drauf wären, aber ich glaube nicht, dass das viel bedeutet, Frank.«

»Aber zwei Anrufe wurden nur wenige Stunden getätigt, bevor Chapman und Cornwall tot aufgefunden wurden. Wahrscheinlich hat er sie angerufen, um ein Treffen zu vereinbaren.«

»Letzte Nacht hast du einen Schlüssel erwähnt, der aussah, als wäre er für ein Schließfach.«

»Ich habe die Finanzermittlungseinheit beauftragt, herauszufinden, ob sie die Bank identifizieren kann. Ich hoffe, dass wir dort die Waffe finden.«

»Wenn die Banken wüssten, wie viele Waffen in ihren Schließfächern versteckt sind, würden sie es sich zweimal überlegen.«

»Wem machst du was vor? Glaubst du, die wissen das nicht?«

Vargas zuckte mit den Schultern. »Wir werden einen Durchsuchungsbefehl für das Fach brauchen, wenn der Schlüssel dafür ist. Du hast gesagt, es gab überhaupt keine Papiere im Haus. Das ist wirklich seltsam.«

»Ich weiß, aber dieser Dwyer ist von vornherein ein seltsamer Kauz. Ich hoffe, es ist nicht nur mit Papieren gefüllt.«

»Glaubst du, wir sollten Dwyer reinholen oder abwarten, was mit dem Schließfach ist?«

»Ich würde gerne einen Tag warten, damit er sich sicher fühlt, und sehen, ob wir das Bankschließfach finden können.«

Mein E-Mail-Postfach machte Ping. Ich sagte: »Der forensische Bericht ist da. Ich leite ihn dir weiter.«

»Gut.«

»Heilige Scheiße! Die Brille!«

»Was ist los?«

»Unter dem Beifahrersitz wurde eine Brille gefunden.«

»Ja?«

Ich nahm den Hörer ab. »Sie könnte von Bobby Hagan sein. Der konnte ohne Brille einen Scheiß sehen, hatte irgendeine Krankheit, uval oder wie auch immer. Hol die Hagan-Akte raus.«

»Aber er wurde im Golf treibend gefunden. Ziemlich schwierig, da seine Brille aufzubehalten.«

»Hier ist Detective Luca – im Fall Dwyer. Im Auto des Subjekts wurde eine Brille gefunden. Ich brauche die Dioptrienwerte der Gläser. Und zwar sofort. Können Sie das machen? Wenn nicht, komme ich runter, hole das Beweisstück ab und bringe es zu Fielmann.«

42

Dwyer hatte ein spöttisches Grinsen im Gesicht, als wir den Raum betraten. Während ich Vargas folgte, die sich vorsichtig zum Tisch vortastete, schoss mir die Stimme meines Vaters durch den Kopf: *Dieses Grinsen schlag ich dir aus dem Gesicht, Frankie.* Dad konnte hart sein, aber das hielt höchstens eine Stunde an. Damals war mir das nicht klar, aber ich lernte unglaublich viel von ihm über das Leben. Ich fühlte mich betrogen; er hatte mit achtundvierzig einen Herzinfarkt und war einfach weg.

Ich schob meinen Plastikstuhl nach vorne, während Vargas die Formalitäten für das Protokoll herunterleierte. Sie sagte: »Mr. Dwyer, ist Ihnen bewusst, dass Sie das Recht haben, sich bei dieser Befragung von einem Anwalt vertreten zu lassen?«

»Ja, das ist mir bewusst.«

»Und Sie verzichten darauf, von diesem Recht Gebrauch zu machen?«

»Ja.«

»Ist Ihnen bewusst, dass Ihnen, sollten Sie sich keinen Anwalt leisten können, ein Pflichtverteidiger zur Wahrung Ihrer Interessen zur Seite gestellt wird?«

»Ich brauche keinen. Außerdem würde ein Anwalt mich nur schuldig aussehen lassen.«

Ich sagte: »Mr. Dwyer, Sie sind der Besitzer eines braunen Honda Accord, Baujahr 2015, zugelassen mit dem Florida-Kennzeichen XLR309?«

Er hob einen knochigen Finger. »Ja, aber Sie haben sich bei der Nummer vertan. Es ist XRL, nicht XLR.«

Ich sah in meine Notizen. »Ja, das ist richtig, ich habe die Buchstaben vertauscht. Ihr Wagen, der Accord, wurde beschlagnahmt und durchsucht. Ich würde Ihnen gerne ein paar Fragen zu dem stellen, was wir gefunden haben.«

»Nur zu.«

»An der Beifahrertür, dem Einstieg und der Armlehne befanden sich Spuren von Schmauch.«

Dwyer lehnte sich nach rechts. »Schmauchspuren? Wie sind die denn dorthin gekommen?«

»Das ist unsere Frage. Wie sind sie dorthin gekommen? Haben Sie im Wagen eine Waffe abgefeuert?«

»Nein.«

»Hat jemand anderes im Fahrzeug eine Waffe abgefeuert?«

»Nicht, dass ich wüsste.«

»Wie erklären Sie es sich dann?«

Dwyer verlagerte sein Gewicht nach links. »Vielleicht haben sich Ihre Forensiker geirrt und die Substanz, die sie gefunden haben, mit Schmauchspuren verwechselt.«

Ich schob ein Blatt Papier über den Tisch und sagte: »Das ist der Bericht des Elektronenmikroskops. Wie hier aufgeführt, beweist die Röntgenspektrometrie das Vorhandensein von Blei, Antimon und Barium in einem Verhältnis, das den Merkmalen von Schmauchspuren entspricht.«

Dwyer studierte den Bericht. Unmöglich konnte er ihn lesen. Er schindete nur Zeit.

»Die Partikelanzahl von Barium und Antimon liegt kaum

im akzeptablen Bereich. Das ist ein fragwürdiger Bericht.« Er schnippte mir das Dokument wieder zu.

»Kaum oder nicht, sie liegt im Bereich. Die Rückstände stammen von einer Schusswaffe.«

»Wie gesagt, fragwürdig. Es könnte einfach von den Bremsbelägen meines Autos stammen. Das ist meiner Meinung nach eine logischere Schlussfolgerung.«

Was zum Teufel? Bremsbeläge hatten tatsächlich ähnliche Profile, aber das bewies gar nichts. »Ich bin nicht hier, um die Ergebnisse zu diskutieren.«

»Ich glaube, Sie waren derjenige, der den Bericht zur Sprache gebracht hat.«

Vargas sagte: »Auf Ihrem Handy, das bei der Durchsuchung beschlagnahmt wurde, sind Anrufe zwischen Ihnen und mehreren der Opfer verzeichnet.«

»Definieren Sie ›mehrere‹, bitte.«

Vargas räusperte sich. »Chapman und Cornwall.«

»›Mehrere‹ ist der falsche Begriff. Man verwendet es nur bei mehr als zwei.«

»Danke für die Englischstunde, mein Freund. Beantworten Sie die Frage der Dame.«

»Tut mir leid, Detective, aber das war keine Frage, nur eine Feststellung.«

Dwyer war ein Klugscheißer, aber ein höflicher. »Lassen Sie es mich anders formulieren. Sie hatten mehrere Anrufe mit zwei der Opfer. Worum ging es in diesen Gesprächen?«

»Ich erinnere mich nicht genau, aber ich bin aktiver Freiwilliger in der Spirit of Fellowship Church und habe beide Männer dort getroffen. Ich bin sicher, die Anrufe haben mit den kirchlichen Diensten zu tun gehabt, in die ich involviert bin.«

»Haben diese kirchlichen Dienste Sie auch mit Shaun Parker, Brett Tinder und Bobby Hagan in Kontakt gebracht?«

Dwyer strich sich über ein Kinn, das spitz genug war, um

ihm in die Finger zu schneiden. »Ich glaube, die arbeiten in der Kirche. Ich bin nur ein Freiwilliger. Ich sehe sie in der Kirche, und manchmal arbeiten wir zusammen.«

»Das nehme ich als Ja. Sie kannten alle fünf Männer?«

»In unterschiedlichem Maße.«

»Sie kannten Chapman und Cornwall gut genug, um mit ihnen zu telefonieren. Wie gut kannten Sie die anderen, zum Beispiel Bobby Hagan?«

Dwyer verzog das Gesicht und zog die Schultern hoch. »Nicht gut. Wir kannten uns kaum.«

»Hm. Das ist interessant. Sie kannten Bobby Hagan kaum.«

»Das ist richtig.«

»Wie erklären Sie dann, dass wir seine Brille in Ihrem Auto gefunden haben?«

Dwyer verzog eine Grimasse, legte die Hände auf die Stuhlkante und rückte sich zurecht. »Mein Rücken wird steif, wenn ich zu lange in einer Position sitze.«

Vargas sagte: »Möchten Sie eine Pause machen und sich strecken?«

»Das wäre wunderbar.«

Dwyer stand auf, legte die Hände auf den Tisch und machte ein Hohlkreuz, während Vargas in das Mikrofon sprach: »Die Befragung von Ethan Dwyer wird pausiert.«

Vargas schaltete das Aufnahmegerät aus, und ich folgte ihr aus dem Raum.

»Dieser Wichser hält sich für klüger als wir.«

»Was sollte das mit dem Schmauchbericht? Hat er als Wissenschaftler gearbeitet oder so?«

»Nein, aber sein Bruder sagte, er hätte einen hohen IQ, über einhundertdreißig.«

»Und er fährt für Uber?«

»Du weißt ja, was ich immer sage: »Genie und Wahnsinn liegen nur ein Haar breit auseinander.««

»Dwyer ist kaum wahnsinnig, Frank. Tatsächlich hat er sich

nicht nur unter Kontrolle, sondern er scheint auch selbstbewusst zu sein.«

»Wir gehen wieder rein und nehmen ihn hart ran. Bringen ihn aus dem Konzept.«

Vargas nickte. »Willst du einen Kaffee?«

»Ja. Hey, wie geht's deinem Bauch?«

»Ich weiß nicht, ob es die Ablenkung ist, aber es fühlt sich tatsächlich besser an.«

»Super. Willst du Mr. Ivy League fragen, ob er etwas will? Wahrscheinlich verlangt er nach einem verdammten Perrier.«

Vargas legte einen Schalter um und sagte: »Fortsetzung der Befragung von Ethan Dwyer durch die Detectives Vargas und Luca.« An Dwyer gewandt, sagte sie: »Fühlen Sie sich jetzt besser?«

»Ja, ich weiß die Gelegenheit, mich zu strecken, zu schätzen.«

Ich sagte: »Zurück zur Brille. Wie ist Bobby Hagans Brille unter den Beifahrersitz Ihres Autos gelangt?«

Eine Ader an Dwyers Schläfe pochte. »Ich weiß es nicht. Ich könnte spekulieren, dass er sie wahrscheinlich hat fallen lassen.«

»Bobby Hagan war ein Mitfahrer in Ihrem Honda Accord von 2015?«

»Ich habe ihn ein- oder zweimal mitgenommen.«

Vargas sagte: »Wohin haben Sie Mr. Hagan gefahren?«

»Ich erinnere mich nicht genau, aber es hatte etwas mit Kirchenangelegenheiten zu tun.«

Ich sagte: »Hagan hat sie in Ihrem Auto fallen lassen. Ist das richtig?«

»Das ist das wahrscheinliche Szenario.«

»Und als Sie ihn dorthin gefahren haben, wo auch immer Sie hinfuhren, stieg er aus und ließ seine Brille zurück?«

»Das ist eine plausible Erklärung.«

»Bobby Hagan hatte eine Sehstörung, die als Aderhautkolobom bekannt ist. Ohne seine Brille war er fast blind. Auf keinen Fall lässt Hagan seine Brille zurück. Oh, doch, es gibt eine Möglichkeit: Wenn er gezwungen wurde, sagen wir mit einer Waffe am Kopf, dann würde er wohl alles zurücklassen.«

»Ich kann nur für meine eigenen Handlungen Verantwortung übernehmen.«

»Haben Sie gesehen, wie Bobby Hagan seine Brille abgenommen oder fallen gelassen hat?«

»Er hat sie ständig abgenommen und mit einem Mikrofasertuch geputzt.«

»Würden Sie zustimmen, dass es ungewöhnlich für jemanden ist, der ohne Brille praktisch blind ist, diese zurückzulassen?«

»Leute tun alle möglichen ungewöhnlichen Dinge. Vielleicht hatte er eine zweite Brille dabei.«

Ich bin ein Mordermittler. Daran muss mich kaum jemand erinnern. Wir spielten noch eine halbe Stunde lang verbales Pingpong, kamen aber nicht weiter. Wir hatten die Schmauchspuren, ein paar Anrufe und Hagans Brille. Wir brauchten mehr. Als ich ihm sagte, dass wir für heute fertig seien, verwandelte sich Dwyers spöttisches Grinsen in ein Lächeln.

Wir eskortierten Dwyer aus dem Gebäude und sahen zu, wie die Strichmännchen-Figur in ein Uber stieg, bevor ich sagte: »Wenn wir dieses Schließfach finden, wird ihm das Lächeln vergehen.«

43

ICH HATTE DAS GEFÜHL, DASS WIR ENDLICH EINEN DURCHBRUCH erzielt hatten; die Jungs von der Abteilung für Wirtschaftskriminalität hatten den Schlüssel als einen solchen identifiziert, wie ihn die First Integrity Bank verwendete. Sie hatte nur vier Filialen in Naples. Nachdem wir eine Filiale am Pine Ridge ausgeschlossen hatten, kamen wir bei ihrer Filiale am Anchor Rode Drive in Park Shore an. Die Köpfe drehten sich, und ein Gemurmel ging um, als Vargas, ich und ein uniformierter Beamter an den Schaltern vorbei zum Verwaltungsbereich gingen.

Die Augen des Filialleiters huschten über den Hauptbereich der Bank, als man ihm den Durchsuchungsbefehl zeigte. Er eskortierte uns schnell in einen kleinen Wartebereich, außerhalb der Sichtweite seiner Kunden. Der Leiter tippte auf ein Terminal. »Ethan Dwyer, Schließfach 9012. Hier entlang, bitte.«

Er gab eine Nummer in ein Tastenfeld ein und öffnete eine Tür, die in einen Raum führte, dessen drei Wände mit Stahlfächern ausgekleidet waren. Dwyers befand sich auf der linken Seite der Rückwand, das sechste von unten. Der Leiter kramte in seiner Tasche, holte einen glänzenden Schlüssel hervor, den er ins Schloss steckte und umdrehte. Die kleine Tür des Fachs schwang auf, und er zog eine etwa fünfundzwanzig Zentimeter große Kiste heraus, die ein eigenes Schloss hatte, und stellte sie auf den schmalen Tisch im Raum.

»Soll ich draußen warten?«

Vargas sagte: »Nein, bitte bleiben Sie dabei.«

Der Beamte zog einen Handbohrer aus seiner Tasche, überprüfte das Schloss und setzte einen passenden Bohrer an. Er brauchte weniger als dreißig Sekunden, um das Schloss aufzubrechen. Der Beamte trat zur Seite.

Vargas und ich wechselten einen Blick, bevor ich langsam den Deckel abnahm. Obenauf, in einer Plastiktüte, lag ein Reisepass auf einem Stapel Dokumente. Es schien, als wäre keine Pistole oder irgendeine andere Waffe darin. Ich holte den Inhalt heraus, verteilte ihn auf dem Tisch und flüsterte: »Keine verdammte Waffe.«

Dwyers Autokredit- und Fahrzeugpapiere befanden sich in einer Plastikhülle. Ich gab sie Vargas und durchwühlte Dwyers College- und Highschool-Zeugnisse, bevor ich einen dicken blauen Umschlag in einem Ziploc-Beutel entdeckte. Im Umschlag waren mehrere Bündel, die wie Erinnerungsstücke aussahen. Eine Klammer hielt etwa zwanzig Fotos von Dwyer als Baby und Kleinkind zusammen. Auf jeder Aufnahme war er mit seiner Mutter zu sehen. Das nächste Bündel enthielt Zeitungsausschnitte. Ich klappte sie auf.

Ein Bild einer Frau, die Dwyers Mutter sein musste, starrte mich unter einer Schlagzeile an, die lautete: »Frau aus Green Bay vergewaltigt, gefoltert und ermordet«. Ich überflog den Artikel, und da stand es – Darlene Dwyer. Die Vierunddreißigjährige war Dwyers Mutter.

Zwei weitere Artikel im Stapel erzählten die Geschichte der Suche nach Darlene Dwyers Mörder. Ein Kloß bildete sich in meinem Hals, als ich eine weitere Schlagzeile las: »Sohn gefolterter Frau jetzt Mündel des Staates«.

Ein Ausschnitt, gefaltet wie eine Serviette, entfaltete sich zur Titelseite der *Green Bay Press*. Die Schlagzeile lautete: »Mörder in Madison gefasst«. Ich ließ meine Augen über die Seite schweifen, zeigte auf den Artikel und sagte: »Vargas, sieh dir das an.«

»Was ist damit?«

»Hagan. Ich wette, das ist der Vater von Bobby Hagan. Das könnte eine Art Rachemord sein.«

»Aber es gibt vier weitere Leichen.«

»Es muss eine Verbindung geben.«

Es gab einen weiteren Artikel, und der handelte von einem Autounfall. Es gab ein winziges Bild eines Hubschraubers auf der Interstate. Obwohl keine Namen erwähnt wurden, musste es der Unfall sein, in den ein betrunkener Fahrer und Dwyer verwickelt waren.

»Dieser Dwyer sammelt wohl gerne schlechte Nachrichten. Ich weiß nicht, wie es dir geht, Vargas, aber ich würde so etwas niemals aufheben.«

»Er hat einiges an Pech gehabt.«

»Und wir auch. Ich habe wirklich gedacht, dass wir die Mordwaffe finden würden.«

»Ich auch. Da der Durchsuchungsbefehl nur auf die Waffe beschränkt war, lass uns davon ein paar Fotos machen.«

———

Vargas war von der Verbindung zu Hagan nicht überzeugt und hielt sie für reinen Zufall. Ihre stärksten Argumente bezogen sich auf die lange Zeit, die vergangen war, und darauf, dass Hagan Opfer Nummer fünf war. Wenn er ein Ziel war, warum ihn nicht zuerst töten? Das waren ausgezeichnete Fragen, aber ich hatte nichts anderes.

Aus Angst, dass Vargas' Rolle als Advocatus Diaboli Chester beeinflussen würde, sagte ich ihr, sie solle sich ausruhen, und ging die Treppe hinauf, um den Sheriff aufzusuchen. Mit jedem Schritt wuchsen meine Zweifel. Es begann sich so anzufühlen, als würde ich einem Phantom nachjagen, nicht einem Mörder.

Chester legte ein Dokument beiseite und erhob sich mit einem Lächeln und ausgestreckter Hand.

»Schön, Sie zu sehen, Detective.«

»Ganz meinerseits, Sir.«

»Was haben Sie?«

Ich wollte ihm nicht die gute Laune verderben. »Es muss eine Verbindung geben – Hagans Vater hat Dwyers Mutter getötet. Ich möchte Dwyer wieder vorladen und diese Richtung weiterverfolgen.«

»Ich neige dazu, Ihnen zuzustimmen, aber das war vor dreißig Jahren.«

»Er war ein Kind, als es passierte – fünfzehn bis zwanzig Jahre, bevor er etwas tun konnte. Agent Haines sagte, es sei nicht ungewöhnlich, bei einem Rachefeldzug lange zu warten.«

»Hat er das?«

Nein, hatte er nicht. »Ja, so was in der Art, dass es zwei Arten von Rachemorden gibt – die, die sofort zur Tat schreiten, und die, die planen und dabei innerlich zerfressen werden.«

»Die einzige gute Rache ist eine, die zu weit gegangen ist.«

Was? Stahl Chester jetzt meine Zitate? »Das gefällt mir, Sir.«

»Und warum würde Dwyer die anderen töten? Und nicht zuerst Hagan?«

»Wir überprüfen die Hintergründe der Opfer und jegliche Überschneidungen mit Dwyer.«

»Haben Sie diese Möglichkeiten nicht schon geprüft?«

»Ja. Aber wir sehen genauer hin. Ob es vielleicht Verbindungen gab, die nicht offensichtlich waren. Ich hoffe, eine weitere Befragung von Dwyer wird helfen.«

»Seit dem Hagan-Mord ist es ruhig geblieben. Vielleicht hat sich Dwyer zurückgezogen, weil Sie ihn im Visier haben, oder er ist fertig. Wie auch immer, ich könnte mich an ein Leben gewöhnen, wie es war, bevor das alles anfing.«

»Ich auch.«

»Holen Sie ihn rein, und sehen Sie, was Sie aus ihm herausbekommen. Wir haben nichts zu verlieren.«

Ich stand auf. »Danke, Sir.«

»Wie geht es Detective Vargas?«

»Es geht ihr gut, Sir. Es ist gut, sie wieder dabeizuhaben.«

»Gut. Wissen Sie, Sie beide geben ein gutes Paar ab.«

Was? »Äh, Paar?«

Chester lächelte. »Ich schätze, ich meinte Partner.«

Was meinte Chester damit? Hatte er von Mary Ann und mir erfahren? Ich brauchte nicht noch etwas, worüber ich nachdenken musste. Verdammt, wenn sie es wüssten, wären wir gezwungen, in verschiedenen Schichten zu arbeiten. Wer würde mir dann bei diesem Fall helfen?

————

WIR BEOBACHTETEN Ethan Dwyer durch das Fenster in der Tür des Verhörraums. Vargas sagte: »Dieser Kerl hat in seinem Leben eine Menge durchgemacht. Wenn er es getan hat, hat er viele Gründe, aus der Bahn zu geraten.«

»Es gibt keinen Grund, jemanden zu töten. Es ist mir egal, was man durchgemacht hat.«

Dwyer knöpfte einen Hemdknopf auf und Vargas sagte: »Ich dachte, du hast gesagt, du hättest die Klimaanlage nicht hochgedreht.«

»Habe ich ... habe ich nicht.«

Vargas schüttelte den Kopf. »Es sind zwanzig Minuten vergangen. Willst du jetzt anfangen?«

»Gib ihm noch zehn. Ich gehe mal pinkeln.«

»Das bedeutet zwanzig. Mach nur, ich hole mir einen Kaffee.«

Als wir die Tür aufschwangen, schüttelte Vargas den Kopf. Es war gut fünf Grad wärmer im Raum.

»Äh, lassen Sie mich die Klimaanlage runterdrehen. Tut mir leid, Mr. Dwyer.«

Nennt mich verrückt, aber ich genoss es, Verdächtige aus der Fassung zu bringen. Es verschob die Atmosphäre zu meinen Gunsten.

Vargas und Dwyer lachten, als ich wieder hereinkam. »Wollen Sie mich in den Witz einweihen?«

Vargas sagte: »Es ist nichts, Frank, äh, Detective Luca.«

»Sie hat mich gefragt, ob ich etwas zu trinken möchte. Das hat mich daran erinnert, wie ich früher in der Pflegefamilie immer darauf geachtet habe, genug Schokoladensirup für meine Milch zu haben.«

Ich zog einen Stuhl heraus und murmelte: »Klingt faszinierend.« Vargas warf mir einen bösen, nein, einen vernichtenden Blick zu und sprach die Formalitäten ins Mikrofon.

Dwyer trug ein blaues Hemd mit einem winzigen Fleck im Bauchnabelbereich. Ich sagte: »Wir wollten Ihnen einige Fragen stellen zu dem, was wir in dem Schließfach gefunden haben, das Sie bei First Integrity am Anchor Rode unterhalten.«

»Wenn Sie den Anstand besessen hätten zu fragen, hätte ich Ihnen Zugang zu meinem Schließfach gewährt.«

»So läuft das nicht mit einem Durchsuchungsbefehl, Mr. Dwyer.«

»Ich habe nichts zu verbergen, Detective. Ich fürchte, Sie verschwenden Ihre Zeit mit mir.«

»Danke für Ihre Besorgnis. Nun, wie Sie wissen, gab es

mehrere Zeitungsartikel, die sich auf den Mord an Ihrer Mutter bezogen.«

Dwyer blinzelte bei dem Wort Mutter, sagte aber nichts dazu.

Vargas sagte: »Es muss traumatisch gewesen sein, seine Mutter in so jungen Jahren zu verlieren.«

Dwyer nickte und zog die Lippen ein. »Unvorstellbar, ein absoluter Albtraum. Ich war erst acht. Meine Mutter war alles. Meine ganze Welt – weg.« Er schnippte mit den Fingern. »Einfach so.«

»Ich bin sicher, es war schwierig.«

»Schwierig? Wissen Sie, wie es ist, von einem liebevollen, sicheren Zuhause in eine zwielichtige Baracke zu kommen, wo man für sich selbst sorgen muss, sonst wurde man in seiner verdammten Unterwäsche Reste essen?«

»Ich wollte die Situation, in der Sie waren, nicht verharmlosen, Mr. Dwyer. Ich bin mir sicher, es war unbeschreiblich für jeden, der nicht dabei war.«

Dwyer verzog das Gesicht und zupfte an einem Fingernagel.

»Falls wir uns auf den Mörder Ihrer Mutter, Paul Hagan, konzentrieren könnten. Sein Sohn, Bobby, wurde treibend im Golf von Mexiko gefunden.«

»Habe ich gehört.«

»Das ist ein ziemlicher Zufall, nicht wahr?«

»Was?«

»Dass der Sohn des Mannes, der Ihre Mutter ermordet hat, jemand ist, den Sie kannten und der nun tot ist.«

»Unterstellen Sie mir, ein selbsternannter Rächer zu sein?«

»Selbsternannter Rächer. Das ist eine gute Umschreibung.«

Dwyer atmete aus. »Hören Sie, meine Mutter ist vor langer Zeit gestorben. Der Mann, der sie gefoltert und getötet hat, wurde verhaftet und inhaftiert. Ich konnte nichts dagegen tun.«

»Sie waren damals erst acht.«

»Oh, Sie glauben also, dass ich seit dreißig Jahren diesen Wunsch gehegt habe, den Mord an meiner Mutter zu sühnen, und ihn jetzt endlich in die Tat umgesetzt habe?«

»Das würde sicherlich eine Menge erklären, nicht wahr, Detective Vargas?«

Vargas sagte: »Sie sind vor etwa fünfzehn Jahren hierher gezogen?«

»Ja, das kommt ungefähr hin.«

Sie sagte: »War das, um Paul Hagan zu folgen?«

»Nein, natürlich nicht.«

Vargas fuhr fort: »Nur ein weiterer Zufall also, dass Bobby Hagan nur ein Jahr vor Ihnen nach Florida gezogen ist?«

»Sehen Sie, ich bin umgezogen, nachdem ich mich von meinem Unfall erholt hatte.« Dwyer beugte sich vor. »Wissen Sie, was ich durchgemacht habe? Wissen Sie das? Sechs Monate im Krankenhaus, konnte nicht laufen. Ich war ein verdammtes Wrack, mein Rücken schmerzte ständig. Ich brauchte ein warmes Klima.« Er lehnte sich zurück. »Mein Arzt sagte, es würde bei den Gelenkschmerzen helfen.«

Vargas sagte: »Ich verstehe; das ergibt Sinn. Aber wie haben Sie Bobby Hagan kennengelernt?«

»Er hat in der Kirche gearbeitet. Dort habe ich ihn getroffen.«

»Wie sind Sie auf die Spirit of Fellowship Church gekommen? Die ist nicht gerade um die Ecke.«

Er lachte. »Sie ist etwas abgelegen, aber ein kleiner Preis für Gott.«

Ich sagte: »Wollen Sie uns erzählen, wie Sie die Kirche gefunden haben?«

»Sie wurde mir von einem Freund empfohlen, der sagte, Minister Booth halte gute Predigten und sei ein inspirierender Mann.«

Ich sagte: »Das ist noch so ein verdammt großer Zufall.«

»Das ist der Unterschied zwischen uns Gläubigen. Ungläu-
bige stufen Dinge gerne als Zufall ein, aber ich glaube, es sind
die Hände Gottes. Er hat mich dorthin geführt, um von
Minister Booth inspiriert zu werden.«

»Er ist eine ziemlich beeindruckende Persönlichkeit, nicht
wahr?«

»Minister Booth ist das, was ich einen Erwecker nenne. Er
rüttelt einen auf, dringt zur Wurzel dessen vor, was Gott von
uns will. Ich wünschte nur, er wäre proaktiver.«

»Inwiefern?«

»Sagen wir einfach, seine Taten halten nicht, was seine
Worte versprechen.«

»Ich verstehe nicht.«

»Gott sagt uns, nicht schlecht über unsere Brüder zu reden.
Timotheus 5,19: ›Nimm eine Klage gegen einen Ältesten nicht
an‹.«

Was nun, Dwyer? Mögen Sie den Minister oder nicht? Ich
sagte: »Wie bald, nachdem Sie hierher gezogen waren, sind Sie
der Spirit of Fellowship Church beigetreten?«

»Ich weiß nicht, ein paar Monate oder so.«

»Wie gut kannten Sie Chapman, Tinder, Cornwall, Parker
und Hagan?«

»Das habe ich Ihnen schon beim letzten Mal gesagt, als Sie
gefragt haben.«

»Sagen Sie es uns noch einmal.«

»Ich versuche zu kooperieren, wirklich, aber das hier
grenzt an Lächerlichkeit.« Dwyer stand vorsichtig auf.

»Wo wollen Sie hin?«

»Mein Rücken macht mir zu schaffen, und ich bin hiermit
fertig. Wenn Sie diese Schikane fortsetzen wollen, werde ich
einen Anwalt einschalten.«

44

»Der Kerl hat Nerven. Einfach aus einer Befragung rausspazieren.«

»Er hat ein Recht darauf, vertreten zu werden. Ehrlich gesagt wundert es mich, dass er sich bei all der Aufmerksamkeit, die wir ihm geschenkt haben, noch keinen Anwalt genommen hat.«

»Der Kerl ist ein Rätsel. Ich weiß, es tut dir leid, wie sein Leben verlaufen ist, aber das ist keine Entschuldigung. Mit dem ist irgendwas.«

»Versteh mich nicht falsch, aber glaubst du, er ist es, weil wir niemanden anderen haben?«

»Nein. Natürlich nicht, außerdem haben wir Hannah Booth nie ausgeschlossen.«

»Lass uns das mal aufzeichnen«, sagte Vargas. Sie stand von ihrem Stuhl auf und fasste sich an die Seite.

»Alles in Ordnung?«

»Ja, bin nur zu schnell aufgestanden.«

»Sicher?«

»Ja, es hat sich gut angefühlt.«

Vargas schnappte sich einen Stift und schrieb Dwyer in

Großbuchstaben. Sie sagte: »Was haben wir an handfesten Beweisen? Schmauchspuren in seinem Wagen.« Sie schrieb *Schmauchspuren* unter Dwyer.

»Und sein Wagentyp wurde von zwei Zeugen gesehen.«

»Das ist nicht handfest, Frank. Es gibt Tausende von Accords in diesem County.«

Vargas zog einen senkrechten Strich neben *GSR* und schrieb *Accord* auf die rechte Seite des Strichs.

»Hagans Brille, die in Dwyers Wagen gefunden wurde, ist so handfest wie es nur geht.«

»Zweifellos, es sei denn, wir finden heraus, dass er eine Ersatzbrille dabeihatte.«

»Warum sollte er eine Brille zurücklassen? Dwyer hat ihm wahrscheinlich eine Waffe an den Kopf gehalten und Hagan ist in Panik geraten. Als er aus dem Wagen hastete, ist sie ihm vom Gesicht gefallen.«

»Das ist möglich. Wir müssen herausfinden, wer sein Augenarzt war und ob und wann er eine neue Brille bekommen hat.«

»Sein Zustand – ich frage mich, ob er sich mit der Zeit verschlimmert hat. Wenn ja, wäre eine alte Brille nicht mehr gut gewesen.«

»Guter Punkt. Das müssen wir überprüfen.« Vargas schrieb *Brille des Opfers* unter *GSR*. »So, wir haben ein paar Anrufe und Kontakt zu den Opfern über die Kirche.« Sie schrieb *kannte alle Opfer* auf die linke Seite, unter *Brille des Opfers*.

Mein Magen knurrte. »Hagans Vater hat seine Mutter umgebracht. Handfester geht's nicht.«

»Das ist eine Verbindung, die schwer zu erklären ist, aber wir brauchen etwas, das beweist, dass es Rache war, und dann müssten wir die Motive für die anderen Morde aufdecken.«

»Vielleicht wollte er nur für Ablenkung sorgen.«

»Vier andere töten, nur um abzulenken?«

Ich wusste, dass es lächerlich war, aber die Fakten zeigten, dass wir nichts Konkretes gegen Dwyer in der Hand hatten.

»Er ist innerhalb weniger Monate nach Hagans Umzug hierhergezogen.«

»Hagan war davor in Wisconsin?«

»Ja, genau wie Dwyer.«

»Warum sollte er warten, bis Hagan umzieht, um ihn zu töten?«

»Mann, wenn ich das nur wüsste. Er könnte es versucht haben, man weiß ja nie.«

»Meinst du, wir sollten uns Hannah Booth noch mal ansehen?«

Ich zuckte mit den Schultern.

»Wir haben ihre Haare an einem Opfer und die Waffe, die bei zwei Morden benutzt wurde, wurde in ihrem Büro gefunden. Das ist weitaus mehr, als wir gegen Dwyer haben.«

»Aber als der letzte Mord passiert ist, hat sie in einer Zelle in Lee County gesessen.«

»A: Da der Todeszeitpunkt durch Hagans Treiben im Golf unklar ist, könnte sie ihn getötet und sich dann betrunken haben. Um zu vergessen, was sie gerade getan hat. Und B: Vielleicht haben wir zwei Mörder. Hannah Booth hat die ersten vier getötet und Dwyer den fünften.«

Daran hatte ich noch nie gedacht. Vargas war mir wieder einen Schritt voraus. »Vielleicht hat Dwyer gesehen, wie sehr Hannah unter Druck stand, und das genutzt, um die Rechnung mit Hagan zu begleichen. Dem sollten wir nachgehen, aber vergiss nicht, dass die zweite Waffe auch benutzt wurde, um Parker zu töten.«

»Das hatte ich vergessen.«

Punkt für Luca. »Vielleicht hat Hannah zwei Waffen benutzt. Dwyer war oft in der Kirche und hatte Zugang zu Hannahs Büro.« Es war ein dummer Gedanke. »Warum schauen wir nicht, ob er irgendwelche Verbindungen zu Parker hatte? Vielleicht war es Hannah für drei und Dwyer für zwei.«

»Das wäre verrückt, Frank.«

»Verrückt ist das Geschäft, in dem wir stecken, Sonnenschein.«

Vargas' Gesicht erhellte sich zu einem Lächeln, das man nicht mehr gesehen hatte, seit sie krank gewesen war.

»Lass uns was zu essen holen. Ich verhungere. Was sagst du dazu, wenn wir uns Sandwiches bei Dolce & Salato holen und uns auf eine Bank am Strand setzen?«

———

NACH DEM MITTAGESSEN fuhr Vargas zum Gerichtsmediziner, um den Todeszeitpunkt zu besprechen, und ich hängte mich ans Telefon.

»Mrs. Hagan? Hier ist Detective Luca, erinnern Sie sich an mich?«

Ich hatte gehofft, sie würde so etwas sagen wie: »Sicher, Sie sind doch der, der aussieht wie George Clooney«, aber sie sagte: »Hallo. Ich nehme an, es geht um Bobby?«

»Ja, ich würde Ihnen gerne ein paar Fragen stellen.«

»Hör zu, Süßer, ich hab dir schon gesagt, als du hier warst, dass ich nicht viel Kontakt zu ihm hatte.«

»Ich weiß, aber es geht um seine Sehkraft. Als seine Mutter wüssten Sie am besten darüber Bescheid.«

»Seine Sehkraft? Das Uveakolobom?«

»Ja. Musste er regelmäßig zum Augenarzt?«

»Er hätte mindestens einmal im Jahr hingehen sollen. Früher bin ich ihm deswegen immer auf die Nerven gegangen.«

»Hat sich seine Sehstärke verändert? Hat er oft eine neue Brille bekommen?«

»Manchmal brauchte er eine neue Brille, aber nicht immer.«

»Wissen Sie, bei welchem Augenarzt er war?«

»Du scheinst das nicht zu verstehen, Schätzchen, ich habe Bobby nicht mehr oft gesehen.«

»Ich verstehe. Letzte Frage. Ich verspreche es. Zu welchem Augenarzt haben Sie ihn früher gebracht?«

»Dr. Brower, drüben in der Coastland Mall. Er wäre jetzt über siebzig, falls es ihn noch gibt.«

Es war ein Schuss ins Blaue, aber selbst wenn Hagan den Arzt gewechselt hatte, könnten sie dort Unterlagen haben, wohin sie die Akten weitergeleitet hatten. Anstatt anzurufen, sprang ich ins Auto, in der Hoffnung, nicht von einer achtzehnjährigen Empfangsdame abgewimmelt zu werden.

45

ALS ICH AUF DEM WEG ZU MEINEM WAGEN DURCH MACY'S GING, dachte ich über die Worte von Hagans Augenarzt nach, als Vargas anrief. Ich beschleunigte meine Schritte, während sie sprach: »Frank, Hagans Todeszeitpunkt steht nicht fest.«

»Was hat sich geändert?«

»Der Gerichtsmediziner hat übersehen, dass Hagan Blutdrucksenker genommen hat.«

»Was hat das damit zu tun?«

»Er hat einen Betablocker genommen, und die verlangsamen die Verdauung.«

Als ich in den Sonnenschein hinaustrat, sagte ich: »Das wusste ich nicht. Was bedeutet das also unterm Strich?«

»Da Hagan im Wasser war, hat er den Todeszeitpunkt auf den Verdauungszustand von Hagans letzter Mahlzeit gestützt, einem Whopper von Burger King. Aber jetzt hat er den Todeszeitpunkt um zwei bis drei Stunden nach hinten verschoben. Hannah Booth hatte mehr als genug Zeit, Hagan zu töten, sich zu betrinken und wegen Trunkenheit am Steuer verhaftet zu werden.«

»Wir müssen den Zeitstrahl neu aufstellen, um sicherzugehen, was wir hier haben. Fährst du zurück?«

»Nein, ich muss in einer Stunde vor Gericht sein.«

»Dann sehe ich dich später.«

»Okay. Hast du was vom Augenarzt bekommen?«

»Ja. Hagan war vor einem Monat da, hat eine neue Brille bekommen. Sie hatten so eine Zwei-für-eins-Aktion, um mit Vision Works zu konkurrieren, und Hagan hat zwei Brillen gekauft.«

»Er hätte sie also einfach in Dwyers Wagen fallen lassen können.«

»Jep.«

———

ICH WARF mein Jackett auf einen Stuhl, riss mir die Krawatte vom Hals und musterte die Tafel. Ich nahm die Nadel aus dem Foto von Hannah Booth und starrte es an. Lag ich falsch bei ihr? War sie wirklich jemand, der fünf Morde planen konnte, ohne viele Spuren zu hinterlassen? Ich steckte ihr Foto neben das von Dwyer und setzte mich.

Was war mit ihrem Sohn? War er wirklich an einer Überdosis gestorben oder war es Erstickung? Es könnte einfacher sein, ihren Status zu klären, indem man diesem Tod auf den Grund geht. Wenn wir die Leiche exhumierten und Hannah einen Mord nachweisen könnten, könnten sich die anderen Fälle zusammenfügen.

Serienmörder waren überwiegend dreißig- bis vierzigjährige Männer. Wer war die letzte weibliche Serienmörderin? Ich erinnerte mich an diese Wuornos, eine Prostituierte aus Florida, die in den Achtzigern sieben ihrer Freier umgebracht hatte. Ich tippte auf meiner Tastatur, und eine Liste von Frauen, die mehrere Morde begangen hatten, erschien. Als ich nach unten scrollte, war ich von ihrer Anzahl überrascht, aber die meisten dieser Mörderinnen hatten ihre Verbrechen im zwanzigsten Jahrhundert begangen.

Ich schloss den Browser und drehte mich zurück zur Tafel. Hannah war nicht nur im Kreis der Verdächtigen, sondern steckte mit Dwyer tief darin. War es einer von ihnen oder beide? Ich erinnerte mich, wie ich über Haines gelacht hatte, als er sagte, der Mörder sei intelligent. Diese beiden waren an diesem Punkt verdammte Einsteins, und ich musste einen Weg finden, ihnen eine ungenügende Note zu verpassen. Ich griff zum Telefon und setzte meine fröhlichste Stimme auf.

»Minister Booth, hier ist Det ... äh, Frank Luca.«

»Hallo, Frank. Wie geht es Ihnen?«

»Gut. Haben Sie ein paar Minuten Zeit?«

»Nun, ich bin ziemlich beschäftigt.«

»Es geht nicht um Hannah, sondern um Ethan Dwyer.«

»Oh, sicher.«

»Als wir das letzte Mal gesprochen haben, habe ich, glaube ich, nicht nach seiner Beziehung zu Shaun Parker gefragt.«

»Ich glaube nicht, dass Sie das getan haben. Was möchten Sie wissen?«

»Sind sie gut miteinander ausgekommen?«

»Ja, ich glaube schon. Warum fragen Sie?«

»Ich kann einen laufenden Fall nicht diskutieren, aber ich vertraue Ihnen genug, um zu sagen, dass es starke Beweise dafür gibt, dass eines der Opfer aus Rache getötet wurde.«

»Oh mein Gott, das ist schrecklich, solch einen Zorn gegen einen anderen Menschen zu hegen.«

»Sind Sie sicher, dass sie gut miteinander ausgekommen sind?«

»Ja. Wir sind hier mit einer eng verbundenen Gruppe von Menschen gesegnet.«

Er musste das Bücherwerfen seiner Frau vergessen haben.

»Das scheint so, und dafür gebührt Ihnen Lob, Minister, aber wir Menschen sind so gemacht, dass wir nicht in allem einer Meinung sein können. Warum denken Sie nicht noch einmal darüber nach und versuchen Sie, sich an irgendetwas zwischen ihnen zu erinnern?«

»Meinungsverschiedenheiten kommen vor, aber der Schlüssel ist, respektvoll anderer Meinung zu sein. Es gibt absolut keinen Grund, deswegen gehässig zu sein.«

»Ich fürchte, wir verlieren diese Fähigkeit.«

»Mit Gottes Hilfe werden wir das Blatt wenden.«

Ich hörte mich selbst sagen: »Amen.«

»Es tut mir leid, Detective, aber ich muss jetzt los.«

»Danke für Ihre Zeit.«

Während ich unser Gespräch noch einmal durchging, fragte ich mich, ob er etwas verbarg. Wenn er etwas vertuschte, würde es seiner Frau nicht helfen. Vielleicht war er besorgt darüber, wie es auf seine Kirche zurückfallen würde. Ein großer Teil seiner Mission war darauf ausgerichtet, den Menschen eine zweite und dritte Chance zu geben. Die Publicity durch einen Mörder mitten in den Aktivitäten der Kirche würde seine Finanzierung austrocknen. Wie würden sie dann das geliehene Geld zurückzahlen? Er hatte einen Millionen-Dollar-Grund zu schweigen, aber war es das, was hier vor sich ging?

—————

Ich holte mir eine Tasse Kaffee und tätigte meinen nächsten Anruf.

»Robert DeBlasi? Hier ist Detective Luca. Wir haben über Ihren Bruder Ethan gesprochen.«

»Hallo, Detective, übrigens ist Ethan technisch gesehen mein Pflegebruder. Ich glaube, ich habe Ihnen erzählt, dass meine Eltern ihn aus dem Pflegesystem geholt haben.«

»Ja, ich erinnere mich. Ich habe eine oder zwei Fragen an Sie.«

»Schießen Sie los.«

»Sagt Ihnen der Name Shaun Parker etwas?«

»Sagt mir vage etwas. Ich glaube, es gab eine Familie namens Parker, die ein paar Blocks entfernt wohnte, als wir aufwuchsen.«

»Hatten sie irgendwelche Jungen?«

»Ich glaube schon, wenn mich mein Gedächtnis nicht trügt.«

»Was ist mit Hagan, Paul und Robert?«

»Das ist der Dreckskerl, der Ethans Mutter getötet hat. Ich erinnere mich nicht an den Vornamen, aber die waren nicht von hier.«

»Paul war der Kerl, der seine Mutter ermordet hat. Sein Sohn Robert ist kurz vor Ihrem Bruder hierhergezogen.«

»Wirklich? Was für ein Zufall.«

»Könnte sein, aber Robert wurde ermordet.«

Es herrschte zehn Sekunden lang Stille, bevor DeBlasi sagte: »Sagen Sie mir nicht, dass Sie denken, Ethan hätte etwas damit zu tun.«

»Ich habe meine Verdachtsmomente, aber im Moment nicht mehr als das. Um auf Shaun Parker zurückzukommen, kannte Ethan ihn?«

»Ich weiß nicht, ob es einen Shaun Parker gab.«

»Ethan hatte einen schlimmen Unfall. Kennen Sie den Namen des Fahrers, der ihn angefahren hat?«

»Oh Mann, da verlangen Sie von mir, weit zurückzugreifen. Das war vor ungefähr zwanzig Jahren. Ich weiß es nicht, und ehrlich gesagt weiß ich nicht einmal, ob ich den Namen des Kerls jemals kannte. Alles, was ich wusste, war, dass derjenige, der ihn angefahren hat, betrunken war und verhaftet wurde.«

»Wo hat sich der Unfall ereignet?«

»Ein winziges Städtchen namens Greenville, außerhalb von Appleton.«

»Erinnern Sie sich, wann es passiert ist?«

»Im Oktober 2001, kurz vor Halloween.«

46

Als Vargas Sheriff Chester über die Änderung von Hagans Todeszeitpunkt informierte, wies er uns an, Hannah zum Verhör zu holen.

Während wir auf ihre Ankunft warteten, rief ich erneut bei der Polizeibehörde von Greenville an.

»Hier ist Detective Luca vom Sheriff's Office in Collier County, Florida. Ich benötige Informationen zu einem Unfall unter Alkoholeinfluss. Haben Sie eine Streife für Trunkenheitsfahrten, Sergeant?«

»Nein, Sir. Wir haben hier nur ein Dutzend Beamte. Wann sagten Sie, ist der Unfall passiert?«

»Damals im Jahr 2001. Ende Oktober, in den Tagen vor Halloween, zwischen dem sechsundzwanzigsten und dem dreißigsten Oktober 2001.«

»Das ist eine ganze Weile her. Ich selbst habe erst 2007 angefangen. Warten Sie einen Moment. Ich frage mal den Chief; der ist schon eine Ewigkeit hier.«

Ich durchsuchte alte Ausgaben einer Zeitung, des *Post Crescent*, nach Artikeln über den Unfall, in den Ethan Dwyer angeblich verwickelt gewesen war. Eine Stimme bellte durch den Hörer.

»Hier ist Chief Lasster. Wer ist da?«

»Chief, ich bin Detective Luca, Mordkommission, Collier County Sheriff's Office.«

»Mordkommission?«

»Ja, Sir. Ich untersuche einen alten Autounfall unter Alkoholeinfluss von Oktober 2001, an dem eine Person von Interesse, Ethan Dwyer, beteiligt war. Ich weiß, das ist ewig her, aber ich versuche, den Fahrer zu identifizieren, der unter Alkoholeinfluss stand.«

»Ich erinnere mich nur vage. Gab es bei dem Unfall Todesopfer?«

»Nein, aber so wie ich es verstanden habe, wurde Ethan Dwyer schwer verletzt und der betrunkene Fahrer verhaftet.«

»Wenn es eine Verhaftung gab, kann ich das nachschauen. Wollen Sie dranbleiben oder soll ich Sie zurückrufen?«

»Wenn es Ihnen nichts ausmacht, bleibe ich dran.«

»Sie sagten Ende Oktober 2001, richtig?«

»Ja. Das weiß ich wirklich zu schätzen.«

Ich schickte Vargas eine SMS. Sie war bei Gericht und bereitete sich auf ihre Zeugenaussage vor. Ich teilte ihr mit, dass ich darauf wartete, zu erfahren, ob der Fahrer, der mit Dwyer kollidiert war, zufällig eines der Opfer war. Ich las gerade eine SMS von ihr, als der Chief wieder an den Apparat kam.

»Detective Luca?«

»Ja, ich bin noch dran.«

»Ich erinnere mich jetzt an den Fall. Ich war am Unfallort.«

»Wer war der Fahrer des anderen Fahrzeugs? Der betrunkene Kerl?«

»Jeremy Kelly.«

»Kelly? Sind Sie sicher?«

»Yep.«

»Soweit ich weiß, war das nicht die erste Trunkenheitsfahrt dieses Kerls.«

»Ja, ein Gewohnheitstäter. Ich dachte immer, er würde sich oder jemanden anderen bei einem Unfall töten, aber er wurde vor etwa zehn Jahren oben in Appleton erschossen.«

»Er wurde ermordet?«

»Ja.«

»Haben Sie herausgefunden, wer es war?«

»Kelly stammte von hier, aber der Mord geschah in Appleton. Soweit ich zuletzt gehört habe, haben sie den Täter nie gefasst, aber bei allem, was los war, habe ich den Fall aus den Augen verloren.«

»Ich weiß, was eine hohe Fallbelastung bedeutet. Ich möchte die korrekte Schreibweise von Kelly überprüfen. Ist es Doppel-L-Y oder hat es ein E am Ende?«

»K, E, L, L, Y. Vorname Jeremy.«

Nachdem ich dem Chief gedankt hatte, schickte ich Vargas eine SMS und griff wieder zum Telefon.

»Mordkommission, Detective Harris.«

»Hier ist Detective Luca, Mordkommission, vom Collier County Sheriff's Office. Wie ich höre, haben Sie einen ungelösten Fall namens Jeremy Kelly. Der Fall ist etwa zehn Jahre alt.«

»Ich müsste in den Akten für ungelöste Fälle nachsehen. Welches Interesse haben Sie daran?«

»Das ist eine lange Geschichte.«

»Sind sie das nicht immer?«

»Wir haben hier unten einen Serienmörder. Ein Verdächtiger, den wir verfolgen, wurde von diesem Kelly bei einem Unfall unter Alkoholeinfluss schwer verletzt.«

»Also, Sie glauben, es war ein Racheakt?«

»Könnte sein, wir haben ihn mit einem anderen Rachemord in Verbindung gebracht, aber die Beweise sind dünn. Können Sie das überprüfen?«

»Einen Moment, ich logge mich ins Archiv für ungelöste Fälle ein.«

Ich hörte ihn auf einer Tastatur tippen, und dann sagte er: »Okay, hier haben wir es. Kelly, Jeremy, fünfunddreißigjähriger Weißer, wurde auf Little Chute Island angespült aufgefunden.«

»Wo befindet sich das?«

»Im Fox River.«

»Was war die Todesursache?«

»Sieht so aus, als sei der Kerl ertrunken.«

»Ertrunken? Ich habe gedacht, er sei erschossen worden.«

»Die Todesursache ist als Ertrinken aufgeführt.«

»Okay, aber ich würde mir die Fallakte gern ansehen, wenn es Ihnen nichts ausmacht.«

»Sicher, stellen Sie eine Anfrage über das Portal, dann schicke ich sie Ihnen per E-Mail.«

»Danke. Das ist Gold wert, dass Sie mir helfen.«

»Ich helfe einem Kollegen immer gern. Wir müssen zusammenhalten, wenn wir in der heutigen Welt überleben wollen.«

———

EINE STUNDE später kam Vargas zur Tür herein. »Hey, Frank.«

»Wie ist es gelaufen?«

»Gut. Steinberg hat versucht, mich im Kreuzverhör aus der Fassung zu bringen, aber er hat verzweifelt gewirkt. Trillo hat seine Sache gut gemacht. Es wird in ein oder höchstens zwei Tagen zu den Beratungen kommen.«

»Wäre gut, diesen Dreckskerl von der Straße zu holen.«

»Das ist ja verrückt, dass der Typ, der Dwyer angefahren hat, erschossen wurde. Meinst du, es ist Dwyer gewesen?«

»Ja, nun, es scheint, als sei der Kerl ertrunken.«

»Was? In deiner SMS stand, dass er erschossen wurde.«

»Der Chief aus diesem Dreckskaff hat mir das erzählt, aber

die Mordkommission von Appleton hat gesagt, es sei Ertrinken gewesen.«

»Oh. Sag mal, während ich auf meine Aussage gewartet habe, habe ich gedacht, wir sollten eine zweite Meinung zum Todeszeitpunkt einholen.«

»Du vertraust Beasley nicht?«

»Nein, das ist es nicht. Er ist gut, aber nicht unfehlbar. Es ist keine exakte Wissenschaft, und bei der ganzen Politik wird Chester sicher mitmachen.«

»Gute Idee.«

»Meinst du?«

»Es ist der richtige Schritt. Vielleicht könnte der Staatsanwalt hier hilfreich sein. Erklären, wie uns das vor Gericht um die Ohren fliegen könnte und so.«

»Ja. Thume hat ein offenes Ohr bei Chester.«

»Nichts jagt dich schneller aus dem Amt als der Verlust eines großen Falls.«

Vargas stand auf. »Komm, lass uns zu ihnen gehen.«

Ich hatte kein Interesse daran, daran erinnert zu werden, dass wir immer noch nach Antworten suchten. Vor Chester zu treten, um einen Fall gegen einen Verdächtigen aufzubauen, gegen dessen Verfolgung ich mich gesträubt hatte, war schwer zu schlucken. Eine kleine Notlüge war der Ausweg, den ich wählte.

»Ich warte auf einen Anruf von einem Typen, der Dwyer und Hagan oben in Wisconsin gekannt hat.«

47

VARGAS RUNZELTE DIE STIRN, DOCH DAS KONNTE DAS LEUCHTEN ihrer Haut nicht ganz auslöschen. Zur Bestätigung dafür, dass sie wieder ganz die Alte war, sagte sie: »Wenn du jetzt nicht aufstehst, gehe ich ohne dich.«

»Ich bin fast fertig. Ich habe nur noch ein paar übrig.«

»Dann bis später. Ich sage Chester, dass du zu sehr mit E-Mails beschäftigt warst, um ihn zu sehen.«

Ich las schnell noch eine weitere: eine letzte Mahnung bezüglich eines Seminars zur Sensibilisierung, das ich ständig aufgeschoben hatte. Es war eine völlige Verschwendung unserer wertvollen Zeit, Leuten zuzuhören, die noch nie einen Tag in der wirklichen Welt gearbeitet hatten.

Ich folgte Vargas zur Tür hinaus und ließ zwei E-Mails ungelesen zurück: eine vom Appleton Police Department und eine mit einem Autopsiebericht über einen Highschoolschüler, der sich erhängt hatte. Anhand des Tatorts und der Hintergrundinformationen, die wir zusammengetragen hatten, gab es keinen Zweifel daran, dass der arme Junge sich das Leben genommen hatte. Es war verrückt, den Eltern eine Autopsie zuzumuten, aber es war Vorschrift.

Sheriff Chester unterhielt sich mit Staatsanwalt Thume, als wir sein Büro betraten. Chester brauchte einen Haarschnitt und hatte den leisesten Anflug von Bartstoppeln. Er war ein paar Jahre älter als ich, sah aber viel älter aus, wenn er nicht, wie sonst üblich, perfekt gepflegt war.

Chester nickte, blieb aber sitzen. »Detectives.«

»Sir.«

Der Staatsanwalt rückte seinen Stuhl zur Seite, als Vargas und ich uns setzten.

Chester sagte: »Booth spielt mit harten Bandagen.«

»Nachdem Sie sie angerufen hatten, um sie vorzuladen, hat sich Marcus Knight bei Staatsanwalt Thume gemeldet.«

Thume sagte: »Knight teilte mir mit, dass Hannah Booth sich weigert, freiwillig zu erscheinen.«

Vargas sagte: »Weiß sie von der Änderung des Todeszeitpunkts von Hagan? Ich habe nichts davon erwähnt.«

Chester sagte: »Wenn das jemand durchsickern ließ, stelle ich diesen Laden hier auf den Kopf, um herauszufinden, wer es war. Ich verspreche Ihnen, die Person wird nie wieder arbeiten.«

Thume sagte: »Sie verbirgt etwas. Warum sonst würde sie sich weigern, zu kooperieren?«

Ich sagte: »Konnten wir die Änderung des Todeszeitpunkts bestätigen? Vielleicht hat jemand aus dem Büro des Gerichtsmediziners Booth einen Tipp gegeben.«

Chester sagte: »Ich kenne Woller. Er ist ein guter Mann, und auf keinen Fall hat er das durchsickern lassen. Woller ist der Meinung, dass der Todeszeitpunkt in einem engeren Bereich liegt, der durchaus in ihren Zeitrahmen passt, um den Mord zu begehen.«

Vargas wandte sich an Thume. »Werden Sie einen Haftbefehl ausstellen und sie herbringen lassen?«

Thume sagte: »Knight sagte, er würde einen Protest organisieren und ihn im Fernsehen übertragen. Er versprach eine Beteiligung von Hunderten.«

Chester sagte: »Wir müssen vorsichtig sein. Was die Beweise angeht, ist es grenzwertig. Wenn wir sie verhaften und sie sich einen Anwalt nimmt, erfahren wir gar nichts.«

»Dann müssten wir auf der Grundlage dessen, was wir haben, Anklage erheben oder die Sache vorerst fallen lassen.«

Chester sagte: »Ich brauche Sie beide, um den Zeitablauf genau zu bestimmen und ihn mit Zeugen und CCTV-Aufnahmen zu untermauern. Wenn wir das vor eine Grand Jury bringen, müssen wir auf sicheren Füßen stehen.«

Ich sagte: »Wir werden unser Bestes tun, Sir.«

»Das muss so schnell wie möglich gehen. Es gab seit ein paar Wochen keine Leiche mehr, aber die Überwachung, die wir bei ihr durchführen, muss möglicherweise eingestellt werden. Knight sagte, er stünde mit der American Civil Liberties Union in Kontakt und wolle eine Klage wegen Verletzung der Privatsphäre einreichen.«

Ich schüttelte den Kopf. »Vielleicht können wir uns etwas zurückziehen und sie aus der Ferne beobachten.«

»Ich habe Gilby bereits angewiesen, sich zurückzuziehen und ihre Sichtbarkeit zu reduzieren.«

»Vielleicht sollten Sie in Betracht ziehen, die Überwachung am Tag einzustellen und sie erst bei Dämmerung wieder aufzunehmen.«

»Ich werde es in Betracht ziehen. In der Zwischenzeit ist es Zeit, an die Arbeit zu gehen.«

DIE SONNE BRANNTE durch das Fenster. Ich stellte die Jalousien schräg und sagte: »Wir müssen jede mögliche Route von Hannahs Haus bis zu dem Ort in Lee, wo sie abgeholt wurde, kartieren. Wir wissen nicht einmal, wo zum Teufel Hagan ins

Wasser geworfen wurde, aber ich wette, es ist entweder wieder Clam Pass oder Wiggins.«

»Ich werde bei den Leuten von der Nationalen Ozeanografiebehörde nachfragen, ob sie bestimmen können, wo es gewesen sein könnte, da er in Pelican Bay gelandet ist.«

»Gut. Erkundige dich bei der Abteilung für Meereskunde an der Gulf Coast University. Die kennen sich mit den Gezeiten und Strömungen besser aus als die Bundesbehörden.«

»Ich werde die ganze Sache mit dem Tod von Hannahs Sohn noch einmal durchgehen und mit dem Detective aus Smyrna sprechen, der das für verdächtig gehalten hat.«

Während ich die Fallakte nach dem Namen des Detectives durchsah, sagte ich: »Willst du heute Abend in die Stadt? Im Cambier spielt eine Jazzband. Wir können was essen gehen.«

»Klingt gut. Es soll doch nicht regnen, oder?«

»Nö.«

Ich griff zum Telefon und rief Georgia an. Als ich in die Warteschleife gelegt wurde, ging ich meine E-Mails durch. Der Autopsiebericht des Teenagers fand keine Drogen, keinen Alkohol oder irgendetwas Verdächtiges. Bei dem Gedanken, dass dieser Fünfzehnjährige glaubte, die Dinge stünden so schlecht, dass er sich das Leben nahm, drehte sich mir der Magen um.

Ich klickte die Fallakte aus Appleton, Wisconsin, an, überflog den Tatortbericht und knallte den Hörer auf die Gabel. »Heilige Scheiße! Dieser verdammte Kelly-Kerl ist erschossen worden.«

Am Telefon winkte Vargas mich ab.

»Leg auf, Vargas. Geh vom Telefon – das ändert alles.«

Ich las weiter, während sie ihr Gespräch beendete.

»Worüber regst du dich so auf?«

»Der Fahrer, der Dwyer angefahren hat, ist zweimal angeschossen und ins Wasser geworfen worden. Kommt dir das bekannt vor?«

»Oh mein Gott. Wann war das?«

»Vor ungefähr zehn Jahren. Das ist Dwyers Vorgehensweise. Das ist doch kein Zufall. Das ist Dwyer, der sich rächt – das muss es sein.«

Vargas kam um meinen Schreibtisch herum und schaute mir über die Schulter. »Welche Beweise haben sie vom Tatort?«

»Nicht viel. Heilige Scheiße, sie haben eine Hülse sichergestellt!«

»Dwyer hat darauf geachtet, die Hülsen aufzusammeln.«

»Vielleicht war das sein erstes Mal und er ist in Panik geraten.«

»Könnte sein. Schick mir eine Kopie. Mein Rücken macht das nicht mit, wenn ich dir über die Schulter lese.«

Wir druckten Papierkopien aus und beugten uns darüber.

Der leitende Detective war ein Typ namens Gunther Hendersen, und seine Zusammenfassung las sich für mich wie eine Kapitulation.

Es hatte keine Verhaftungen gegeben, und sie hatten nie einen Hauptverdächtigen identifiziert. Nachdem sie das Alibi eines Mannes überprüft hatten, mit dem Kelly eine Dauerfehde hatte, und aus dem Informantenmilieu nichts herausbekommen hatten, stellte Appleton die Suche ein. Soweit es sie betraf, war der Fall nur vier Monate, nachdem Kelly erschossen worden war, eiskalt.

Die Autopsie kam zu dem Schluss, dass der Tod durch Ertrinken eingetreten war, obwohl der Grund, warum Kelly ertrank, darin lag, dass er angeschossen worden war. Wäre er nicht im Wasser gewesen, wäre er an den Schusswunden verblutet.

Auf einer Hülse befanden sich zwei Teilfingerabdrücke, aber keine Übereinstimmung in der Datenbank von Wisconsin. Die Fingerabdrücke sahen körnig aus, was mich fragen ließ, wie gut ihre Forensik war.

Es gab einen Zeugen, einen Bill Dorough, der vor der Küste fischte, in der Nähe des Tatorts. Er sah den Mord nicht, aber als er den Schuss hörte, leuchtete er mit einer Lampe in die Richtung und sah einen Mann davonlaufen.

Er musste den Schützen aufgeschreckt und ihn gezwungen haben, zu verschwinden, bevor er beide Hülsen aufsammeln konnte. Das musste es sein.

»Vargas, wir müssen die Kugelfragmente und diese Hülse in die Hände bekommen, und zwar schnell.«

»Warum rufst du nicht diesen Hendersen an? Vielleicht kooperiert er.«

»Das wird er wahrscheinlich, wenn wir ihn nicht bloßstellen, aber ich kann mich nicht mit dieser verdammten Bürokratie herumschlagen. Das dauert zwei Monate. Ich rufe Haines an und frage, was er tun kann.«

»Haines?«

»Was ist los?«

»Äh, erstens magst du ihn nicht, und zweitens hattest du Angst, er würde dir den Fall wegnehmen.«

»Nee, Haines ist in Ordnung. Er ist eigentlich ein guter Kerl, wenn man ihn erst mal kennt.«

Vargas zog die Augenbrauen hoch und lächelte.

»Was ist los, Vargas?«

»Nichts. Nur zu, ruf ihn an.«

48

In den zwei Tagen, seit ich Haines eine digitalisierte Version der Fingerabdrücke von Dwyers Wasserflasche und die beiden ballistischen Gutachten geschickt hatte, machten wir in Sachen Hannah Booth gute Fortschritte.

Das Nationale Ozeanografische Institut zögerte mit einer Aussage darüber, ob die Leiche von Hagan von Wiggins nach Süden oder von Clam Pass nach Norden getrieben worden war, doch die Gulf Coast University blieb bei ihrer Überzeugung, dass die Leiche von Wiggins herkam. Das würde bedeuten, dass zwei Leichen in Wiggins abgelegt worden waren. Das passte nicht zum Modus Operandi des Mörders – für jede Leiche einen anderen Ort zu benutzen. Gab es zwei Mörder? Oder wurde Hannah nachlässig? Oder hatte es vielleicht mit ihrem kaputten Rücken zu tun?

Vargas hatte etwas aufgedeckt, was ich für einen erdrückenden Beweis hielt: das Überwachungsvideo einer Rotlichtkamera, das Hannahs Wagen auf dem Vanderbilt Drive zeigte. Man konnte ihr Gesicht nicht erkennen, aber ihr blondes Haar war sichtbar, und es bestand kein Zweifel, dass sie es war.

Hannah war nur wenige hundert Meter vom Wiggins Pass

entfernt, und der Zeitstempel zeigte 19:09 Uhr. In der Mitte klaffte zwar noch ein riesiges Loch, aber das Puzzle fügte sich langsam zusammen.

Mein Pipi-Alarm ging los, und wie ein Fünfjähriger stand ich auf und marschierte ins Bad. Ich saß gerade auf dem Thron und drückte auf meinen Bauch, um mir ein paar Tropfen zu entlocken, als mein Handy vibrierte. Es war Haines.

»Hey, wie geht's dir?«

»Gut, Frank. Die Jungs in Green Bay glauben, wir haben eine Übereinstimmung.«

»Fingerabdrücke oder Ballistik?«

»Ballistik. Sie sind überzeugt, dass die Waffe, die bei den letzten Morden benutzt wurde, dieselbe ist, mit der auch Kelly getötet wurde.«

»Wow. Unglaublich. Was ist mit den Abdrücken?«

»Auf der Hülse gab es nur Teilabdrücke, aber sie könnten von Dwyer sein.«

»Wieso?«

»Sie haben acht übereinstimmende Merkmale gefunden. Da es nur Teilabdrücke waren, gab es einfach nicht genug Daten für eine eindeutige Zuordnung.«

Ich atmete aus und sagte: »Acht. Der Staatsanwalt wird das nicht als Beweismittel zulassen, wenn wir nicht mehr als ein Dutzend Übereinstimmungen haben.«

»Ich weiß. Die Richtlinie des Bureaus ist ein Minimum von zwölf bis zwanzig. Wenn wir zwanzig haben, gibt es keinen Zeugen, den die Verteidigung aufbieten könnte, um das anzufechten.«

»Was hältst du von der ganzen Sache?«

»Es ist noch früh. Man weiß nie, was man noch herausfindet.«

Er druckste herum. Ich sagte: »Wir haben also ein gutes Blatt, aber kein Full House?«

Haines lachte. »Sozusagen, aber in Wirklichkeit könnte ein erfahrener Staatsanwalt daraus einen guten Fall machen.«

»Ich hoffe, du hast recht.«

»Ich schicke dir die Berichte rüber.«

———

BOB WILLIS HATTE sich nach fünfunddreißig Jahren bei der Polizei von Tampa in den Ruhestand verabschiedet. Um seine Tage zu füllen und seine Leidenschaft für Wein zu subventionieren, kassierte Willis Schecks von Verteidigern, um Gutachten zu Fingerabdrücken abzugeben. Auch wenn er die Seiten gewechselt hatte, mochte ich Willis; er war ein witziger Hund.

In der Einfahrt seines Hauses in Sarasota stand ein neuer Cadillac-SUV. Ich klingelte und, als Willis öffnete, zeigte ich auf den Wagen. »Die andere Seite zahlt wohl ziemlich gut, was?«

»Der gehört meiner Frau, für ihr Immobiliengeschäft. Und ich? Das Einzige, was mich an einem Auto interessiert, ist, ob es anspringt.«

»Da bin ich ganz bei dir. Schön, dich zu sehen.«

»Gleichfalls, mein Freund. Komm rein.«

Eine offene Flasche Wein schwitzte auf der weißen Kücheninsel. Willis öffnete einen Schrank, nahm ein Glas und goss einen Schuss Vino hinein. »Probier mal, ob er dir schmeckt. Das ist ein portugiesischer Weißwein, ein Alvarinho.«

Ich führte das Glas zum Mund und dachte daran, mir erst die Farbe anzusehen und daran zu riechen. Er hatte einen blumigen Duft. Ich nippte daran. »Er ist gut, leicht.«

»Perfekt für einen späten Nachmittag im Sunshine State. Zeig mal die Berichte her.«

Willis öffnete den Umschlag, breitete die Papiere aus und

holte eine Lupe aus einer Schublade. Vornübergebeugt bewegte Willis die Lupe zwischen den Fotos hin und her und zog dabei den FBI-Bericht zu Rate.

Ich schenkte mir noch ein Glas ein, um nicht zu fragen, was er dachte. Es war ein guter Wein, und ich fragte mich, wie viel er kostete, während ich zum hinteren Fenster ging. Wie bei vielen Orten in Florida gab es eine schöne Aussicht – die Ecke eines Sees mit einem Naturschutzgebiet in der Ferne. Ich wusste, dass Sarasota teuer war, etwas billiger als Naples, und schätzte, dass dieses einstöckige Haus sechshunderttausend wert war.

Das Klirren, als er die Lupe ablegte, ließ mich umdrehen. Willis goss den Rest der Flasche in sein Glas. »Das kann in beide Richtungen ausgehen.«

»Dafür bin ich den ganzen Weg hierhergefahren?«

»Komm her. Ich zeige dir, was wir haben.« Er legte zwei der Fotos nebeneinander und sagte: »Das sind die Daumenabdrücke.« Er deutete mit einem Bleistift auf den vollständigen Abdruck, den ich von Dwyers Wasserflasche genommen hatte. »Hier haben wir ein gutes Merkmal, eine Gabelung in der Papillarleiste, die nach unten zeigt, und hier eine, die nach oben zeigt. Das sind zwei solide Übereinstimmungen.«

Das klang vielversprechend; wo war also das Problem?

»Und hier haben wir zwei sehr kurze Papillarleisten oder Punkte. Wieder fast eine exakte Übereinstimmung, was uns vier starke Treffer beschert. Dann haben wir diese beiden Wirbel, die ganz ordentlich sind. Hier drüben sind die Übereinstimmungen etwas schwächer, aber man könnte argumentieren, dass es am ausgeübten Druck liegt, am Schweiß, an den Körperfetten und so weiter. Das ist das Zeug, mit dem ich die dicke Kohle von den Angeklagten mache, aber es kann sich auch gegen dich wenden. Wenn du die mitzählst, hast du acht Übereinstimmungen bei etwa einem halben Abdruck.«

»Das ist ziemlich gut.«

»Ja, aber es reicht nicht für die meisten Staatsanwälte, und Leute wie wir werden dafür bezahlt, die Sache platzen zu lassen.«

»Was ist mit dem anderen Abdruck, dem Zeigefinger?«

»Die schlechten Nachrichten habe ich mir für den Schluss aufgehoben.«

»Willst du mich auf den Arm nehmen?«

»Ich wünschte, ich würde scherzen, Frankie-Boy. Da gibt es nicht viel, was übereinstimmt. Ein paar davon könnte ich durchbringen, aber an deiner Stelle würde ich versuchen, diesen hier auszuschließen.«

»Es ist nicht dieselbe Person?«

»Ich erkenne es nicht.«

»Aber der Daumenabdruck schon?«

»Es reicht vielleicht nicht für einen Gerichtssaal, aber ich würde sagen, neunzig bis fünfundneunzig von hundert, dass es dieselbe Person ist.«

49

»Willst du damit zu Chester gehen, Frank?«

»Chester? Was soll er schon für uns tun? Er hat seit zehn Jahren an keinem Mordfall mehr gearbeitet.«

»Ich dachte, er könnte vielleicht einen Vorschlag machen, etwas sehen, was wir übersehen, weil wir zu nah dran sind.«

Da hatte sie recht, aber wenn ich zum Sheriff ging, würde ich wie ein Anfänger dastehen. »Wir schaffen das auch ohne ihn. Lass uns Zeit nehmen und das noch mal durchgehen.«

»Aber das sind wir doch schon durchgegangen.«

»Tu mir den Gefallen, ja?«

»Okay, okay.«

»Bei Hannah Booth haben wir die Waffe in ihrem Büro und ihr Haar auf einer Leiche, und ihr Alibi für den Hagan-Mord ist bestenfalls wackelig.«

»Diese Trunkenheitsfahrt schien erst alles zu klären, aber sie hat uns nur von ihrer Spur abgebracht.«

»Vielleicht. Aber deswegen können wir sie in der Nähe des Ortes platzieren, an dem Hagan unserer Meinung nach abgelegt wurde.«

»Sie arbeitet mit jedem der Opfer in der Kirche, und wir wissen, dass sie mit einigen von ihnen Streit hatte.«

»Ich bin kein Fan von ihr, aber ich kann mir einfach nicht vorstellen, dass sie diese Morde begangen hat.«

»Weil sie eine Frau ist?«

Ich zuckte mit den Schultern. »Ich schätze schon.«

»Ich lasse dir das mal durchgehen, Frank, da du ja noch ein Training gegen Vorurteile vor dir hast.«

»Nein, das ist es nicht. Ich meine, sie ist körperlich ziemlich kräftig, aber wenn sie einen dieser Männer hätte herumstoßen müssen oder eine Leiche hätte bewegen müssen –«

»Erstens hatte sie eine Waffe in der Hand, und zweitens gab es keine Beweise dafür, dass eine der Leichen geschleift wurde.«

»Na gut, sie ist eine Hauptverdächtige, aber was ist das Motiv?«

»Vielleicht ist sie verrückt.«

Mein Pipi-Wecker klingelte, und ich drückte auf die Schlummertaste. »Sie scheint mir verdammt noch mal bei klarem Verstand zu sein. Nun zu Dwyer. Der Typ, der ihn angefahren hat, ist tot, genauso wie der Typ, der seine Mutter getötet hat. Das ist eine ganze Menge an Motivation.«

»Kein Zweifel. Aber erstens war Bobby Hagan der Sohn des Drecksacks, der seine Mutter getötet hat, und die Zeitachse ist völlig falsch. Dwyer wartet Jahre, um den Betrunkenen zu töten, der ihn angefahren hat, und dann Jahrzehnte, um den Sohn des Mannes zu töten, der seine Mutter getötet hat? Das ergibt keinen Sinn.«

»So wie du das sagst, vergesse ich fast, dass wir etwas haben, das wie sein Abdruck auf einer Patronenhülse aussieht.«

»Es ist ein Teilabdruck, Frank. Und du vergisst den anderen Abdruck, der nicht passt.«

»Es ist ein Teilabdruck, Vargas.«

Vargas seufzte. »Was soll ich nur mit dir anfangen, Frank?«

Ich senkte meine Stimme. »Ich hätte da ein paar Ideen.«

Sie lächelte. »Wenn du ein braver Junge bist – vielleicht später.«

Ich gab ihr einen Daumen nach oben. »Ich versprech's.«

»Zurück zur Arbeit. Hannah Booth scheint viel wahrscheinlicher als Dwyer. Diese ganze Sache mit dem Mord an dem betrunkenen Fahrer – ich will niemandem zu nahe treten –, aber die Jungs oben in Appleton haben vielleicht weder die Mittel noch die Zeit, um herauszufinden, wer ihn getötet hat. Verbeiß dich nicht in ihn, Frank.«

Sie konnte recht haben, aber mein Bauchgefühl tendierte stark zu Dwyer. Ließen mich meine Instinkte wieder im Stich? Gestern Abend hatte Mary Ann gesagt, ich hätte eine Macke, was die Art der Filme anging, die wir uns ansahen. Ich schaute gerne realistische Sendungen. Wie konnten die Leute nur all dieses Fantasy-Zeug schauen? Das war doch albern. Es war eine Vorliebe, keine Macke. Sie sagte auch, und nicht zum ersten Mal, dass ich eine Macke hätte, was die Art meines Essens betraf. Ich hasste indisches und chinesisches Essen, das war alles.

Macken. Hatte ich mich in Dwyer verbissen? Mein Wecker für den Gang aufs Klo ertönte. Ich stand auf. Auf dem Thron kam mir oft der zündende Gedanke. »Ich muss mal aufs Klo.« Ich setzte mich auf die Schüssel und dachte daran, dass es fast zwei Jahre her war, dass der Krebs mein Ritual beim Urinieren verändert hatte. Am Anfang war es seltsam, wie ein Mädchen zu sitzen, aber es wurde schließlich zu einer weiteren Lektion, wie anpassungsfähig Menschen sein können. Meine Ärzte hatten mir beigebracht, wie ich mit meinen Bauchmuskeln Druck ausübte, und ich wandte die Taktik an. Ungefähr zehn Minuten später ließ meine Behelfsblase langsam, aber sicher ein Rinnsal los, das zu einem Strahl wurde.

Druck. Wenn es etwas zu lösen gab, würde Druck es letztendlich herausbekommen, dachte ich, als ich meinen Reißverschluss zuzog.

Beim Händewaschen erschrak ich vor meinem Spiegelbild. Ich trat einen Schritt zurück, in der Hoffnung, es läge am Licht, aber ich sah immer noch müde und älter als meine zweiundvierzig Jahre aus. Schon eine Weile hatte mir niemand mehr etwas über die Ähnlichkeit mit George Clooney gesagt, und es gab auch keinen Grund dafür. Ich fuhr mir mit einer Hand durch die Haare und zwang meine Aufmerksamkeit zurück auf die Morde.

Ich schwang die Tür auf und verkündete: »Vargas, wir holen beide rein. Üben wir Druck aus und schauen, was nachgibt.«

»Aber sie werden ihre Anwälte dabeihaben.«

»Wahrscheinlich. So wie ich das sehe, setzen wir sie unter Druck und beobachten ihre Reaktion, wenn wir ihnen sagen, dass wir sie haben.«

»Ich weiß nicht, Frank. Ich kann mir nicht vorstellen, dass das funktioniert.«

»Die Leute lügen uns die ganze verdammte Zeit an. Es gibt kein Gesetz, das besagt, dass wir nicht dasselbe tun dürfen.«

»Wenn sie von ihrem Aussageverweigerungsrecht Gebrauch machen, was dann?«

»Wir finden heraus, wovor sie Angst haben. Wenn jemand etwas nicht getan hat, wird er sich nicht hinter dem Aussageverweigerungsrecht verstecken.«

»Das stimmt nicht immer, Frank.«

»Jeder andere Case ist mir im Moment egal, nur dieser hier zählt. Wir haben zwei anklagbare Infor–«

»Belastende, nicht anklagbare.«

»Okay, okay. Meine Güte, sind wir auf derselben Seite oder was?«

Vargas schüttelte den Kopf. »Bist du fertig?«

Ich zuckte mit den Schultern.

»Gut. Lass uns wieder an die Knochenarbeit gehen, wie du es so gerne nennst.«

»Okay, hast du überprüft, ob es irgendwelche Aufzeichnungen darüber gibt, dass Dwyer einen SunPass oder E-ZPass hatte?«

»Ich habe die Anfragen rausgeschickt, wie du es wolltest, einschließlich der Fluggesellschaften, die zur Tatzeit zwischen Fort Myers und Green Bay verkehrten. Es ist ein Schuss ins Blaue.«

»Gut, gut. Was ist mit Videoaufnahmen? Vor zehn Jahren gab es kaum Kameras. Aber vielleicht gibt es bei einer Überprüfung der Gegend, in der der Mord geschah, so etwas wie eine Schule, eine Bank oder vielleicht einen Geldautomaten.«

»Gab es vor zehn Jahren überhaupt schon Geldautomaten? Jedenfalls habe ich die Anfrage an Appleton und Green Bay geschickt, um zu sehen, was es da draußen geben könnte. Dieser Detective Donofrio – er war wirklich hilfsbereit – sagte, er würde die Anfrage normalerweise ablehnen, weil es so lange her ist, aber er hat versprochen, der Sache nachzugehen.«

»Wenn du mich angerufen hättest, hätte ich mich auch besonders bemüht.«

»Was soll das denn heißen?«

»Ihr Mädels habt einen Vorteil, das ist alles.«

Sie stemmte die Hände in die Hüften. »Nur bei Höhlenmenschen wie dir, Frank.«

»Entspann dich mal. Wirklich. Du musst dich locker machen, Vargas.«

»Und du musst die Klappe halten. Okay?«

Ich formte mit meinen Händen das T-Zeichen. »Okay, Auszeit. Wie lange wird es dauern, bis sie sich bei dir melden?«

»Jeder weiß, dass die Sache heiß ist.«

50

Vargas und ich sahen auf den Monitor, der das Bild aus dem Vernehmungsraum übertrug. Dwyer trug eine schwarze Drahtbrille. Es war das erste Mal, dass ich ihn mit Brille sah. Mit seinem Seitenscheitel und der Brille machte er auf Johnny Depp. Dwyer wirkte ruhig und spielte mit seinem Handy herum, obwohl ein rot beschriftetes Schild die Benutzung von Mobiltelefonen verbot.

Vargas schüttelte den Kopf. »Ich kann immer noch nicht glauben, dass er ohne Anwalt gekommen ist.«

»Spielt uns in die Karten, wenn er zu selbstsicher ist.«

»Vielleicht ist er auch einfach unschuldig.«

»Dieser Kerl hält sich für klüger als alle anderen, und vielleicht ist er das auch, aber ich habe im Laufe der Jahre schon ein paar Genies eingebuchtet.«

»Soll ich die Klimaanlage runterdrehen?«

Lächelnd nickte ich.

»Du bist so berechenbar, Frank.«

Vargas ging zum Thermostat, während ich sagte: »Ich habe da so meine Methoden.«

Das war kein Aberglaube – einem Verdächtigen das Gefühl

zu geben, die Kontrolle zu verlieren –, es war etwas, das ich am John Jay College gelernt hatte.

Dwyer wandte sich langsam zur Tür, als wir eintraten.

Ich sagte: »Hallo, Mr. Dwyer.«

Er nickte.

»Ist die Brille neu?«

»Nicht wirklich.«

Vargas drückte die Aufnahmetaste, trug die Formalitäten vor und sagte: »Mr. Dwyer, Sie haben das Recht, von einem Anwalt vertreten zu werden. Wenn Sie sich keinen Rechtsbeistand leisten können, wird Ihnen das Gericht auf Staatskosten einen Anwalt bestellen.«

»Ich bin mir meiner Rechte durchaus bewusst.«

»Sie verzichten auf das Recht, bei dieser Befragung einen Anwalt dabei zu haben?«

»Ja. Ich habe nichts zu verbergen.«

Ah, die Unschuldsbeteuerung. Das kam früh, ein gutes Zeichen.

Vargas sagte: »Bevor wir anfangen, möchte ich Ihnen dafür danken, dass Sie freiwillig gekommen sind.«

Dwyer hob die Augenbrauen. »Ich würde es nicht freiwillig nennen. Detective Luca hat gesagt, ich würde verhaftet werden, wenn ich nicht erscheine.«

»Das habe ich nie gesagt.«

»Nicht direkt, aber Sie haben es ganz klar angedeutet.«

Vargas sagte: »Sie sind jetzt hier, also legen wir los. Sollen wir?«

Dwyer zuckte mit den Schultern.

Ich sagte: »Würden Sie sich als einen geduldigen Menschen bezeichnen?«

»Geduldig? Ja, ich glaube schon. Hebräer zehn, sechsunddreißig lehrt uns: ›Geduld aber habt ihr nötig, damit ihr den Willen Gottes tut und das Verheißene empfangt.‹«

»Also war es nicht schwierig, zehn Jahre auf die Rache für den Mord an Ihrer Mutter zu warten?«

»Detective Luca, die Schlange, die meine Mutter getötet hat, sitzt im Gefängnis.«

»Und um an ihn heranzukommen, sind Sie auf seinen Sohn, Robert Hagan, losgegangen.«

Dwyer schüttelte den Kopf. »Sie sehen da Zusammenhänge, die nicht existieren.«

»Es ist also ein Zufall, dass der Sohn des Mannes, der Ihre Mutter gefoltert und ermordet hat, getötet wurde? Ein Mann, den Sie kannten und dem Sie bis nach Florida gefolgt sind.«

Dwyer verzog das Gesicht, als er seinen Rücken streckte. »Das haben wir schon besprochen. Ich habe dem nichts weiter hinzuzufügen.«

Vargas sagte: »Macht Ihnen der Rücken zu schaffen?«

»Das hört nie auf.«

Ich fragte: »Ist es auch ein Zufall, dass Jeremy Kelly, der Betrunkene, der Sie angefahren und so schwer verletzt hat, dass Sie wieder laufen lernen mussten, erschossen aufgefunden wurde?«

»Ich habe gehört, dass er gestorben ist, aber das war Jahre nach dem Unfall.«

»Bei Kellys Vorstrafenregister würde ich das nicht als Unfall bezeichnen; ich würde sagen, es war nur eine Frage der Zeit.«

Vargas sagte: »Sie müssen stinksauer auf Kelly gewesen sein.«

»Natürlich war ich wütend, aber das bedeutet nicht, dass ich ihn umgebracht habe.«

»Waren Sie an dem Tag, an dem Kelly erschossen aufgefunden wurde, in Wisconsin?«

»Nein.«

»Sind Sie sicher?«

»Ja. Ich war hier und habe in Florida gelebt.«

»Besitzen Sie eine Glock Kaliber 44?«

»Nein.«

»Haben Sie jemals eine besessen?«

»Nein.«

»Wie erklären Sie sich die Tatsache, dass die Kugeln, die in Kellys Leiche gefunden wurden, mit denen von Bobby Hagan und Shaun Parker übereinstimmen?«

Dwyer blinzelte, nahm die Brille ab und rieb sich das rechte Auge. War da etwas, oder war es nur eine verirrte Wimper?

»Ich hätte nicht die leiseste Ahnung.«

»Vielleicht können Sie uns erklären, wie Ihr Fingerabdruck auf die 44er-Hülse gelangt ist, die am Tatort gefunden wurde.«

»Meine Fingerabdrücke? Es ist offensichtlich, dass Sie im Trüben fischen, Detective.«

»Nein, das tun wir nicht. Es ist wahr. Ihr Fingerabdruck wurde auf einer Hülse gefunden, die von der Glock stammt, mit der Jeremy Kelly getötet wurde.«

»Das ist unmöglich. Ich war nicht dort. Ich war in Florida.«

»Sagen Sie mir, ob das hier möglich klingt. Als geduldiger Mann haben Sie Jahre gewartet, bevor Sie gehandelt haben, sind sogar nach Florida gezogen, bevor Sie sich gerächt haben. Ich muss es Ihnen lassen. Das war gut geplant, aber jetzt haben wir Sie.«

Dwyers Blick wanderte zwischen Vargas und mir hin und her, bevor er sagte: »Wenn Sie Beweise hätten, hätten Sie mich verhaftet. Diese Befragung ist beendet.«

Er hatte recht. Ob sich das noch ändern würde, war die Frage. Die Antwort musste warten, denn Hannah Booth würde in einer Stunde zur Vernehmung kommen.

———

MIT ZUSAMMENGEPRESSTEN LIPPEN überragte Hannah Booth ihren Anwalt, als sie auf den Vernehmungsraum zusteuerten, den Dwyer gerade verlassen hatte. Die Angst, das Gebäude nie wieder zu verlassen, wenn man »in die Stadt« kam, brachte die Leute immer aus dem Konzept. Die Verletzlichkeit, die Hannah zeigte, bewies, dass sie nicht immun dagegen war.

Es war meine erste Begegnung mit Marcus Knight, der zu den nervtötenden Leuten gehörte, die beim Gehen ihre Füße nie ganz anheben. Das irritierende, schlurfende Geräusch katapultierte Knight direkt auf meine Liste der Leute, die ich nicht ausstehen konnte. Hannah begrüßte mich mit einem leisen Hallo, aber Knight nickte nur, als sie durch die Tür gingen, die ich aufhielt.

Ich nahm wieder einen Hauch von Hannahs fruchtigem Parfüm wahr, als ich mich mit Vargas an die gegenüberliegende Seite des Edelstahltisches setzte. Es gefiel mir, und ich fragte mich, wie es an Mary Ann riechen würde, während Vargas die Formalitäten erledigte.

»Ich möchte zu Protokoll geben, dass meine Mandantin, Hannah Booth, freiwillig und unter erheblichen Unannehmlichkeiten und Kosten erschienen ist.«

Die meisten, die teure Dienste anboten, erwähnten nie den Preis, aber es gab in jeder Branche Leute an der Spitze, die die hohen Gebühren, die sie verlangten, wie eine Auszeichnung trugen. Ich war mir sicher, dass es half, viele davon zu überzeugen, dass sie die Besten waren. Ich sagte: »Zur Kenntnis genommen.«

Vargas sagte: »Mrs. Booth, danke, dass Sie heute gekommen sind. Wir haben einige Fragen, die uns helfen werden, zu klären, welche Rolle Sie, wenn überhaupt, bei –«

»Meine Mandantin bestreitet, an irgendeiner Straftat beteiligt gewesen zu sein.«

Da ich den pompösen Idioten nicht verärgern wollte, sagte ich ihm nicht, dass Vargas den Teil mit der Rolle noch gar nicht beendet hatte. Stattdessen sagte ich: »Mrs. Booth, wo waren

Sie am zwanzigsten August zwischen sechzehn und zwanzig Uhr?«

Hannahs blondes Haar glitt ihr vom Ohr, als sie den Kopf neigte. »Zwanzigster August? Ich erinnere mich wirklich nicht.«

»Würde es helfen, Sie daran zu erinnern, dass der zwanzigste August die Nacht war, in der Sie wegen Fahrens unter Alkoholeinfluss verhaftet wurden?«

Eine rosige Färbung stieg ihr in die Wangen. »Oh. Ich habe in der Kirche gearbeitet, bis etwa kurz nach halb sieben oder so.«

»Sind Sie sich da sicher? In den Verhaftungsunterlagen von Lee County steht, dass Sie um neunzehn Uhr vierzig angehalten wurden.«

»Nein, ich bin mir ziemlich sicher, dass ich mindestens bis halb sieben dort war.«

»War jemand bei Ihnen in der Kirche?«

»Ähm, das könnte sein, aber ich war in meinem Büro.«

»Haben Sie in der Kirche Alkohol getrunken?«

»Nein, natürlich nicht. Minister Booth erlaubt keinen Alkohol auf dem Gelände.«

»Wohin sind Sie gegangen, als Sie gegangen sind?«

Sie griff sich an den unteren Rücken. »Es war ein sehr anstrengender Tag, und mein Mann war oben in Immokalee. Er wäre erst gegen zehn oder so nach Hause gekommen, also bin ich eine Runde gefahren, um den Kopf freizubekommen.«

»Haben Sie am Steuer getrunken?«

Knight legte seine Hand auf Hannahs Arm und sagte: »Mrs. Booth wurde angeklagt und hat die Verantwortung für ihr Handeln in dieser Nacht übernommen.«

Ich sagte: »Ich frage einfach nur, ob sie beim Fahren getrunken hat.«

»Nein, das würde ich niemals tun.«

»Wenn Sie weder bei der Arbeit noch am Steuer getrunken

haben, wie erklären Sie sich dann Ihren Blutalkoholwert von zwei Komma sieben Promille zum Zeitpunkt der Festnahme?«

Knight beugte sich vor und flüsterte ihr ins Ohr. Hannah sagte: »Auf Anraten meines Anwalts berufe ich mich auf den fünften Verfassungszusatz.«

Ich schlug mit der flachen Hand auf den Tisch. »Den Fünften? Haben Sie nun getrunken oder nicht?«

»Mrs. Booth hat sich bereits auf ihr Recht berufen. Nächste Frage.«

Vargas stieß mich unter dem Tisch an und sagte: »Sie hatten einen schlechten Tag und haben Ihr Büro verlassen, um eine Runde zu fahren und den Kopf freizubekommen. Ich verstehe das. Ich mache oft dasselbe. Wohin sind Sie gefahren?«

»Einfach so herum, wissen Sie. Ich erinnere mich, dass ich eine Weile auf dem Livingston gefahren bin, und dann war ich in Bonita.«

»Waren Sie in dieser Nacht in der Gegend von Wiggins Pass?«

Sie antwortete zu schnell. »Nein.«

Vargas schlug ihre Akte auf und schob das mit Zeitstempel versehenes Foto von ihr auf dem Vanderbilt Drive bei Wiggins Pass hinüber. »Wie erklären Sie das?«

Sie berührte das Foto nicht, aber Hannahs blaue Augen wurden feucht. »Ich-ich, äh, ich weiß nicht. Vielleicht habe ich mich geirrt.«

Knight sagte: »Mrs. Booths Erinnerungsvermögen war an diesem Abend beeinträchtigt.«

Ich sagte: »Sie war über der gesetzlichen Promillegrenze, aber weit von einem Filmriss entfernt.«

Knight sagte: »Es ist bekannt, dass die Wirkung von Alkohol von Person zu Person dramatisch variieren kann.«

»Es gibt einen beträchtlichen Zeitraum und Ereignisse, die erklärt werden müssen.«

»Meine Mandantin hat bereits gesagt, dass sie sich nicht erinnert.«

»Wir werden sehen, wie das bei den Geschworenen ankommt.«

»Wenn Sie mit einer Verhaftung drohen, sind diese Befragung und unsere Kooperation beendet. Ist das verstanden?«

Vargas sagte: »Wir versuchen, einen Zeitablauf für Mrs. Booth am zwanzigsten August zusammenzustellen.«

»Und wir versuchen, zu kooperieren.«

Ich sagte: »Okay, machen wir weiter. Wie Sie wissen, haben wir Mrs. Booths Haar an Shaun Parkers Leiche und die Waffe, die bei drei Morden verwendet wurde, in ihrem Büro gefunden. Wir haben die Dementis dazu gehört, aber die Forensik hat ihre DNA an Dick Cornwalls Leiche entdeckt.«

Die Farbe wich so schnell aus Knights Gesicht, dass er aussah wie eine Umrisszeichnung in einem Malbuch. Hannah verzog das Gesicht und sagte: »Was?«

Knight sagte: »Berufen Sie sich auf den Fünften, Mrs. Booth.«

Hannah sagte: »Ich verstehe das nicht. Wie können sie das gefunden haben?«

»Wir werden im Rahmen der Beweisaufnahme herausfinden, was sie haben.«

»Aber ist das nicht erst nach einer Verhaftung?«

»Ja, aber machen Sie sich darüber keine Sorgen.«

»Aber ich kann nicht verhaftet werden. Nein, ich habe nichts getan. Ich schwöre es.«

Knight erhob sich. »Ich fürchte, diese Befragung ist beendet, Detectives. Sie haben meine Mandantin aufgeregt, und wir gehen jetzt.« Er packte Hannahs Ellbogen und ging zur Tür hinaus.

Als die Tür ins Schloss fiel, sagte ich: »Da haben wir was.«

»Ich weiß nicht, ob es so klug war, wegen der DNA zu lügen, Frank.«

Lächelnd sagte ich: »Ihr Dementi schien echt, aber es gab keinen Zweifel daran, dass sie an irgendetwas schuld ist.«

Ich schaltete mein Handy ein, während Vargas sagte: »Das war bizarr.«

»Ja, und dieser Blödsinn von wegen sie erinnert sich nicht. Wo war sie? Sie hat gelogen, als sie sagte, sie sei nicht in der Nähe des Ortes gewesen, wo Hagans Leiche abgelegt wurde.«

»Du weißt, was es bedeutet, wenn sie bezüglich Cornwall die Wahrheit gesagt hat?«

Ich nickte. »Wir haben es mit zwei Mördern zu tun.«

»Das bezweifle ich allerdings. Sie ist vom ersten Tag an hinterhältig gewesen.«

»Verdammt, eine Sprachnachricht von Minister Booth. Wahrscheinlich will er mich anpissen, weil ich seine Frau schon wieder herbestellt habe. Da du dabei mitgeholfen hast, solltest du auch einen Einlauf bekommen.« Ich schaltete den Lautsprecher ein und drückte auf Play:

»Detective Luca. Hier ist Minister Booth, bitte kommen Sie so schnell wie möglich her. Ich habe etwas Beunruhigendes gefunden, und bitte sagen Sie Hannah nichts, okay? Kommen Sie einfach so schnell wie möglich hierher.«

51

MIT DEN HÄNDEN IN DEN TASCHEN KAM MINISTER BOOTH herüber, als ich auf den Parkplatz fuhr.

»Danke, dass Sie so schnell gekommen sind, Detective.«

Ich schüttelte seine klamme Hand. »Kein Problem, Minister. Was ist los?«

»Folgen Sie mir, aber verhalten Sie sich bitte leise.«

Booth ging durch die Kirchentüren und den Mittelgang des Kirchenschiffs entlang. Leere Kirchen waren Orte, an denen viele Trost fanden, aber mir bereiteten sie Unbehagen. War es der Gedanke, mit Gott allein zu sein, oder die Möglichkeit, dass ich mich selbst hinterfragen müsste?

Ich folgte Booth eine Stufe hinauf zum Altarbereich. Er drückte einen Schalter und die Lichter in einem Bereich hinter einem Wandschirm leuchteten auf. »Es ist im Altarraum.« Wir stiegen eine weitere Stufe hinauf und gingen um den Wandschirm herum. Der Raum wurde von einer hölzernen Anrichte dominiert, auf der ein weißer Spitzenläufer lag. Den Mittelpunkt des Tisches bildete eine große, aufgeschlagene Bibel, die in einem Messingständer ruhte.

»Ich habe mich auf den Sonntagsgottesdienst vorbereitet

und bemerkt, dass der Läufer schmutzig war.« Er zeigte auf einen grauen Fleck. »Ich wollte hier einen sauberen holen.« Booth fasste einen Knauf und zog eine Tür auf, die einen etwa fünfzehn Zentimeter hohen Stapel Leinenwäsche enthüllte.

»Es ist hinter den Läufern.«

Ich zog Handschuhe an und bückte mich. Was war da drin? Ein Körperteil? Geld?

»Als ich es gesehen habe, habe ich nichts getan. Ich habe es nicht angefasst. Es hat mich krank gemacht, es so nah am Altar zu haben.«

Ich griff hinter die Leinenwäsche. Es war eine Waffe, eine schwarze Glock .44.

Ich fand mein Gleichgewicht wieder, machte drei Fotos von der Waffe, bevor ich sie herausnahm und in einen Beutel steckte.

»Irgendeine Ahnung, wer sie hier versteckt haben könnte?«

»Nein. Es ist schockierend. Ich kann es mir nicht vorstellen.«

»Wer hat Zugang zu diesem Bereich?«

»Er ist dem Klerus vorbehalten, aber wie Sie sehen, ist er für jeden zugänglich.«

»Sie waren besorgt, Ihren Anruf Hannah gegenüber zu erwähnen. Warum das?«

Booth schluckte. »Nun, ich glaube nicht, dass sie etwas damit zu tun hat, aber wenn doch, nun, dann wird sie sich dafür verantworten müssen.«

»Ich schätze Ihre Neutralität, Minister. Sie sind ein ehrenwerter Mann. Ich werde Sie bitten, dies für sich zu behalten, bis wir herausfinden können, ob es mit den Tötungsdelikten zusammenhängt.«

Booth nickte. »Ich verstehe. Ich hoffe, die Wahrheit kommt schnell ans Licht. Unter den gegenwärtigen Umständen fühle ich mich sehr unwohl und werde beten, dass meine Frau nichts mit all dem zu tun hat. Wenn sie es täte ...« Er breitete die

Arme aus. »All das hier wäre verloren. Wir müssten zumachen, da bin ich mir sicher.«

»Wir können die Tests und die Analyse innerhalb von Stunden durchführen. Sie werden nicht lange warten müssen.«

»Ich kann den Gedanken nicht ertragen, dass sie ... dass sie in so etwas verwickelt war und ich es nicht bemerkt habe.«

Ich klopfte ihm auf die Schulter. »Nehmen Sie mir das nicht übel, aber ich habe gelernt, dass wir jemanden nie wirklich kennen.«

»Gott weiß es. Er kennt jedes Haar auf Ihrem Kopf.«

Ich steckte die eingetütete Glock in meine Jacke und Booth begleitete mich nach draußen. Als ich mich verabschiedete, konnte ich mir nicht vorstellen, was er durchmachte. Seine engste Vertraute, seine Frau, hatte möglicherweise alles verraten, wofür er stand. Ich wollte vom Parkplatz rasen, konnte Booth aber nicht noch weiter beunruhigen, also ließ ich mir beim Rausfahren Zeit und rief Vargas an.

———

»Weißt du, Vargas, in meinen zwanzig Jahren bei der Polizei habe ich nur fünf ballistische Tests miterlebt, aber hier sind wir, innerhalb weniger Monate schon wieder im Keller.«

»Das ist mein dritter und bei diesem modrigen Geruch hoffe ich, dass es auch mein letzter ist.«

Ich beugte mich zu ihr und legte meine Hand auf ihren Hintern. »Du riechst gut, wie Dove-Seife.«

Vargas stieß mir den Ellbogen in die Seite und flüsterte: »Hör auf damit, Frank.« Der Ballistiker kam wieder herein und verkündete, er sei bereit.

Ich reichte Vargas einen Gehörschutz und setzte selbst einen auf. Der Techniker führte die Glock in den Trichter ein, sah uns an und drückte ab. Die Kugel schoss durch das Wasser und erinnerte mich an den Torpedo eines U-Boots aus einem

Film über den Zweiten Weltkrieg. Wir nahmen unseren Gehörschutz ab, als der Techniker die Kugel aus dem Tank fischte.

»Lassen Sie mich das sehen.«

Der Techniker verpackte die Kugel in einen Beutel und reichte ihn mir. Es schien nichts Bemerkenswertes daran zu sein, aber die bevorstehenden Tests könnten den Ruf des Geschosses ins Außergewöhnliche heben. Ich gab den Beutel zurück und wir folgten dem Techniker nach oben ins kriminaltechnische Labor.

Ich saß auf einem der Edelstahlhocker des Labors und starrte auf den Rücken eines Technikers, der über ein Mikroskop gebeugt war. Vargas war gegangen, um uns Kaffee zu holen. Ich stand auf und begann, im Zimmer auf und ab zu gehen, das für mich mindestens zehn Grad zu kalt war.

»Kaust du an den Fingernägeln?«

Ich nahm einen Kaffee von Vargas entgegen und sagte: »Äh, hatte einen Nietnagel.«

»Beruhige dich. Wir bekommen die Ergebnisse, wenn sie fertig sind.«

52

Ein oranger Streifen erschien am Horizont. Meine Uhr zeigte 6:39 Uhr. Acht Beamte waren strategisch positioniert und beobachteten das Haus. Der eigentliche Plan war, den Verdächtigen festzunehmen, wenn er das Haus vor 7 Uhr verließ. Der Plan B, der wahrscheinlich zur Anwendung kommen würde, sah vor, dass ein Beamter in Zivil an die Tür klopfte.

Im Haus brannte nur ein einziges Licht, als ich den Befehl gab, sich aus dem Sichtfeld der Haustür zurückzuziehen. In den acht Minuten bis 7:00 Uhr war es taghell geworden. Ich gab das Zeichen. Das jüngste Mitglied unseres Teams ging zur Haustür und klingelte.

Eine Sekunde bevor sich die Haustür öffnete, ging im Foyer ein Licht an. Wie befohlen, sagte der Beamte dem Verdächtigen, dass sein Auto brenne. Als der Verdächtige aus dem Haus trat, stürmten drei Beamte mit gezogenen Waffen von der Seite des Hauses hervor.

Ich eilte hinüber. »Sie sind wegen des Mordes an Robert Hagan verhaftet.« Während ich ihm seine Rechte vorlas, spürte ich, wie sich ein Paar eiskalter Augen in mich bohrte, als die Handschellen klickten.

Ein Beamter setzte den Beschuldigten auf den Rücksitz eines Streifenwagens, und weniger als fünf Minuten nach meinem Befehl war der Verdächtige auf dem Weg zur Wache.

———

DIE STAATSANWALTSCHAFT HATTE einige Bedenken wegen der Indizienlage des Falles. Sie glaubten, dass die Geschworenen die Beweiskette nachvollziehen und auf schuldig plädieren würden, aber es herrschte Unsicherheit. Um das Risiko zu minimieren, wurde der Verdächtige wegen dreifachen Mordes zusätzlich angeklagt, und ihm drohte die Todesstrafe. Die Hoffnung war, ihn zu einem Schuldbekenntnis zu zwingen, im Austausch dafür, dass die Todesstrafe fallen gelassen wurde.

Vargas und ich fuhren an dem gut dreieinhalb Meter hohen Zaun des Gefängnisses entlang und bogen auf den Parkplatz ein. Als wir den Eingangsbereich entlanggingen, zeigte Vargas auf ein Auto, das auf die Ausfahrt wartete. »Das ist Minister Booth, der gerade fährt.«

»Er ist ein guter Kerl. Es ist eine Schande, dass er da mit reingezogen worden ist.«

Wir schoben unsere Ausweise unter der Glasscheibe durch und der Wärter ließ uns mit dem Summer herein. Nachdem wir uns eingetragen und unsere Waffen abgegeben hatten, wurden wir durch ein weiteres Tor gesummt und gingen zum Vernehmungsraum des Gefängnisses.

»Ich bin lieber auf meinem eigenen Terrain, Vargas.«

»Mag sein, aber du kannst die Verzweiflung nicht leugnen, die jemand empfindet, der hinter Gittern sitzt.«

Während wir darauf warteten, durch eine weitere Tür gelassen zu werden, sagte ich: »Du hast recht. Aber dieser Raum macht mich klaustrophobisch.«

»Du wirst es überleben, Frank.«

»Ha-ha. Sag, was meinst du: Wie stehen unsere Chancen, dass er auf schuldig plädiert?«

»Fünfzig-fünfzig.«

Die Tür fiel hinter uns krachend ins Schloss. Ein Wärter eskortierte uns einen dunklen Korridor entlang, der von Stahltüren gesäumt war, deren zehn Zentimeter große quadratische Fenster Lichtkegel in den Gang warfen. Der gedämpfte Gesang von jemandem wurde von dem Krachen eines Tabletts unterbrochen, mit dem ein Häftling gegen eine Tür schlug. Zwischen Vargas' Schulter und meiner hätte kein Blatt Papier gepasst.

Der Wärter tippte einen Code in ein Tastenfeld ein und öffnete eine Tür zu einem quadratischen Raum aus Betonsteinen, dessen Größe mich daran erinnerte, tief durchzuatmen. Vier Stühle, deren weißes Plastik sich anthrazitfarben verfärbt hatte, standen um einen Metalltisch, der am Boden festgeschraubt war.

Die Tür fiel krachend zu. Ich nahm den Stuhl, der der Tür am nächsten war, und konzentrierte mich auf meine Atmung, während Vargas über das bevorstehende Wochenende plapperte. Der Schließmechanismus der Tür surrte, und die Tür ging auf.

Ein Overall mit Zebramuster hing Dwyer wie ein Zelt von den Schultern. Dwyer bot dem Wärter seine gefesselten Hände an. Ich sagte: »Schon gut. Nehmen Sie sie ihm ab.«

Dwyer schob seine Brille hoch, bevor er sich die Handgelenke rieb. Er sah mir in die Augen, ließ sich vorsichtig auf den Stuhl gegenüber von Vargas nieder und sagte: »Ich habe gewusst, dass Sie früher hier sein würden, als mein Anwalt angekündigt hatte, um mich zu überreden, auf schuldig zu plädieren.«

Vargas sagte: »Es ist in Ihrem besten Interesse, Ethan.«

»Ach, kommen Sie, Detective, erwarten Sie, dass ich das

glaube? Warum sollte die Staatsanwaltschaft überhaupt einen Deal anbieten?«

»Ein Prozess ist ein kostspieliges und langwieriges Verfahren.«

Dwyer grinste. »Ja, genau. Die Wahrheit ist, sie haben Angst, vor Gericht gegen mich anzutreten. Sie haben nichts Konkretes in der Hand, nur eine Reihe unzusammenhängender Fäden.«

Vargas sagte: »Vergessen Sie nicht, dass es hier um die Todesstrafe geht. Wenn Sie verlieren, droht Ihnen die Hinrichtung.«

Ich sagte: »Gehen wir mal« – ich machte Anführungszeichen mit den Fingern – »die ›Fäden‹ durch, einverstanden?«

»Dieser Stuhl ist steinhart. Gibt es nicht etwas Bequemeres? Ich habe Verletzungen, und die bringen selbst im Gefängnis Rechte mit sich.«

»Was die Stühle angeht, bin ich ganz bei Ihnen, aber ich fürchte, da können wir nichts machen.«

Vargas sagte: »Wenn es hilft, können Sie gerne aufstehen und sich etwas bewegen.«

»Danke. In Bewegung zu bleiben, lindert tatsächlich einen Teil meiner Schmerzen.«

Ich sagte: »Kommen wir zur Sache. Sie haben recht, dass wir autorisiert wurden, einen Deal auszuloten, aber Sie irren sich, wenn Sie denken, wir hätten nicht mehr als genug für eine Verurteilung. Zunächst einmal haben wir Ihre Handydaten, die Sie zur Tatzeit in der Nähe jedes der Morde in Collier County verorten –«

»Welches mögliche Motiv hätte ich haben sollen, diese armen Männer zu töten?«

»Das ist ein guter Punkt.«

Dwyers Lächeln erstarb, als ich sagte: »Der Staatsanwalt ist im Gerichtssaal wirklich gut. Habe ich erwähnt, dass er jeden Fall, in dem es um die Todesstrafe geht, persönlich vertritt?

Wie auch immer, er wird Sie als Verlierer darstellen, der auf Rache aus ist.«

»Verlierer? Wissen Sie, dass ich einen IQ von einhundertvierundvierzig habe?« Dwyer verzog das Gesicht, als er aufstand. »Ich wette, der Staatsanwalt hat höchstens einen von hundertfünf, vielleicht hundertzehn.«

Ich sah Vargas an, bevor ich sagte: »Tatsache ist, dass Bobby Hagan, der Sohn des Mannes, der Ihre Mutter getötet hat, erschossen aufgefunden wurde. Ein Mann, den Sie kannten und mit dem Sie in Booths Kirche gearbeitet haben, ein Mann, dem Sie von Wisconsin nach Florida gefolgt sind.«

»Reiner Zufall. Sie können nicht beweisen, dass ich ihm hierher gefolgt bin.«

»Mag sein, aber wie gesagt, der Staatsanwalt ist im Gerichtssaal sehr überzeugend. Nicht wahr, Vargas?«

»Kein Zweifel, er ist einer der Besten, mit denen ich je gearbeitet habe. Ich kann mich nicht an den letzten Fall erinnern, den er verloren hat, falls er überhaupt mal verloren hat.«

»Das muss gewesen sein, bevor ich hierher kam, aber wie auch immer, ich weiß, dass er noch nie einen Todesstrafenfall verloren hat.«

Dwyer stützte die Handflächen auf den Tisch und beugte sich vor. »Das ist ein jämmerlicher Versuch, mir Angst zu machen. Ich bin intelligent. Ich lasse mich nicht von meinen Emotionen beherrschen. Sie haben nichts gegen mich in der Hand.«

Ich sagte: »Das denken Sie also – dass wir mit leeren Händen hierher gekommen sind?«

Vargas sagte: »Vielleicht sollten Sie sich hinsetzen, wenn es Ihnen gut geht.«

Dwyer ließ sich auf einen Stuhl nieder. »Dieses ganze inszenierte Drama – es ist fast schon komisch.«

»Es ist nichts Lustiges daran, auf eine Liege geschnallt und mit einer Dosis Pentobarbital vollgepumpt zu werden.«

Vargas schauderte auf überzeugende Weise.

»Das wird niemals passieren.«

»Wenn Sie das Risiko eingehen wollen, ist das Ihre Entscheidung. Aber ich sage Ihnen, der Staatsanwalt sagte, wenn Sie nicht die Todesstrafe bekommen, wird er dafür sorgen, dass Sie auch in Wisconsin vor Gericht gestellt werden.«

»Wisconsin? Wofür?«

»Kelly, der Typ, den Sie erschossen haben, weil er in Sie reingefahren ist.«

»Wirklich? Und wie wollen Sie das beweisen?«

»Ziemlich einfach, eigentlich. Was wir Ihnen jetzt sagen werden, haben wir noch nicht einmal der Polizei von Green Bay mitgeteilt.«

Vargas sagte: »Die ballistischen Gutachten bestätigen, dass die Waffe, mit der Kelly und Hagan getötet wurden, ein und dieselbe war.«

»Wenn ich den besoffenen Mistkerl hätte umbringen wollen, hätte ich keine zehn Jahre gewartet. Außerdem bin ich nach Florida gezogen, bevor das passiert ist, und bin nie wieder zurück.«

»Ich sage, das haben Sie. Ich sage, Sie sind nach Green Bay gefahren, haben Kelly getötet und sind wieder zurückgefahren.«

Dwyer verschränkte die Arme vor der Brust. »Ich glaube, das nennt man Hörensagen.«

Ich griff in meine Brusttasche, zog ein Dokument heraus und legte es auf den Tisch. »Sie waren gut, fast unsichtbar, nicht wahr, Vargas? Außer dass Sie einen kleinen Fehler gemacht haben – Sie haben einen Strafzettel bekommen, weil Sie über eine rote Ampel gefahren sind.«

Dwyer nahm die Fotokopie des Strafzettels in die Hand. »Na und? Das bedeutet gar nichts.«

»Es bringt Sie in dieselbe Stadt. Tatsächlich nur ein paar

Straßen von dem Ort entfernt, an dem Sie Kelly erschossen haben, am selben Tag. Das ist ein verdammt großer Zufall für jemanden, der in Florida lebt.«

»Ich habe Freunde in Wisconsin. Ich war nur zu Besuch, das ist alles.«

»Warum würden Sie dann darüber lügen?«

»Weil man dem System nicht trauen kann. Ich sage die Wahrheit, und sie wird so gebogen, wie es das System will. Man kann nichts tun.«

Vargas sagte: »Weißt du was, Frank, er hat recht. Schau dir nur an, wie oft wir uns abrackern, um irgendeinen Widerling zu verhaften, nur damit das Gericht ihn wieder freilässt.«

Dwyer schlug mit der Handfläche auf den Tisch. »Sehen Sie, da haben wir es. Das System ist unfähig zu funktionieren. Das Stück Abschaum, das meine Mutter vergewaltigt, gefoltert und getötet hat, war gerade aus dem Gefängnis entlassen worden. Sie hätte nicht sterben müssen. Ich wurde alleingelassen – mit niemandem.« Er kämpfte sich hoch. »Wissen Sie, wie es ist, im Pflegesystem herumgeschubst zu werden? Es ist ein weiteres katastrophales System, das nicht funktioniert. Wenn Sie mich fragen, ist es schlimmer als gar kein System zu haben. Die Kinder darin sind auf der verdammten Straße besser dran.«

Vargas sagte: »Was für eine schreckliche Sache, die ein Kind ertragen muss. Wie alt waren Sie, als das passiert ist?«

»Ich war gerade acht geworden.« Dwyer schüttelte den Kopf. »Meine ganze Welt wurde mir von diesem abscheulichen Schläger genommen. Wenn das System richtig funktionieren würde, wäre sie heute noch am Leben.« Er wedelte mit dem Finger und setzte sich wieder. »Es gibt eine bestimmte Untergruppe der Bevölkerung, die unverbesserlich ist. Sie werden sich niemals ändern, und es hat absolut keinen Sinn, ihnen zweite, dritte und vierte Chancen zu geben.«

Ich wollte ihm sagen, dass ich zustimmte, aber Vargas hatte

einen Lauf. Sie sagte: »Es war schockierend, Paul Hagans Akte zu sehen. Man hätte ihm nie wieder erlauben dürfen, auf der Straße herumzulaufen.« Sie griff über den Tisch und legte ihre Hand auf Dwyers Hand. »Es tut mir so leid, dass Sie das alles durchmachen mussten. Ich kann mir nicht vorstellen, wie Sie mit einem solchen Trauma umgegangen sind.«

Dwyer zuckte mit den Schultern. »Die Leere, die man nach dem Verlust seiner Mutter empfindet, besonders bei einem so brutalen Angriff, ist ein so tiefer Schmerz, dass er unbeschreiblich ist.«

»Sie armes Ding.«

Dwyers Augen glänzten. »Ich habe Jahre gebraucht, um mich von der Leere zu erholen. Sie ist nie ganz verschwunden, aber ich habe angefangen, auf Gott zu hören, und konnte wieder funktionieren.«

»Und dann sind Sie von einem betrunkenen Fahrer angefahren worden. Wie tragisch. Wie unfair, nach dem, was Ihnen passiert ist, bei einem Unfall fast getötet zu werden und solche lähmende Verletzungen zu erleiden.«

Dwyer ließ den Kopf hängen. »Wieder vom System im Stich gelassen.«

»Kelly hatte mehrere Anzeigen wegen Trunkenheit am Steuer–«

Ich zog meine Hand weg, um dem Speichel auszuweichen, der aus Dwyers Mund flog, als er sagte: »Dieser Mistkerl hätte hinter Gittern sitzen sollen, geschweige denn ein Kraftfahrzeug führen dürfen.«

»Ich weiß, es ist verrückt. Wie lange waren Sie im Krankenhaus?«

»Mehr als zwei Monate.«

Ich sagte: »Das kann ich mir gar nicht vorstellen. Es muss Ihnen wirklich schlecht gegangen sein. Die wollen einen doch immer nach ein paar Tagen rausschmeißen.«

»Sie haben mir zwei verdammte Stahlstäbe in den Rücken

eingesetzt. Der Schmerz war so intensiv, dass ich zwei Wochen lang Morphium bekam. Ich musste wieder laufen lernen. Die Reha war die Hölle. Kelly hat bekommen, was er verdient hat.«

»Dem kann man schwer widersprechen.«

Vargas sagte: »Sie haben wirklich ein paar harte Schicksalsschläge erlitten. Es ist so unfair. Sehen Sie, ich billige nicht, was Sie getan haben, aber ich verspreche Ihnen, dass die Umstände dessen, was Ihnen als Kind widerfahren ist, bei einer Absprache über Ihr Schuldeingeständnis berücksichtigt werden.«

Dwyer versteifte sich. »Ich habe nichts getan. Rein aus Neugier, wie würde ein hypothetischer Deal aussehen?«

»Wenn Sie uns alles erzählen und uns helfen, alle Fälle abzuschließen, haben wir etwas Spielraum.«

»Definieren Sie Spielraum.«

»Sie würden Ihr eigenes Leben retten. Der Staatsanwalt wird darauf verzichten, auf der Todesstrafe zu bestehen.«

»Was ist mit Bewährung?«

Vargas sagte: »Obwohl es unwahrscheinlich ist, würden wir argumentieren, dass das Trauma, das Sie erlitten haben, eine psychische Instabilität verursacht hat, und ein Richter könnte geneigt sein, Sie in eine Anstalt einzuweisen, in der eine Entlassung nach der Behandlung möglich ist.«

»Eine Anstalt ist ein weitaus besserer Ort als jedes Gefängnis, besonders eins oben in Wisconsin, wo die Winter Ihre Rückenprobleme noch viel schlimmer machen werden.«

Dwyer hielt inne, bevor er sagte: »All das ist interessant und erfordert Überlegung. Können Sie morgen wiederkommen?«

»Sicher«, sagte Vargas. »Gibt es etwas, das wir Ihnen besorgen können?«

»Eine Bibel. Stellen Sie sicher, dass es die ›New International Version‹ ist.«

»Okay. Kein Problem. Sonst noch etwas?«

»Ich bin extrem gelangweilt. Könnten Sie mir ein paar Bücher zum Lesen besorgen?«

»Sicher. Was mögen Sie?«

»Autobiografien sind meine Favoriten, aber Biografien von so gut wie jedem, ausgenommen Politiker oder Prominente, wären auch gut.«

»Ist so gut wie erledigt. Wir sehen uns morgen.«

53

Ein Dutzend Reporter folgten uns zum Eingang des Gefängnisses. Jemand hatte durchsickern lassen, dass Dwyer ein Vergleichsangebot gemacht worden war. Ich schob ein Mikrofon beiseite und reichte dem Wärter unsere Ausweise. Drinnen gaben wir unsere Waffen ab und gingen durch den Metalldetektor, der summte, als ich hindurchging. Ich hatte vergessen, dass meine Aktentasche ein Videoaufnahmegerät enthielt, für den Fall, dass Dwyer bereit war, reinen Tisch zu machen.

Der Korridor war genauso unheimlich wie gestern, aber der Vernehmungsraum ließ mein Herz nicht mehr rasen. Wir hatten etwas zu erledigen, und ich war stolz, dass ich der Aufgabe gewachsen war.

Vargas legte eine Bibel und drei weitere Bücher hin, deren Umfang mich einschüchterte.

»Pack das weg, Frank. Das wird ihn abschrecken.«

»Ich bin nur optimistisch.«

»Steck es zurück in deine Aktentasche.«

Ich verstaute das Aufnahmegerät, als die Tür aufschwang.

Dwyer sah die Bücher, lächelte und hob seine gefesselten

Arme zum Wärter. Ich nickte anerkennend. Mit freien Händen nahm Dwyer die Bibel, schlug sie auf und las laut vor: »Herr, höre meine Stimme am Morgen. Ich lege dir meine Gebete vor und hoffe. Bosheit wird von dir nicht geduldet. Die Hochmütigen können nicht vor deinen Augen bestehen. Du hasst alle Übeltäter. Führe mich, o Herr, auf deinen gerechten Wegen.« Er schloss die Bibel. »Das Buch der Psalmen ist mein Liebstes. Es liest sich wie Poesie.«

Vargas sagte: »Das war schön.«

Dwyer nahm ein Buch in die Hand. »Schön. Ich habe Nikola Tesla von Cheney gelesen, aber nie seine Autobiografie. Das wird großartig. Ah, Leonardo da Vinci, das ist gut, und Toscanini. Was für eine interessante Wahl. Sie haben mich überrascht, Detective.«

»Ich bin froh, dass sie Ihnen gefallen. Ich habe der Frau bei Barnes and Noble gesagt, sie soll Bücher vorschlagen, die einer sehr intelligenten Person gefallen würden.«

Das Bild von da Vinci auf dem Umschlag fiel mir ins Auge. Er hatte diesen geheimnisvollen Blick, der mich neugierig darauf machte, es zu lesen. Ich musste mir ein Exemplar besorgen – das würde meine Lektüre für das Jahr sein.

Dwyer ließ sich auf einen Stuhl nieder. »Danke. Ich weiß das aufrichtig zu schätzen.«

Vargas sagte: »Hatten Sie Zeit, über unser Angebot nachzudenken?«

Dwyer nickte. »Ich glaube immer noch, dass ich, wenn ich fair behandelt werde, von den Anklagepunkten freigesprochen würde. Wenn Sie mir jedoch die Möglichkeit einer Bewährung oder Entlassung aus einer Anstalt garantieren, stimme ich zu.«

Vargas sagte: »Wir haben mit dem Staatsanwalt gesprochen, und er glaubt, dass ein Weg möglich ist, aber wenn der Richter auf einer Haftstrafe besteht, wird es wahrscheinlich eine lebenslange Haftstrafe sein.«

Ich sagte: »Denken Sie daran, ohne einen Vergleich droht Ihnen die Todesstrafe.«

Vargas sagte: »Bitte, Ethan, treffen Sie nicht die falsche Wahl.«

»Mein Leben liegt in Gottes Händen. Er hat noch weitere Aufgaben für mich. Ich kann sein Fürsprecher sein, wo auch immer er mich hinschickt.«

Vargas sagte: »Sie nehmen den Deal an?«

»Das ist es, was Gott von mir will.«

Vargas warf mir einen bösen Blick zu, als ich das Aufnahmegerät herausholte.

»Es ist die richtige Entscheidung, Ethan. Sie werden es nicht bereuen. Wir müssen das zu Protokoll nehmen. Es ist eine Formalität. Würde es Ihnen etwas ausmachen, wenn wir das aufzeichnen?«

»Das ist in Ordnung.«

Ich schaltete das Aufnahmegerät ein, und Vargas sagte: »Im Gegenzug für Ethan Dwyers Schuldeingeständnis hat die Staatsanwaltschaft von Collier County zugestimmt, ihre Forderung nach der Todesstrafe fallen zu lassen. Zusätzlich wird sie die von Ethan Dwyer angebotenen Informationen prüfen und beim Gericht um Milde bitten.«

»Das ist alles, was Sie sagen werden?«

»Vertrauen Sie mir, Ethan, ich habe schon Hunderte Vergleiche ausgehandelt. Das ist die Standardformulierung.«

»Das ist zu allgemein.«

»Wir können uns zu nichts Weiterem verpflichten, da wir nicht wissen, was Sie uns heute erzählen werden. Das ist doch logisch, oder?«

»Ich weiß nicht.«

»Vertrauen Sie mir, Ethan?«

»Das tue ich.«

»Keine Sorge. So wird das gemacht. Okay?«

»In Ordnung.«

»Gut. Nun erzählen Sie uns, was mit Bobby Hagan passiert ist.«

»Ich habe die Hagans im Auge behalten – zuerst war es meine eigene Angst. Als Kind war ich so traumatisiert von dem, was Paul Hagan meiner Mutter angetan hatte, dass ich in ständiger Furcht gelebt habe und geglaubt habe, sein Sohn würde hinter mir her sein.«

Aus dem Augenwinkel sah ich, wie Vargas den Kopf schüttelte.

»Als ich älter wurde, hat meine Angst nachgelassen und hat sich in den Wunsch verwandelt, sie in Angst leben zu lassen und den Schmerz zu spüren, einen geliebten Menschen zu verlieren. Ich wollte Rache, aber die Art, die ich mir wünschte, war eine, für die ich nicht bereit war. Als Trost habe ich sie belästigt, habe Drohanrufe gemacht, habe Steine durch ihre Fenster geworfen.« Er lachte. »Ich habe sogar eine Tüte Scheiße in ihren Briefkasten gesteckt. Es war kindisch, aber es tat gut. Jedenfalls, als sie umzogen, war es, als ob mir mein Lebenszweck, meine Identität, genommen wurde. Ich weiß, das klingt irrational, aber so habe ich mich gefühlt.«

»Das ist nicht verrückt, das ist das Trauma, das da spricht.«

»Jedenfalls habe ich von einem Nachbarn erfahren, wohin sie gezogen waren. Ehrlich gesagt hatte mir mein Arzt wegen meiner Rückenprobleme schon mehrmals geraten, in den Süden zu ziehen, und das hat den Umzug leichter gemacht. Ich habe wahrscheinlich das Wetter als Ausrede benutzt, aber alles begann sich zu fügen, als ich Minister Booth traf.«

»Sie haben ihn getroffen, als Sie Bobby Hagan gefolgt sind?«

»Ja. Es war einfacher, als ich dachte. Ich war so auf sie fixiert, dass ich annahm, sie wüssten, wer ich war, aber Bobby Hagan hatte keine Ahnung. Ich musste nicht einmal einen Decknamen benutzen. Er war im Unterstützungsprogramm der Kirche und zog es ins Lächerliche, was meine Wut anfachte. Er hat seine üblen Machenschaften nie aufgegeben. Je mehr ich über ihn erfuhr, desto weniger mochte ich ihn. Anscheinend ging es seiner Mutter genauso – sie warf ihn aus ihrem Haus.«

»Sie erwähnten Minister Booth. Welche Rolle spielte er für Sie?«

»Minister Booth öffnete mir die Augen für die Grenzen von Gottes Geduld mit uns. Die allererste Predigt, die ich von ihm gehört habe, war eine totale Offenbarung. Ich erinnere mich noch, wie er erklärte, dass Gott zu uns spricht, dass wir zuhören und nach Gottes Wort handeln müssen. Er machte klar, dass wir keine Zuschauer sein durften; wir mussten uns unser Heil verdienen. Das stand im Gegensatz zu allem, was mir über einen allliebenden und vergebenden Gott beigebracht worden war.«

Es ließ mich an die Botschaft denken, mit der ich aufgewachsen war – wie die Angst davor, Unrecht zu tun, sich in ein weichgespültes Durcheinander ohne Konsequenzen aufgelöst hatte.

Dwyer fuhr fort: »Für mich ergab das vollkommen Sinn. Diejenigen, die Unrecht taten, würden einen Preis zahlen. Keine Bekehrung auf dem Sterbebett würde jemandem wie Paul Hagan erlauben, neben meiner Mutter in den Himmel zu kommen. In den nächsten Monaten gab mir das, was Minister Booth predigte, den Mut, das zu tun, von dem ich wusste, dass es getan werden musste.«

»Hat er den Gemeindemitgliedern gesagt, sie sollten als Gottes Bürgerwehr agieren?«

»Nein, nein. Das ist es ja bei ihm. Er predigte immer über Vergebung und darüber, seinen Brüdern und Schwestern zu helfen, ihnen eine zweite Chance zu geben. Aber ich wollte, dass er eine Armee für Gott aufstellt, um für Gerechtigkeit zu sorgen. Ich fragte ihn einmal danach, aber er sagte, nur Gott habe die Macht, Anweisungen zu geben, und er sei nur ein

Kanal für das geschriebene Wort Gottes. Ich war enttäuscht, aber dann zitierte er eine Bibelstelle, die mich tief in meinem Innersten traf. Exodus Zwo-und-zwanzig: ›Wenn ein Dieb beim Einbrechen ertappt und so geschlagen wird, dass er stirbt, soll für ihn keine Blutschuld bestehen.‹«

Vargas sagte: »Mit anderen Worten, wenn jemand Unrecht tut, kann man handeln und ist schuldlos?«

»Genau. Das einzige Urteil, das jemanden interessieren sollte, ist das von Gott.«

»Haben Sie nach Ihrem Gespräch mit Minister Booth beschlossen, Rache zu üben?«

»Nein, nicht sofort. Ehrlich gesagt wusste ich intellektuell, was es bedeutete, aber trotz allem, was diese Leute mir angetan hatten, war es eine beängstigende Aussicht, dies in die Tat umzusetzen.«

»Was ist passiert?«

»Ich studierte die Bibel. Es gab zahlreiche Beispiele, wie Römer 13,4: ›*Tust du aber Böses, so fürchte dich; denn er trägt das Schwert nicht umsonst; denn er ist Gottes Diener, ein Rächer zur Vollstreckung des Zorns an dem, der Böses tut.*‹ Dann lauschte ich, ob Gott zu mir sprechen würde. Als er es tat, begann ich, sein Werk zu verrichten.«

»War Jeremy Kelly der Erste?«

»Ja. Ich erkenne, dass es ein egoistisches Unterfangen war, aber es war mein erstes Mal. Die Entfernung und die vergangene Zeit gaben mir die Zuversicht, dass ich unbemerkt bleiben und weiterhin das Böse ausmerzen konnte.«

Emotionslos erzählte uns Dwyer, er habe ein Auto gemietet, sei direkt nach Indiana durchgefahren, wo er bar für ein Motelzimmer bezahlt habe. Am nächsten Tag kam er in Green Bay an, erschoss Kelly und war zwei Tage später wieder in Florida.

Ich sagte: »Wären da nicht die zurückgelassene Hülse und das Blitzerfoto gewesen, wäre es fast perfekt gewesen.«

Dwyer schüttelte den Kopf. »Da draußen war jemand beim Angeln. Können Sie sich das vorstellen? Man konnte nichts aus diesem Fluss essen. Als er das Licht in meine Richtung richtete, wurde ich nervös und bin mit nur einer der Hülsen abgehauen.«

»Wie haben Sie sich dabei gefühlt?«

»Ich will nicht sagen, dass ich nicht panische Angst hatte, aber es war berauschend. Es gab endlich Gerechtigkeit, und die Welt war ohne Männer wie Kelly besser dran. Er war eine Verschwendung von Menschlichkeit.«

»Warum sind Sie nicht sofort hinter Hagan hergegangen?«

»Von Anfang an wollte ich Hagan verfolgen. Aber ich konnte Gott nicht zeigen, dass es nur um mich ging. Ich fühlte, dass ich uneigennützig bleiben und seine Befehle ausführen musste. Er sandte mich, um das Böse zu säubern, und davon gab es unter seinem Dach in der ›Spirit of Fellowship‹-Kirche reichlich.«

»Die Motivation für die Morde an Kelly und Hagan ist klar, aber was ist mit den anderen?«

»Sie waren das personifizierte Böse. In Jakobus 1,21 werden wir angewiesen: ›Darum legt allen Schmutz und die weit verbreitete Bosheit ab.‹«

»Wie sind Sie mit Hannah Booth zurechtgekommen?«

»Sie dachte tatsächlich wie ich, dass Minister Booth zu nachsichtig war und zu viele Ressourcen an Leute verschwendete, die sich niemals ändern würden.«

»Sie mochten sie, haben ihr aber eine Falle gestellt?«

»Ich mochte sie nicht persönlich. Sie betrog den Minister. Die Waffe in ihrem Büro zu verstecken, war eine perfekte Möglichkeit, ihr eine Lektion zu erteilen.«

»Hannah Booth war ihrem Mann untreu?«

»Ja. Ronnie Sales war der Letzte.«

Vargas und ich tauschten Blicke aus. Sales wohnte am Conners Boulevard, nahe genug am Wiggins Pass. Kein

Wunder, dass sie uns nicht sagen wollte, wo sie in der Nacht ihrer Verhaftung wegen Trunkenheit am Steuer war.

»Sie haben ihr Haar auf Parkers Leiche platziert?«

Er nickte. »Ich habe nicht wirklich versucht, ihr eine Falle zu stellen. Ich wusste, dass es die Aufmerksamkeit auf sie lenken würde. Es hat funktioniert, nicht wahr?«

54

Eine neue Klinge tat ihren Dienst. Mein Gesicht war so glatt wie schon lange nicht mehr. Mit zwanzig Minuten Verspätung sprühte ich mir einen Schuss von dem Chanel-Parfum auf, das Mary Ann mir geschenkt hatte, und knöpfte das Hemd zu, das ich von ihr zum Geburtstag bekommen hatte. Bevor ich den Wagen startete, schickte ich eine Nachricht, dass ich auf dem Weg war.

Ich schlängelte mich an Tischen voller Touristen vorbei und entdeckte Mary Ann an einem Tisch mit Blick auf den Golf. Sie nippte an einem tulpenförmigen Glas, sah mich und lächelte. Ich war aus dem Schneider. Ich küsste sie und ließ meine Hand über ihre nackte Schulter gleiten. Sie fühlte sich an wie Seide. Sie hatte die glatteste Haut auf dem ganzen Planeten.

»Hast du ohne mich angefangen?«

»Ich wollte gar nicht erwähnen, dass du zu spät bist.« Sie zeigte zum Strand. »Du kannst dich glücklich schätzen – ich könnte stundenlang hier sitzen.«

»Es ist ein perfekter Abend mit der perfekten Frau.«

»Hast du was ausgefressen, Frank?«

»Ich? Niemals. Ich weiß nur zu schätzen, was wir haben.«
Ich nahm die Weinkarte zur Hand. »Nach der heutigen Anhö-
rung müssen wir feiern, wann immer wir können.«

Die Weinkarte war kurz und überteuert. Ich bestellte einen
Ketel One mit Cranberry und eine Portion Chips mit Salsa.

»Ich weiß, es war heute seltsam. Dwyer hat mir leidgetan.
Er hatte nie eine Chance auf ein normales Leben.«

»Werd mir jetzt bloß nicht zu liberal.«

»Nein, es ist wahr, Frank. Sein ganzes Leben ist aus den
Fugen geraten, als er noch ein kleiner Junge war.«

»Ich weiß, war nur ein Scherz. Aber er geht dorthin, wo er
hingehört.«

»Ich habe das Gefühl, wir haben ihn irgendwie in die Irre
geführt.«

»Er ist verrückt, aber nicht geisteskrank. Dwyer hat eine
lebenslange Haftstrafe bekommen, die er sich redlich verdient
hat.«

»Und in Florida bedeutet lebenslang wirklich lebenslang.
Er wird nie wieder herauskommen.«

»Amen.«

»Ich wünschte, es gäbe eine Möglichkeit, du weißt schon,
wie eine Art Umprogrammierung oder so etwas, um ihm eine
zweite Chance zu geben.«

»Du schaust zu viel Science-Fiction. Aber wo wir gerade
von zweiten Chancen reden: Hast du gehört, wer in das bren-
nende Gebäude an der Imperial gegangen ist?«

»Der Mann, der all die Kinder gerettet hat? Wer war es?«

»Dieser Typ mit all den Tattoos aus Booths Kirche.«

»Der, der all die Haftstrafen abgesessen hat?«

»Jep. Dieser Corbin ist eine Mordsreklame für Minister
Booths Programm der zweiten Chance.«

»Und du hast gesagt, es sei Zeitverschwendung.«

»Da habe ich mich getäuscht – gewaltig getäuscht.«

»Schon wieder.«

»Bekomme ich etwa keine zweite Chance?«

Sie beugte sich vor, streifte mit ihren Lippen meine Wange und flüsterte: »Du bekommst noch mehr als das, wenn wir nach Hause kommen.«

———

Vielen Dank, dass Sie sich die Zeit genommen haben, **Dritte Chances** zu lesen. Wenn es Ihnen gefallen hat, erzählen Sie doch bitte einem Freund davon oder posten Sie eine kurze Rezension. Mundpropaganda ist der beste Freund eines Autors.

Vielen Dank, Dan

———

Dan veröffentlicht einen monatlichen Newsletter mit seinen Texten, Artikeln zum Aufbau von Selbstwertgefühl und Selbstvertrauen sowie lehrreichen Beiträgen über Wein. Er stellt auch die Bücher anderer Autoren vor, die gerade im Angebot sind. Melden Sie sich an – www.danpetrosini.com

DIE LUCA MYSTERY -SERIE

BIN ICH DER MÖRDER?

VERSCHWUNDEN

DER SERENITY -MORD

EINE DRITTE CHANCE

EIN KALTER, HARTER FALL

POLIZIST ODER MÖRDER?

SALTER ZUM SCHWEIGEN BRINGEN

EIN MÖRDER FALSCH

UNGEWISSE EINSÄTZE

DER OPA MÖRDER

GEFÄHRLICHE RACHE

WO SIND SIE

AM SEE BEGRABEN

DER PRESERVE KILLER

NIEMAND IST SICHER

MORD, GELD UND CHAOS

GOLDENES SCHWEIGEN

SPANNENDE GEHEIMNISSE

CORYS DILEMMA

CORYS FLUG

CORYS VERSCHIEBUNG

REIHE: DIE KUNST DER RACHE

IM NAMEN DER RACHE

JENSEITS DER RACHE

DIE ABRECHNUNG

ANDERE WERKE VON DAN PETROSINI

DER LETZTE FEIND

COMPLETCICCITIC ZEUGE

ZURÜCKSCHIEBEN

EHRGEIZ KLIPPE

Sie können über mein Schreiben auf dem Laufenden bleiben und Zugang zu Büchern haben, die frei von Discounter sind, indem Sie sich meinem Newsletter anschließen. Normalerweise ist es einmal im Monat ausgestiegen und enthält auch Notizen zu Selbstwertgefühl, Motivationsstücken und Weinartikeln.

Es ist kostenlos. Siehe meine Website: www.danpetrosini.com

Dan ist ein USA-Today- und Amazon-Bestsellerautor, der seine erste Geschichte im Alter von zehn Jahren schrieb und es liebt, Geschichten oder Witze zu erzählen.

Seine Ideen für Geschichten erhält Dan, indem er der Frage nachgeht: Was wäre, wenn?

In fast jeder Situation, in der er sich befindet, geht Dan der Frage nach, was wäre, wenn dies oder das passieren würde? Was wäre, wenn diese Person sterben oder etwas Ungewöhnliches oder Illegales tun würde?

Dans ständiges Gedankenkarussell liefert ihm reichlich Stoff, den er zu interessanten Geschichten verwebt.

Als Fan von Büchern und Filmen mit unvorhersehbaren Wendungen gestaltet Dan seine Geschichten so, dass die Leser den Ausgang nicht erraten können. Er schreibt jeden Tag, ringt notfalls um die Worte und hat bis heute über fünfundzwanzig Romane geschrieben.

Für Dan ist es keine Frage des Wollens, er muss einfach schreiben.

Dan ist der festen Überzeugung, dass Menschen ihre Träume verwirklichen können, wenn sie sich darauf konzentrieren und handeln, und er ermutigt genau dazu.

Sein Lieblingsspruch lautet: „Der Preis der Disziplin ist immer geringer als die Kosten des Bedauerns."

Dan erinnert die Menschen daran, Negativität aus ihrem Leben zu verbannen. Er glaubt, dass sie ansteckend ist, und rät, sich von negativen Menschen fernzuhalten. Er weiß, dass eine wirklich positive Grundeinstellung einem das Gefühl gibt, das Leben spiele einem in die Karten. Wenn er mal vom Weg abkommt, sagt er sich: „Man kann keinen guten Tag mit einer schlechten Einstellung haben."

Dan ist verheiratet, hat zwei Töchter und einen anhänglichen Malteser und lebt im Südwesten Floridas. Der gebürtige New Yorker hat an örtlichen Hochschulen unterrichtet, schreibt Romane und spielt Tenorsaxophon in mehreren Jazzbands. Außerdem trinkt er viel zu viel Wein und nimmt sich selbst niemals, aber auch wirklich niemals zu ernst.

Er veröffentlicht einen zweimal monatlich erscheinenden Newsletter mit Artikeln, seinen Texten sowie Sonderangeboten und Schnäppchen.